Mike LaChioma

SANDRA RODRÍGUEZ BARRON nació en Puerto Rico y creció en El Salvador y Connecticut. Tiene una maestría en escritura creativa de la Universidad Internacional de Florida. Fue galardonada con el Mariposa Award de Latino Books Award 2007 por mejor primera novela con *The Heiress of Water*. Actualmente vive en Connecticut con su esposo y su hijo. Esta es su primera novela.

LA HEREDERA *del* MAR

rayo *Una rama de* HarperCollins*Publishers*

LA HEREDERA *del* MAR

NOVELA

Sandra Rodríguez Barron

Traducido del inglés por Patricia Torres

Diseño del libro por SHUBHANI SARKAR
Fotografía utilizada en el libro © 2006 Shubhani Sarkar

Este libro fue publicado originalmente en inglés en el año 2006 por Rayo, una rama de HarperCollins Publishers.

PRIMERA EDICIÓN RAYO, 2008

Library of Congress ha catalogado la edición en inglés.

ISBN: 978-0-06-155505-3

08 09 10 11 12 DIX/RRD 10 9 8 7 6 5 4 3 2 1

PARA **BOB** Y **PATRICK**

AGRADECIMIENTOS

Quisiera agradecerle a mi esposo, Bob Barron, que me obsequió varias condiciones invaluables: tiempo para escribir, un refugio privado en nuestra casa, lectura crítica inmediata y una gran labor de edición en casa. Gracias, Bob, por todo tu amor y apoyo.

Quiero agradecer también a los soportes de mi vida, a mi padre, Juan A. Rodríguez, que me enseñó el amor por la lectura, y a mi madre, Yolanda del Cid de Rodríguez, cuyo trabajo era asegurarse de que esa pasión no me volviera completamente antisocial.

Cuando el alumno está listo, aparece el maestro. Y, en efecto, así fue. Un millón de gracias a John Dufresne, por su magnífico trabajo de acompañamiento y su infinita paciencia; a James W. Hall y Meri-Jane Rochelson, por sus consejos editoriales; y a los profesores y estudiantes de la Universidad Internacional de Florida, que le dieron forma a mi escritura e hicieron que la experiencia de la maestría fuera uno de los mejores momentos de mi vida.

Por su asesoría en los aspectos científicos y médicos del libro, quisiera darle las gracias al Dr. José H. Leal y al personal del Museo de Conchas Marinas Bailey-Matthews, en Sanibel, Florida, y al Dr. Jeffrey L. Horstmyer, jefe de neurología del Mercy Hospital en Miami, por hacerse tiempo para hablar conmigo. También quisiera expresar mi gratitud con el sitio web sobre caracoles cónicos y conotoxinas que mantiene el Dr. Bruce Livett, en la Universidad de Melbourne, Australia, en el cual me apoyé mucho. Todas las fabulaciones en estas áreas son de mi cosecha y ciertamente no son atribuibles a estas fuentes.

También quisiera darles las gracias a mis tíos Ana y Perry Pederson, por esos entrañables (y útiles) recuerdos de los días que pasé a bordo de sus botes y por asesorarme en el tema de la navegación en las aguas costeras de Nueva Inglaterra.

En cuanto a la fase final de este viaje, quisiera agradecerle a mi agente, Julie Castiglia, que encontró la casa perfecta para mi manuscrito. Agradecimientos especiales para René Alegría y el maravilloso personal de Rayo, y en especial para mi editora, Melinda Moore. Ver la manera como todos ustedes transformaron mi manuscrito en este hermoso libro ha sido como ver a una costurera vistiendo a una novia. Estoy asombrada y agradecida.

A los amigos y familiares que me animaron a escribir y a todos aquellos que me ofrecieron sus consejos editoriales y de producción, muchas gracias.

Los mares tropicales contienen más de quinientas especies distintas de caracoles cónicos. Los conos atacan a otros organismos marinos disparándoles venenos que pueden inducir parálisis, o la muerte, en segundos. Algunas especies son tan letales que pueden matar a un ser humano adulto en cuestión de horas.

En los últimos años los científicos han descubierto que el veneno de los conos tiene cualidades farmacológicas extraordinarias. Cada especie de caracol cónico contiene un arsenal de péptidos (pequeños fragmentos de proteína) que tienen una poderosa y altamente selectiva influencia sobre los nervios. Al bloquear el paso de las partículas con carga eléctrica que entran y salen de las células, las toxinas cortan de manera efectiva los mensajes entre el cerebro y los músculos. En años recientes, la Administración de Drogas y Alimentos de los Estados Unidos de América (*FDA*, por sus siglas en inglés) aprobó la elaboración de un equivalente del complejo que se encuentra en el veneno del *Conus magus* australiano, un analgésico de cien a mil veces más poderoso que la morfina. Tan importante como su capacidad de aliviar el dolor es su poder de resistencia, pues al no ser un narcótico, el cuerpo no puede volverse inmune a sus efectos. Otras combinaciones de conotoxinas están siendo estudiadas para atacar patologías más esquivas, como las enfermedades mentales, las enfermedades neurodegenerativas y las lesiones cerebrales traumáticas.

Es claro que el desarrollo del veneno de los conos como medicina está en su etapa preliminar y aún enfrenta muchos obstáculos. Para empezar, algunas combinaciones de venenos han producido efectos secundarios adversos en los participantes en los estudios. Los riesgos de introducir el veneno de los conos en pacientes que han sufrido lesión cerebral han hecho que la experimentación en esta área sea extremadamente difícil. No obstante, varias compañías biofarmacéuticas de distintas partes del mundo han acelerado sus planes para decodificar el potencial curativo de las conotoxinas.

Aparte de sus inmensas posibilidades como fuente de nuevas drogas, los conos son apetecidos por los coleccionistas debido a sus hermosas conchas, que se caracterizan por tener elaborados diseños.

Tres de las especies descritas en esta novela: el *Conus furiosus*, el *Conus exelmaris* y el *Hexaplex bulbosa*, son fruto de la ficción.

REALMENTE NO SÉ POR QUÉ ES QUE ESTAMOS todos tan comprometidos con el mar, salvo que creo que, además de que el mar cambia, y la luz cambia, y los barcos cambian, es porque todos venimos del mar. Y es interesante el hecho biológico de que todos tenemos, dentro de nuestras venas, el mismo porcentaje exacto de sal en la sangre que existe en el océano, y por ende tenemos sal en nuestra sangre, nuestro sudor y nuestras lágrimas. Estamos atados al océano. Y cuando volvemos al mar, sea para navegar o para observarlo, regresamos al lugar donde una vez venimos.

PRESIDENTE JOHN F. KENNEDY
Discurso para el equipo de America's Cup Sail Race
Newport, Rhode Island
Septiembre 1962

primera **PARTE**

EL SALVADOR, 1981

Alma Borrero Winters creía que todo en la vida empezaba y terminaba con el océano.

"El océano es la expresión de Dios en la Tierra", le dijo a su hija, mientras abría las puertas de una reja de hierro forjado. Se puso la mano sobre la frente, a manera de visera, para protegerse los ojos de la luz del sol y entró a Negrarena, una desolada extensión de arena negra que se adentraba a lo lejos en el Océano Pacífico. Dio media vuelta y agarró la manito de Mónica. "Respira profundo. Vamos, huélelo. Toma aire".

Mónica obedeció con gusto y se llenó los pulmones con los ricos olores del mar. "Hoy hay algo distinto".

"¿Puedes olerlo?"

Mónica asintió con la cabeza.

"Las corrientes están rompiendo contra los campos de algas del oeste", dijo Alma y se volvió a mirar a Mónica. "¡Muy bien! Me has sorprendido".

Caminaron en silencio, acompañadas por el golpeteo de sus chancletas contra los talones. Cuando iban por la mitad de la explanada de arena, Alma notó que Mónica estaba tratando de esconder algo en una mano y se inclinó hacia atrás para ver de qué se trataba. Mónica se volteó enseguida, pero su madre alcanzó a agarrarla del brazo. "¿Qué tienes ahí?"

Mónica le entregó un pequeño recordatorio. Los habían distribuido en el novenario de su abuelo que había terminado hacía más de un mes. En un lado de la tarjeta aparecía la imagen de una divinidad de barba, pintada con pálidos colores pastel, que estaba sentada en una nube sostenida por angelitos. Por el reverso había una fotografía en blanco y negro del padre de Alma y una breve biografía.

Adolfo Borrero había muerto tranquilamente de un ataque al corazón y cientos de personas habían asistido a la velación por el descanso de su alma: familia, amigos, la crema y nata de la sociedad salvadoreña, los empleados de la casa y los trabajadores de las plantaciones Borrero y de Borr-Lac, la planta de productos lácteos. Las nueve misas del novenario celebrado en la parroquia de La Divina Providencia habían desbordado la capacidad de la enorme iglesia con la presencia de deudos y curiosos. Mónica había oído en varias ocasiones cómo la gente comentaba que su abuelo habría sido un gran presidente. "Habría acabado para siempre con los comunistas", se lamentó un señor mayor, cuando se paró frente al ataúd. La respuesta de Alma había sido: "Entonces El Salvador debe estar realmente desesperado por un héroe".

De alguna manera, todo lo que Alma despreciaba de la sociedad en la que había nacido estaba contenido en los tradicionales recordatorios que su madre había mandado hacer con tanta diligencia para los servicios religiosos. Por otro lado, Mónica los atesoraba con la misma ferocidad. "Sé que extrañas a tu abuelo", dijo Alma. "Pero no reduzcas tus recuerdos de él, o la visión de Dios, a esa ridícula tarjeta", añadió y levantó la tarjeta.

"Todos los demás lo hacen", protestó Mónica, mientras se ponía roja y le daba la espalda a su madre. "Y tú eres la única que cree en esa absurda filosofía acerca del océano".

Alma abrió los ojos. "Y *tú*".

Mónica se encogió de hombros.

Alma le dio vuelta a la tarjeta con dos dedos. "Esta representación de Dios sentado en una nube, con una cara que se parece mucho a la de Santa Claus, es un insulto a tu inteligencia", dijo Alma y rompió la tarjeta en dos. Luego las puso de costado y las rasgó otra vez más. "Dios es mucho más que esta tonta ilustración". Alma levantó los pedazos. "Piénsalo, Mónica. ¿Cómo puede tener forma el infinito? Y darle además una forma *humana*, ¡qué ridiculez!" Alma bajó la voz hasta convertirla en un susurro, cosa que molestó a Mónica, pues estaban completamente solas, en una playa privada rodeada por miles de hectáreas cultivadas. "Dios no tiene memoria ni forma, ni conciencia... Él sólo existe". Alma levantó los párpados, dejando al descubierto un par de ojos negros que reflejaban la luz y eran tan impenetrables como el granito pulido. Puso la mano debajo de la barbilla de su hija y giró la cara de Mónica hacia la extensión de agua.

"Él sólo existe. Al igual que el océano", repitió Mónica como una lora, entornando los ojos e imitando el tono hiperdramático del susurro de su madre.

"Bien", dijo Alma y le dio un tirón a la cola de caballo de Mónica. Como ninguna de las dos tenía bolsillos, Alma se guardó los pedazos del recordatorio entre el triángulo izquierdo del sostén de su bikini brasilero a rayas azules y verdes. Mónica sintió una vaga sensación de incomodidad al pensar que tanto su abuelo fallecido como el Padre Todopoderoso estaban dentro del bikini de su madre.

Ese día en particular Alma y Mónica habían decidido caminar por el lado escarpado de la costa. Su punto de partida, la extensa finca de recreo de los Borrero llamada Villa Caracol, estaba a medio camino entre las plácidas playas de arena negra y suave de la costa norte y el paisaje desolado y rocoso de la costa sur. El conjunto que formaban la playa y las miles de hectáreas de cultivos que la rodeaban se conocía como Negrarena. La mayoría de los Borrero y sus invitados preferían invariablemente la playa suave, pero el sur era un lugar especial para las exploraciones de Alma y Mónica. Con sus pozas de roca volcánica llenas de agua de mar, en las cuales pululaba la vida marina, era un paraíso para los buscadores de tesoros de las playas. Mónica quería abandonar el tema de la religión y, por eso, se entusiasmó al ver una poza cercana y dijo: "Mami, puedo decir el nombre de todas las criaturas que hay en la poza".

Las dos se acurrucaron.

Mónica comenzó. "Moluscos. *Common names*... concha de abanico... casco de burro... almeja piedra... ostra común... Todos esos son bivalvos", dijo, pasando del español al inglés sin darse cuenta, al igual que sus padres. "La partícula 'bi' ", explicó, "significa que sus conchas tienen dos mitades". Enseguida levantó dos deditos para ilustrar el concepto. Luego siguió haciendo gala de sus conocimientos, mientras mencionaba la variedad exacta de dos algas solitarias y la especie a la que pertenecían las estrellas de mar, los erizos, las lapas y los cangrejos. Alma sólo tuvo que ayudarla una vez con un nombre. Cuando Mónica terminó, Alma aplaudió.

"¡Bien hecho!"

Como si fuera una asistente de investigación en miniatura, Mónica concluyó su exposición afirmando que esta poza en particular no contenía nada fuera de lo común, circunstancia que se suponía que debía informarle a su madre. "Nada raro", dijo. "Pero un día vamos a encontrar el *Conus furiosus*, aunque sea el último que haya en el mundo. Lo encontraremos, mami, ya verás".

La idea de hallar un espécimen vivo del rarísimo *Conus* centroamericano, que tal vez ya se había extinguido, le arrancó a Alma una sonrisa lenta y soñadora. Metió los dedos entre el cabello de Mónica y, dándole un tirón a la banda elástica con que lo tenía recogido, liberó una cascada de rizos negros que constituía una versión en miniatura de sus propios rizos. "Si ves un caracol cónico, no lo toques, Mónica, sin excepción. El veneno de algunos conos puede paralizarte el corazón antes de que te des cuenta de qué fue lo que te picó. E incluso la picadura de uno de los más benignos puede doler bastante".

"Pero, pero, ¿qué pasa si...?"

Alma levantó una mano. "No juegues a hacerte la heroína. Si ves algo que pueda ser un *furiosus*, me buscas".

Mónica observó la poza llena de agua y se imaginó que veía al *Conus furiosus* o "cono furioso". Los pocos indígenas que quedaban en El Salvador lo habían descrito como un caracol de forma cónica, que tenía la longitud del dedo índice de un adulto y se podía pulir hasta dejar al descubierto su base marrón y las manchas color sangre alrededor de la punta. Alma solía decir que la concha de cerca de ochenta años que tenía en casa era su "Ferrari", su tesoro. Se había sumado a la colección familiar de conchas en la época en que el bisabuelo de Mónica, el Dr. Reinaldo Mármol, usaba el veneno cónico como analgésico para sus pacientes. En aquellos días, muchos de los indios desconfiaban de las medicinas modernas y preferían los remedios naturales que habían usado durante siglos. Mónica había oído a su madre dando charlas sobre el tema en universidades de los Estados Unidos y Europa, mientras leía las páginas amarillentas del diario médico del bisabuelo Mármol. En la última página del diario, el doctor concluía que, en efecto, el veneno del *Conus furiosus* tenía un extraordinario potencial para aliviar el dolor. También anotaba que algunos de los indios más viejos habían sido testigos de otros usos más fantásticos, como la mejoría de la visión y la reducción de los síntomas de la demencia, pero se mostraba un poco más escéptico al respecto.

Incluso en los días del bisabuelo de Mónica, el *Conus furiosus* ya era escaso, y aunque de vez en cuando el mar traía a la playa una concha vacía, hacía más de cincuenta años que no se encontraba ninguno vivo. Como sucede muchas veces con las extinciones, se desconocía la razón precisa, pero lo más probable es que tuviera que ver con un cambio en su hábitat. Aunque muchos pescadores de la región y expertos en el medio ambiente le habían dicho a Alma que lo más probable era que la especie hubiese desaparecido por completo, ella seguía firme en su propósito de encontrar uno vivo.

Después de caminar cerca de cuatrocientos metros, divisaron una masa enorme e inmóvil entre la resaca. Corrieron hacia ella, salpicando espuma y agua de mar. Era una tortuga marina del tamaño de un barril de petróleo acostado.

"¿Viene a desovar?" preguntó Mónica entusiasmada.

"Está muerta, preciosa". Alma caminó alrededor de la tortuga y le pasó los dedos por encima de los ojos planos e incrustados con sal seca, mientras que Mónica retrocedía y se tapaba la nariz.

"¡Uuyyy, mami, aléjate de ahí!" le rogó con voz nasal.

"¿Qué clase de tortuga es, mija?" interrogó Alma a su hija.

"Una tortuga golfina u olivácea", dijo Mónica con indiferencia.

"No. Demasiado grande".

Mónica sonrió y entornó los ojos, mientras olvidaba súbitamente el olor que salía del caparazón. "Es una tortuga verde, sólo que es de la variedad negra".

"Exacto. Se distingue porque tiene un solo par de escamas prefrontales, encima de los ojos. Otras tortugas tienen dos pares".

Las dos se agacharon y examinaron la cara de la tortuga. "¿Crees que ella…?" comenzó a decir Mónica.

Cuando una ola levantó la tortuga, Alma metió las dos manos debajo del caparazón y logró darle la vuelta. "Es un macho", corrigió a su hija, mientras señalaba la parte media del cuerpo de la tortuga. "Sí, ¿ves cómo la barriga tiene como una hendidura? Esa forma cóncava le permite montarse sobre el caparazón de la hembra durante el apareamiento sin resbalarse".

Mónica observó lo que su madre le mostraba y asintió con la cabeza, mientras deslizaba un dedo por la superficie pulida, como una piedra, de la barriga de la tortuga, antes de que su madre volviera a ponerla al derecho. "¿Crees que tiene esa cara tan triste porque sabía que se estaba muriendo?"

Su madre negó con la cabeza. "A los animales no les da tristeza morirse, nunca. En sus pequeños cerebros de alguna manera saben que vivir, comer y morir es un privilegio. Sólo desean participar de los designios de la naturaleza. Y eso, querida, es la sabiduría más sencilla y básica que existe en el universo". Alma señaló el cielo. "¿Ves esas aves? Ellas se van a comer la carne de esta tortuga. La marea regresará al mar lo que quede y la vida marina acabarán con el resto".

Mónica miró los ojos opacos de la tortuga y pensó en su abuelo. "Entonces, ¿qué pasará con el abuelo?"

"Los gusanos y los ácaros se lo comerán hasta que no quede sino un montón de sal. Luego la sal será absorbida por el suelo y la lluvia lo arrastrará de regreso al océano. Sus minerales se reciclarán y se convertirán en otra cosa, tal vez un mango en un potrero".

Mónica soltó una risita, pues le hizo gracia pensar en lo absurdo que era que cientos de personas estuviesen lamentando la muerte de un hombre que ahora era una fruta tropical, que devoraba con avidez la luz del sol y la lluvia y se mecía con el viento por encima de las casas de San Salvador.

"Puedes estar segura de que tu adorado abuelo volverá a participar", le aseguró Alma. "Y con suerte, será una criatura mucho más humilde la próxima vez". Alma acarició con ternura los bordes del caparazón de la tortuga muerta. "El trabajo del océano es volver a tomar posesión de lo que ya no sirve. Lo que limpia el mundo es el mar y su capacidad de convertirse en lluvia". Alma empujó la tortuga con un pie y esta se levantó con la marea y flotó unos pocos segundos, antes de volver a caer donde ellas estaban. Las dos gritaron y salieron corriendo en direcciones opuestas. Una oleada de mal olor siguió a Mónica hasta que sintió ganas de vomitar. Volteó la cabeza y se llenó los pulmones con aire puro y salado, antes de volver a correr hacia donde estaba su madre. Alma se dio la vuelta y se inclinó, y Mónica saltó a su espalda y enroscó las piernas huesudas alrededor de la cintura de su madre. Mónica movió los dedos de los pies para mostrar la felicidad que le producía su pequeña aventura y miró por encima del hombro de su madre, mientras que Alma terminaba el trabajo de mandar el caparazón del animal noble a que se reconfigurara como una tortuga completamente nueva, o un abuelo o un mango. En cierto momento durante su caminata, Mónica dijo algo que las hizo reír a las dos. En ese instante Mónica reconoció, por primera vez en su vida, el fenómeno sutil y extraordinario que existía en el fondo del alma de su madre. Asombrada, miró primero a su madre, luego el agua y volvió a mirar a su madre: era increíble, pero el sonido de su risa era idéntico a la música que produce el agua cuando se plega sobre sí misma.

CUATRO AÑOS DESPUÉS, cuando Mónica tenía doce años, una visita a Negrarena marcó el momento en que se convirtió en mujer. A diferencia de las mamás de sus amigas, que eran todas melindrosas con el tema, Alma le había explicado la menstruación con la misma distancia científica con que le había explicado los hábitos alimenticios de las medusas. Fascinada con este nuevo desarrollo de su vida, Mónica retozó en el agua, mientras se imaginaba que era tan linda y atractiva como su madre, cuya belleza era legendaria. Estaba tratando de concentrarse en esos pensamientos placenteros y no mirar hacia la playa, donde un hombre que no era su padre estaba untándole bronceador en los hombros a su madre.

Mónica mantenía la mitad de la cara sumergida en el agua, como un caimán, y sus grandes ojos verdes, los cuales había heredado de su padre americano, estaban fijos en el horizonte.

Luchaba contra la corriente, que parecía empeñada en hacer girar su cuerpo para que quedara mirando hacia la playa. Levantó la vista justo cuando su madre se soltaba las tiritas del bikini para permitir que Maximiliano Campos tuviera pleno acceso a su espalda ondulada y suave.

Max era un hombre alto y de barba, sus ojos tenían un extraño color naranja y tenía cicatrices de acné en las sienes. Médico de profesión, trabajaba en el campo y era uno de los líderes de la revolución comunista de El Salvador y el amigo más antiguo de Alma. La madre de Max había sido la adorada niñera de Alma y los dos habían llegado a la propiedad de los Borrero cuando Alma estaba recién nacida y Max tenía dos años. Alma le contó a Mónica que el abuelo le había prohibido conservar la amistad con Max luego de cumplidos los quince años. Con el tiempo desafió a sus padres y restableció la amistad con Max, pero desde cuando Mónica tenía memoria, esa relación siempre había sido una fuente de tensión. Si el padre de Mónica, Bruce, supiera la cantidad de tiempo que Alma y Max habían pasado juntos durante los últimos seis meses… probablemente le dedicaría más tiempo a su esposa y menos tiempo al trabajo.

Mónica se salió del agua y caminó hacia la toalla. Al sentir que su presencia ayudaría a neutralizar la situación, le pidió a Max que se moviera. Se sentó entre los dos y se acurrucó contra su madre. Aparentemente funcionó, porque Max hizo cara de disgusto y se echó hacia atrás. Como si lo hiciera a manera de protesta, comenzó a hablar de política. Sus monólogos sobre el comunismo siempre eran escuchados en medio de un respetuoso silencio. Por lo general Alma mantenía los ojos fijos en su adorado mar y solamente lo escuchaba.

Max enterró los dedos entre la arena y sacó la concha rota de una ostra. La levantó hacia el sol y la volteó ligeramente de manera que el interior perlado reflejara la luz. "Alma, ¿por qué te interesa tanto encontrar el *Conus furiosus*?"

Alma todavía estaba acostada sobre el vientre. Levantó la

cara, entrecerró los ojos y sacudió ligeramente la cabeza. "Es mi misión, Max. Tú lo sabes".

Max cruzó los brazos sobre el pecho desnudo y lampiño. "Teniendo en cuenta que tienes todo el dinero que puedes desear, Alma, ¿qué te parecería donarle a la gente pobre de este país el fruto de tus esfuerzos?"

"En primer lugar, yo no soy rica, mis padres son ricos. Y en segundo lugar, mi trabajo es estudiar y proteger el medio ambiente marino, Max. Esa es mi contribución".

Max negó lentamente con la cabeza. "Amar la naturaleza es un lujo, Alma. Cuando la gente se está muriendo de hambre, la naturaleza le importa un bledo".

"Es cierto...", dijo Alma. "Pero cuando los políticos arreglen la economía, nuestros recursos naturales estarán ahí, intactos, esperando. Hasta entonces, seré una de sus guardianas".

"Mírame, Alma". Max levantó un dedo al hablar. "Digamos que logras encontrar uno de esos conos. Copias su estructura molecular en un laboratorio. Luego se la entregas a la comunidad médica internacional para que continúe su estudio. El mundo tendrá un analgésico mejor y habrás hecho una contribución a la medicina. Maravilloso". Juntó las manos sobre el regazo. "Los ricos se harán más ricos y por aquí las cosas seguirán igual".

"Bueno, ¿a dónde quieres llegar, Max?"

Max se jaló los pelos de la quijada. "Desarrolla esa droga localmente. Yo te puedo ayudar cuando llegue la hora de ponerla a prueba. Todavía podrás presentársela al mundo y comercializarla de manera internacional, pero usarás las ganancias para ayudar a los pobres de aquí, de El Salvador".

"Eso suena extremadamente comercial".

Max se encogió de hombros. "Mientras el dinero sirva para ayudar a los pobres...". Sacó una botella de cerveza Pilsener de un bolso de paja. La abrió y le dio un sorbo. "Ah, qué demonios. Tal vez el *furiosus* sólo es una ilusión".

Alma se volvió a amarrar las tiritas del bikini y se sentó. Mónica vio cómo Max le clavaba la mirada en los senos, mientras que Alma levantaba los brazos para soltarse la cola de caballo. "Ese cono no es una ilusión, sólo es un espécimen raro. Él dejará que lo encuentre alguien que sea digno", dijo Alma. Abrió una botella de cerveza y se echó la mayor parte del líquido en el pelo, sin darle ni un sorbo.

"Entonces hazte digna, Alma", dijo Max.

"Yo *soy* digna", dijo ella y le lanzó a Max una mirada de reprobación. "No soy insensible a lo que está pasando en este país. Me duele en el alma".

"Entonces ven conmigo a una reunión", le rogó Max y la tomó de la mano. "Hagamos grandes cosas juntos, Alma. Tú y yo somos una rara combinación de los bandos opuestos de este país". Juntó las manos de los dos. "Somos lo que une a los ricos con los pobres, como..."

"Como las dos mitades de un bivalvo", interrumpió Mónica.

Alma se rió. Max asintió con la cabeza. "Sí, algo así".

"Pero, mamá", protestó Mónica, "ir a una reunión es peligroso".

"Ser Borrero es peligroso", dijo Max, mientras miraba a Mónica con rabia. "¿Por qué crees que viven detrás de una cerca eléctrica en la ciudad?" Señaló la extensión de tierra que tenían detrás. "Detrás de las colinas, los campesinos se llenan el estómago con el olor de la carne que se está asando en tu cocina, y los odian a todos ustedes por las comodidades que tienen".

"Max, por favor", dijo Alma. "No la asustes".

"Puedo lograr que todos los pescadores desde aquí hasta Panamá busquen esa criatura en sus redes", dijo Max con voz suave, "si tú puedes hacer que a ellos les resulte lucrativo buscar".

A lo lejos, una ola se levantó y reventó contra la playa. Antes de hablar, Alma esperó hasta que el agua se extendiera por la arena, en medio de un murmullo agonizante. "Tú me inspiras", dijo en voz baja.

Mientras que Mónica miraba hacia el cambiante paisaje de luz plateada, sintió por primera vez hacia dónde iba esto y cuán profunda e inclinada era la caída que seguía. Años después, rastrearía hasta ese preciso momento la oleada de consecuencias que siguieron; esa conversación informal, que hizo que toda su familia, y toda la vida a partir de entonces, entrara en un remolino terrible y desconcertante. De alguna manera Max logró trastornar la brújula de Alma y, en las semanas que siguieron, su verdadero norte —el mar— giró en la dirección opuesta, apuntando hacia la tierra.

DOS MESES DESPUÉS, un pescador de vista aguzada mandó a decir que había encontrado en su red un extraño caracol cónico. Alma saltó a su Land Rover y se dirigió hacia el pequeño pueblo pesquero de La Libertad, después de negarse a llevar a Mónica, a pesar del berrinche que hizo.

Mónica y su padre comenzaron a preocuparse a medida que los días fueron pasando y nadie tenía noticias de Alma. El pescador dijo que le había dado el cono y que ella se lo había llevado en un platón y se veía muy contenta.

Cuatro días después, el mar trajo hasta la playa el cadáver de Maximiliano Campos, quemado por el sol. El agua salada había limpiado los tres balazos que tenía en la cabeza.

Mónica se quedó en casa y no fue al colegio, en espera de noticias. Convenció a su padre de que la dejara esperar a Alma en Negrarena, en compañía de su abuela y una criada de confianza. La abuela pasaba los días bajo la influencia de los tranquilizantes, mientras que Mónica caminaba la playa de arriba abajo, desde el amanecer hasta el anochecer, inspeccionando el horizonte con los binoculares de su madre. Cada vez que veía una hoja de palma o una madeja de algas, sentía el corazón en la garganta. Encontró refugio en un mundo de fantasía infantil en el cual ella era una hermosa sirena, una niña maravilla con branquias que podía sumergirse en los resquicios del océano y encontrar a su madre. Si fuera necesario, podría mantenerla a salvo durante años, en las silenciosas profundidades. Regresarían a tierra firme sólo cuando hubiese cesado toda la violencia y la muerte. Mónica surgiría del mar y su pesada cola de pescado se iría desprendiendo en grandes trozos hasta revelar un glorioso par de piernas. Ella y su madre caminarían juntas hasta Caracol y esperarían a su padre. Bruce y Alma se reconciliarían y tendrían otro bebé. Un varón. Un hermanito que consolidaría el matrimonio de sus padres como las dos mitades de un bivalvo, tal como lo había ilustrado Mónica previamente.

Pasaron las semanas y Mónica mantuvo su estricta vigilancia durante todo el tiempo que le permitieron quedarse en Negrarena. Dos meses después, Bruce Winters anunció que se iba para los Estados Unidos con su hija. Alma sencillamente había desaparecido.

CONNECTICUT, ESTADOS UNIDOS, 2000

La primera vez que Will Lucero entró a su oficina, Mónica Winters pensó que era otro de esos sutiles pero irritantes avisos que le da a uno la vida. Sospechó que podía ser la voz de un espíritu maternal que, a medida que se acercaba a los treinta, frecuentemente le daba palmaditas en el hombro para susurrarle: *Todos sabemos que estás con el hombre equivocado, querida. Mira. Ahí viene un tipo atractivo. Vamos, háblale. Tal vez este es el hombre de tus sueños.*

Cuando Mónica levantó la vista de su trabajo al oír un golpecito en la pared de su archivador de metal, inmediatamente sintió que Will Lucero estaba aquí para desafiar de alguna manera la tranquilidad. Un segundo después, cuando alcanzó a ver el brillo de una argolla de matrimonio, se dio cuenta de que lo que la había sobresaltado al ver esa atractiva cara no era un entrometido espíritu maternal, sino la decisión que emanaba de esos ojos brillantes y oscuros. Will Lucero tenía el cabello muy corto, salpicado de canas saltonas prematuras, piel olivácea y ojos sonrientes.

"¿Usted es Mónica Winters?"

Ella asintió con la cabeza y se puso de pie.

Will se presentó y se hizo a un lado, para dejar entrar a una señora menuda, de unos sesenta años.

"Silvia Montenegro", dijo la mujer con un ligero acento español. "Soy la suegra de Will".

"¿En qué les puedo servir?" Mónica señaló un par de asientos frente a su escritorio.

Will le ofreció un asiento a la señora y, antes de sentarse, esperó a que estuviera bien acomodada. Se recostó contra el espaldar y se puso el dedo índice en la sien, como si fuera un entrevistador.

"Todo el equipo de fisioterapeutas de este hospital se hace masajes con usted". Apoyó un pie contra el escritorio para echar la silla hacia atrás y comenzar a balancearse sobre las patas traseras. "Mi esposa cumple treinta años la próxima semana".

"No recibo pacientes nuevos", dijo Mónica con tono de disculpa. "Sólo hago masajes a domicilio para mi familia, algunos compañeros de trabajo y unos cuantos amigos cercanos".

Will echó el asiento un poco más hacia atrás. "Sólo tendría que cruzar la calle y bajar una cuadra después del trabajo. Ivette está en una de las unidades para enfermos crónicos", dijo y señaló hacia el este.

Silvia se inclinó hacia delante. "Nos han dicho que usted tiene unas manos mágicas. Que su talento es algo verdaderamente especial".

Will asintió con la cabeza, en señal de acuerdo. "Cualquier día de este mes estaría bien".

"Llevamos mucho tiempo pensando qué podíamos regalarle", dijo Silvia. "Pero Ivette no necesita nada que el dinero pueda comprar". Bajó la mirada y jugueteó con la hebilla de su bolso. "Mi hija está en estado vegetativo persistente... está en coma vigil".

Mónica parpadeó un par de veces y sacudió la cabeza. "¿Hace cuánto tiempo?"

"Veintitrés meses", respondió Will con un tono extrañamente entusiasta que, obviamente, trataba de endulzar lo que acababa de decir, ya fuera por amabilidad o como muestra de un testarudo optimismo.

"Ah... claro que sé quién es Ivette", dijo Mónica. "Su fisioterapeuta es Adam Bank, ¿cierto?" Mientras hablaba, comenzó a golpear los papeles que tenía sobre el escritorio con la punta del lápiz, hasta que la mina se rompió. Tenía que encontrar una manera elegante de salir de esto. Ella era especialista en tratar lesiones deportivas; la recuperación de un trauma cerebral era ajena a su trabajo. Además, tenía la agenda llena.

"No se preocupe", sonrió Silvia. "El trabajo de Adam con Ivette tiene el propósito de prevenir atrofias, úlceras de presión, infecciones, todo eso. Nada de lo que él hace está enfocado en producirle placer ni relajarla mentalmente. Lo que queremos de usted no es nada distinto de lo que hace con cualquier paciente. Queremos que la mime: aceites aromatizados, música suave, todos esos lujos... como en un spa". Entrelazó los dedos, se mordió el labio inferior y se quedó esperando una respuesta.

Mónica pensó, *¿acaso es terrible querer salirse de esto?* Dio unos golpecitos sobre la superficie de su agenda electrónica, como si estuviera revisando si tenía tiempo. *Tap, tap, tap, blip, blip.* "Lo siento, pero no tengo ninguna cita disponible", repitió con determinación. "Sencillamente no puedo recibir más clientes".

Cuando Mónica levantó la vista, Will se inclinó hacia delante. La miró a los ojos con tal intensidad que ella sintió como si la hubiese agarrado físicamente. Entonces supuso que le respondería con un argumento de vendedor a todo dar, para tratar de obligarla a aceptar hacer algo que ella claramente no quería hacer. Mónica cruzó los brazos, se recostó contra el espaldar de la silla y se dispuso a mantenerse en su posición. Sin embargo, lo que vio en la cara de Will Lucero la sorprendió: le mostró claramente su dolor y apeló a su bondad de una manera humilde e imposible de eludir.

Cuando Mónica logró sobreponerse a la sorpresa que le causó la fuerza de su propia reacción y zafarse de esa mirada de súplica, miró bruscamente hacia la izquierda, al comienzo de una mancha en forma de luna que había en el tapete y que ella misma había hecho al echarle demasiada agua a una planta. Entonces suspiró. No podía dejarlos ir con las manos vacías. De pronto chasqueó los dedos. "Ustedes necesitan a alguien de Healing Touch", dijo, mientras comenzaba a buscar su tarjetero. "Conozco a alguien que sería *perfecto* para este trabajo. Tiene todo copado hasta el próximo siglo, pero sé que le encantaría trabajar con Ivette. Lo llamaré ya mismo".

Will se puso de pie abruptamente y, por un segundo, Mónica pensó que se se estaba dando por vencido. Pero en lugar de eso, llamó la atención de Mónica hacia la biblioteca que tenía detrás del escritorio. "¿Qué son esos? No son el tipo de caracoles que la gente recoge normalmente en unas vacaciones en la playa".

Estaba señalando la fila de caracoles cónicos que Mónica tenía en la biblioteca. Cada espécimen estaba suspendido por ganchos, como una joya, encima de una base metálica de coleccionista, de seis pulgadas de alto. Sin darse la vuelta, Mónica dijo: "Son caracoles cónicos y están organizados en orden descendente, de acuerdo con la potencia de su toxina". Le dio un golpecito al bolígrafo y miró por la ventana, mientras seguía pensando qué podía hacer.

"¿Son venenosos?"

"Tienen una reserva de veneno que inyectan a través de un aguijón que tiene un dardo dentado", dijo Mónica, al tiempo que se volteaba. Tomó uno y se lo pasó a Will. "Este es el más letal de todos, el cono textil australiano. Los que están en el centro son menos potentes; ése es el cono tulipán, el cono estriado, el cono mármol y el cono alfabeto. El último de la fila, el castaño que tiene una banda de manchas color sangre en forma de espiral, se conoce como el cono de la furia. Es un tesoro familiar. Supuestamente su veneno tiene unas propiedades medicinales realmente asombrosas".

Silvia se inclinó hacia delante. "¿Qué tipo de propiedades medicinales?"

"Es un analgésico no opiáceo, lo que significa que, a diferencia de la morfina, el cuerpo no desarrolla resistencia a sus efectos. Tampoco produce embotamiento mental. El cono de la furia puede haber tenido la capacidad de estimular la regeneración de neuronas dañadas. Los indígenas de El Salvador dicen que puede curar la demencia y revertir la pérdida de memoria". Mónica encogió los hombros. "Nadie sabe si habrá algo de cierto en eso... el *Conus furiosus* está extinto".

"¿Está usted segura?" preguntó Silvia, que se acercó un poco más y entrecerró los ojos para contemplar mejor la fila de caracoles. "Eso me recuerda algo". Miró a Will. "¿Dónde oí yo algo sobre el veneno de los caracoles?"

"El *Conus magus*, o cono mago, está siendo estudiado por varias compañías biofarmacéuticas", dijo Mónica. "El año pasado el programa *60 Minutes* le dedicó un segmento a ese tema".

Silvia chasqueó los dedos. "Eso es. Lo vi en la televisión".

Will se volvió a sentar y se recostó nuevamente en el asiento, entrelazando los dedos detrás de la nuca. Aparentemente satisfecho con todo lo que necesitaba saber sobre los caracoles cónicos, dijo: "Mónica, estamos aquí porque Adam se ofreció a cedernos su cita, si usted acepta darle un masaje a Ivette".

De repente Mónica entendió. Realmente solo la querían a ella.

"Pero ¿por qué yo?", preguntó Mónica, mientras miraba alternativamente a uno y otro y se ponía una mano en el pecho. "La terapia de masaje no es mi especialidad. Ni siquiera vivo de ella. Yo soy fisioterapeuta. Lesiones deportivas, reemplazos de cadera. Ese tipo de cosas".

Will levantó la vista hacia el techo, como si estuviera eligiendo cuidadosamente las palabras que iba a usar. "La queremos a usted porque Adam Bank es una especie de enciclopedia ambulante en lo que se refiere a métodos alternativos de curación. Sabe mucho, tiene una intuición muy aguda y confiamos mucho en él. Adam nos dijo que su talento para el masaje es realmente extraordinario. Y resulta que nosotros necesitamos a alguien con talento extraordinario".

Maldición, pensó Mónica. Dejó escapar el aire lentamente, tratando de reunir el valor para decir que no. Will siguió balanceándose sobre las patas traseras del asiento, mientras esperaba. Justo cuando Mónica estaba a punto de abrir la boca para advertirle que esa silla tenía una pata vencida, una mirada de absoluta sorpresa cruzó por el rostro de Will. La pata vencida debió ceder bajo su peso, porque Will se fue contra la pared del cubículo. Lanzó un grito y levantó el brazo, tratando de agarrarse de algo. El asiento se fue hacia atrás y aterrizó con un golpe seco, mientras que la división del cubículo, que medía cerca de metro y medio, colapsó detrás de Will. Mónica se levantó de un salto para ayudarlo, pero el escritorio le bloqueaba el paso. Al caer, el borde metálico de la división se estrelló contra las manijas de los cajones del archivador y después todo aterrizó en el suelo en medio de una polvareda.

Mónica se quedó con la boca abierta. "¿Está usted bien?" preguntó. La suegra permaneció imperturbable, aferrada a su cartera. "¡Qué torpeza!" dijo. Enseguida empezaron a asomarse varias cabezas por encima de las divisiones, que preguntaban si todo estaba bien. Por suerte no había nadie del otro lado.

"Estoy bien", dijo Will, al tiempo que aceptaba la mano de Mónica, cuando por fin pudo llegar hasta él. Era un tipo grande, musculoso, que medía más de seis pies y probablemente pesaba doscientas veinte libras. Miró a su alrededor, hacia la división caída, sacudió la cabeza con incredulidad y comenzó a reírse. Luego le peló los dientes a su suegra, gruñendo y moviendo las manos en el aire, con los codos contra el pecho, en una imitación de lo que debía ser Godzilla, mientras que Silvia se defendía con su cartera.

Después de que todos compartieron una buena carcajada, Will y Mónica se pusieron a armar otra vez la pared modular. Entretanto, Mónica pensó en la esposa de Will, la famosa e infortunada Ivette Lucero. Su nombre había surgido en la conversación del equipo de la clínica y Mónica recordaba la descripción que había hecho Adam: *Una hermosa puertorriqueña se había volcado en su Mustang antiguo cuando bajaba por la colina, sin cinturón de seguridad. De acuerdo con el Dr. Bauer, tenía una lesión difusa en la corteza cerebral y probablemente también una lesión del mesencéfalo. No había habido ninguna mejoría en casi dos años.*

Cuando terminaron de armar de nuevo el cubículo, Silvia la agarró de la mano. "Entonces, ¿qué día estás disponible, querida? Realmente no quisiera tomar la cita de Adam, pero lo haré si es la única opción".

"El sábado diecisiete", dijo Mónica con desaliento, mientras se preguntaba, sólo por un segundo, si todo lo que acababa de pasar no habría sido intencional.

MÓNICA LLEGÓ A LA UNIDAD para enfermos crónicos que estaba unas pocas calles al sur del Hospital Yale-New Haven. Flotando sobre Ivette Lucero, como fantasmas vigilantes, había varios globos de fiesta que decían "Feliz cumpleaños". La habitación olía al aroma de varios arreglos florales que estaban alineados sobre el alféizar de una gran ventana. Will y Silvia estaban cada uno a un lado de la ventana, de medio lado, como arcángeles gemelos vigilando la entrada. A juzgar por la rigidez de su postura, Mónica se dio cuenta enseguida de que estaban en un estado de ánimo distinto del que les había visto la semana anterior. Su colega Adam Bank le había explicado que, con frecuencia, los familiares de los pacientes con daño cerebral viven en una especie de montaña rusa emocional y pasan rápidamente del optimismo rampante al desaliento total. Con seguridad, el triste clima de esa noche de Nueva Inglaterra tampoco ayudaba: lluvia de verano, cielo gris y neblina.

Mónica se acercó a la cama. Le impresionó ver que Ivette Lucero tenía los ojos totalmente abiertos y que los movía de un lado a otro sin parar. Will debió reconocer la expresión que vio en el rostro de Mónica, porque enseguida dijo: "La fase de coma profundo sólo duró tres semanas. Se podrá imaginar la alegría que sentimos cuando abrió los ojos". Respiró profundo y exhaló lentamente. "Pero desde entonces no ha pasado nada más".

Con la intención de reducir un poco la tensión y crear un buen ambiente para el masaje, Mónica dijo con tono animado: "Hola, Ivette". Pero sonó como si estuviera hablando con un niño pequeño y enseguida lamentó haber abierto la boca. Luego se puso las manos sobre las mejillas y sintió que se ponía roja. No sabía qué hacer. Esto era un terrible error.

Will estiró el brazo, jaló suavemente a Ivette de los dedos de los pies y luego le dio una palmadita sobre las plantas enfundadas en medias. "Oye, mi amor, presta atención. Esta es Mónica Winters. Te va a dar un masaje por todo el cuerpo hasta que no seas más que un bulto de gelatina temblorosa y feliz. Feliz cumpleaños". Will levantó la pantorrilla de Ivette de la cama y se llevó el pie de su esposa hasta la boca. Cerró los ojos y besó lentamente el arco del pie. Todavía con el pie en la mano, se volteó a mirar a Mónica. "Hágala sentir súper bien, por favor".

Mónica asintió con la cabeza. Los ojos de Ivette continuaron moviéndose de un lado a otro, como una bola de ping-pong. Mónica se quedó quieta; estaba confundida y tenía miedo de parecer ignorante o herir los sentimientos de alguien. Sin embargo, si iba a pasar la próxima hora tocando el cuerpo de esta mujer, tenía que tener al menos una idea acerca de si había alguien detrás de esos ojos extraños e incansables. "¿Por qué sus ojos...?" se aventuró a preguntar con cautela y luego movió el dedo índice entre el ojo derecho y el izquierdo.

"En realidad nadie sabe por qué", interrumpió Silvia. "Sólo se sabe que es típico del daño cortical". Se paró a los pies de la cama y comenzó a moverse de un extremo al otro, tratando de mantenerse en la direccíon de la mirada mecánica y pendular de su hija. La sensación de incomodidad de Mónica se duplicó. Miró el reloj, desesperada por salir de este masaje.

"Entonces", dijo, "¿quieren que le haga el masaje en la cama o la movemos a mi mesa?"

"En la cama", dijo Will.

Silvia hizo un gesto con la mano y descartó la idea de su yerno. "La moveremos a tu mesa para que pueda disfrutar del efecto completo".

"No es una buena idea", dijo Will con un tono más fuerte. "Recuerda que los ataques la hicieron caerse de una mesa de examen".

Como si no hubiese oído ni una palabra de lo que Will dijo, Silvia abrió la parte superior de la mesa de masajes de Mónica. "¿Trajiste esto tú sola?" Sin esperar una respuesta, fue hasta la puerta y llamó a una enfermera. "¿Ellie? ¿Puedes ayudarnos a pasar a Ivette a esta mesa de masajes?"

Una enfermera corpulenta entró a la habitación y, a juzgar por su actitud (cabeza hacia atrás, pecho inflado y manos en la cintura), se sabía que estaba acostumbrada a dar órdenes. Ellie estuvo de acuerdo con Will y agarró a Silvia de un brazo y la hizo sentar, como a una niñita de escuela. Luego le dio la vuelta a Ivette para que quedara sobre el estómago, como si no fuera más que una liviana silueta de cartón.

"¿Qué es eso?" susurró Mónica y señaló el equipo que estaba junto a la cama.

"Los médicos la conectan de vez en cuando al succionador para mantener limpias las vías respiratorias, dado que ella no tose", dijo Ellie y señaló su propia garganta. "Uno se limpia los pulmones por medio de la tos". Sonrió y dijo en voz alta: "Y no hay necesidad de susurrar. Lo último de lo que hay que preocuparse por aquí es de que alguien se pueda despertar". Mónica dio un paso atrás y miró por la ventana, fingiendo que no había oído.

Cuando la enfermera se marchó, Will y Silvia estaban discutiendo otra vez y Mónica comenzó a organizar su espacio de trabajo. Le subió a Ivette la camisa del pijama para observarle la espalda. Las vértebras dorsales sobresalían como las piedras de un sendero a través de un jardín. Mónica se echó aceite de lavanda en las palmas y se dispuso a trabajar. Notó que sus manos, con uñas pintadas de rojo geranio, se veían vulgarmente saludables al lado de la piel cenicienta de Ivette.

Mónica pensó que hacerle masajes a una persona que está en estado vegetativo era como entrar subrepticiamente a la casa de alguien, cuando esa persona no se encontraba. Sabía que eso de sentirse como una intrusa era estúpido, pero de todas formas tocar a un desconocido que no está en capacidad de negarse parecía un acto extrañamente criminal. Mónica recorrió la columna de Ivette Lucero con los dedos para revisar su alineación y buscar irregularidades. Notó la ausencia de tejido graso y sintió la extraña topografía de los músculos atrofiados y la intrusa presencia de demasiados huesos. Decidió comenzar por la nuca. A un lado de la cabeza de Ivette, justo sobre la oreja izquierda, había una cicatriz de cerca de quince centímetros, sobre la que no había crecido el pelo.

Mónica cerró los ojos. Esa era la clave de su legendario talento. Eso la obligaba a confiar enteramente en los otros sentidos; el patrón de la respiración, la profundidad y el ritmo con que el paciente inhalaba, todo eso le servía de orientación y le suministraba información. Apretó los ojos y trató de dejar que el extraño cuerpo de esta paciente la guiara. Más tarde Mónica recordaría que algo en la espalda de Ivette (¿sería la respiración irregular? ¿O la piel cenicienta que parecía que se fuera a desintegrar en cualquier momento?) hizo que sus pensamientos derivaran hacia Negrarena. Alma le había enseñado a correr hasta la playa después de un temblor y a enterrar completamente los brazos entre la arena. Mónica debía esperar, inmóvil y durante lo que parecían horas, hasta que sentía las lejanas colisiones de las placas sísmicas de la tierra, que subían hasta la superficie a través de espasmos tímidos y carnosos. Realidad o fantasía, Mónica no lo sabía. Probablemente no era más que un cuento para mantenerla ocupada durante un rato, pero Mónica creía que su madre le estaba enseñando a conversar con la naturaleza, a aprender a desentrañar su lenguaje secreto sintonizando todos sus sentidos y silenciando su mente. Con el tiempo Mónica se dio cuenta de que la misma idea se podía aplicar al paisaje del cuerpo humano.

Poco después Mónica notó que la piel de Ivette despedía un olor particular, como a metal mojado, probablemente como resultado del cóctel de anticonvulsivantes y anfetaminas que recibía y que debía estar saliendo, junto con el sudor, a través de sus poros. Como los músculos de Ivette eran tan suaves, a Mónica le sorprendió encontrar un nudo. Devolvió los dedos y volvió a pasar por ese lugar. Al lado izquierdo de la columna había una clara inflamación en forma de tubo, causada por la tensión muscular. El patrón de ese nudo era típico del estrés; Mónica solía llamarlo "la varilla de la novia", porque lo había encontrado en innumerables pacientes que estaban angustiadas por el estrés de planear una boda, aunque técnicamente no se limitaba sólo a las novias. El nudo siempre tenía entre cinco y quince centímetros de largo y corría a lo largo de la parte superior de la columna, abriéndose en forma de abanico hacia el área de la nuca, por lo general al lado izquierdo, independientemente de que la persona fuera diestra o zurda. Mónica enterró los dedos en el centro del nudo y se imaginó cómo el flujo sanguíneo disolvía la inflamación, de la misma manera que la sal disuelve la carne cauchuda de una babosa. El hecho de descubrir "la varilla de la novia" en Ivette echaba por tierra su teoría de que esa inflamación era una señal típica del estrés. Después de todo, ¿cómo podía Ivette estar estresada? En este caso debía tratarse más bien del resultado de la manera en que la habían puesto sobre la cama, la alineación de su cuello y su cabeza. No obstante, era algo inesperado.

Mónica abrió los ojos y se echó un poco más de aceite en la palma de la mano. "O bien Ivette no está muy contenta de cumplir treinta", dijo suavemente, "o está pensando en casarse".

"Puedes sentir que está estresada, ¿no es cierto?" dijo Silvia de repente. "Está haciendo mucho esfuerzo para despertar". Silvia había vuelto a mirar por la ventana, hacia la neblina y la tarde moribunda.

Will, que también estaba pensativo y distante, se volteó a mirar a su suegra, se recostó contra el borde de la ventana y cruzó los brazos. No dijo nada en ese momento, sólo se quedó mirando su perfil, durante lo que pareció un largo rato. Luego se acercó a la cama, tomó la mano de su esposa y la besó. Como si le hubiese leído la mente, Will se volvió hacia Mónica y dijo: "En seis semanas se cumplirán dos años del accidente de Ivette". Will lo anunció con una voz tan lúgubre que Mónica supo enseguida que ese período debía tener un significado que ella desconocía, a menos de que representara simplemente otro año de desilusión.

Mónica martilló el músculo tensionado con la base carnosa de su puño, como si estuviera moliendo granos de pimienta en un mortero. "¿Y esos dos años marcan alguna etapa específica en relación con su progreso o su cuidado?" preguntó con voz dubitativa. No quería entrometerse, pero ellos parecían querer hablar del tema.

Will asintió lenta y deliberadamente con la cabeza, antes de hablar. "Salir del estado vegetativo más de un año después de ocurrida la lesión es bastante poco probable. De acuerdo con el

Dr. Bauer, Ivette tiene una posibilidad de recuperación de tres a cinco por ciento".

"Diez por ciento", interrumpió Silvia, "¿Recuerdas los resultados de ese nuevo estudio sobre el que te hablé, Will? Dicen que la posibilidad de recuperación llega al diez por ciento".

Will siguió hablando pacientemente: "Si llegara a recuperarse, probablemente no podría retomar sus actividades como ser humano social. Tendría un vocabulario de diez palabras, tal vez menos, estaría reducida a una silla de ruedas y dependería totalmente de los demás". Respiró profundo. "Hace muchos años, ella y yo tuvimos una conversación hipotética sobre este tema... cuando era algo que les pasaba a los demás. Ivette me dijo que lo máximo que querría estar conectada a un aparato que la mantuviera viva serían dos años". Acarició la frente de su esposa con la parte de encima de los dedos. "Dos años".

Se oyó un breve resoplido de Silvia, que todavía seguía mirando por la ventana, sin voltearse hacia ellos. "Un año pasa tan rápido y luego, de repente, uno llega al segundo año y... es mi hija... No les permitiré que la desconecten. No lo haré".

De repente Mónica sintió deseos de correr hasta el otro lado de la habitación y abrazar a Silvia, de recoger a ese pajarillo frágil y asustado y arreglarlo todo. Pero Silvia era inalcanzable, pues estaba al otro lado de un abismo de dolor insoportable. Mónica miró fijamente a Will tratando de expresarle su solidaridad.

"La terapia de masaje ha logrado que la gente recupere la conciencia", dijo Will, con un tono un poco más alegre. "Así que, ya ve, Mónica, usted es parte del plan maestro".

Silvia se volvió hacia ellos y dijo: "Lo hemos intentado todo, Mónica, y lo haríamos otra vez, un millón de veces. Medicina occidental, medicina china, santería, vudú haitiano. Estoy pensando hacer una peregrinación a México, al sitio donde apareció la Virgen de Guadalupe, la Virgen Milagrosa".

Will reviró los ojos al oír esto último. "Digamos simplemente que mantenemos las antenas puestas para enterarnos de los últimos tratamientos médicos y las últimas terapias".

"Estoy investigando acerca de los tratamientos con el veneno de los caracoles sobre los que hablamos el otro día", dijo Silvia con las manos unidas, como si estuviera rezando.

Mónica encogió los hombros. "El veneno de los caracoles está siendo estudiado para controlar el dolor crónico. No sé si eso le podría ayudar a Ivette".

"Tú dijiste que los indígenas de El Salvador creían que esa sustancia reducía los síntomas de la demencia y regeneraba las neuronas dañadas, ¿no?"

"Sí, pero probablemente eso no es cierto. Me refiero a que es muy poco probable que...". Mónica se detuvo. ¿Quién diablos era ella para menospreciar la idea? Nadie había probado que no fuese cierto. Tal vez los indios de El Salvador sí habían encontrado algo especial, después de todo. Y tal vez el *furiosus* había vuelto a aparecer; los moluscos reaparecían todo el tiempo. Además, la verdad era que ella no estaba muy actualizada sobre los avances de la investigación. "¿Por qué no?", dijo Mónica y levantó las manos. "Si algo tan humilde como el moho puede darnos la penicilina, ¿por qué unos extraños caracoles marinos no podrían ser capaces de hacer también grandes cosas?"

Silvia hizo un guiño. "Exacto".

Después de pensar en cinco cosas distintas para decir y rechazarlas todas, Mónica dijo: "Ivette tiene suerte de tenerlos a ustedes dos. Estoy segura de que ella siente cuánto la quieren".

Will dijo: "Eso espero". Luego miró el reloj, caminó hasta donde estaba Silvia y le pasó un brazo por los hombros. "Vamos, suegra, dejemos que Mónica haga su magia. Las estamos distrayendo a las dos con nuestro charleteo".

Mónica se echó más aceite en las manos y siguió trabajando en la base de la columna de Ivette, moviendo sus dedos de una manera perfectamente calculada, como si estuviera tejiendo, y dándoles a los músculos que soportaban cada vértebra una dosis de movimiento y presión relajante. De pronto se preguntó si este masaje estaría teniendo algún impacto. Se imaginó a Ivette como un buzo atrapado bajo las profundidades del agua, que levantaba la vista hacia arriba, con la esperanza de sentir la vibración producida por una hoja seca que acababa de tocar la superficie lejana.

¿Dónde estaría exactamente, en el tiempo y el espacio, la mujer que estas dos personas amaban y recordaban? Le habría gustado hacerle esa pregunta a Alma, porque ese era exactamente el tipo de cosas sobre las cuales le gustaba pontificar a su madre. Siempre había asumido que, con la edad, ella también disfrutaría de esa misma seguridad visceral que tenía su madre, pero hasta ahora parecía que nunca iba a alcanzar el don de tener una fe inquebrantable en que la vida tiene una estructura y un sentido subyacentes. A los veintisiete años todavía estaba llena de dudas, y el hecho de tener que ser testigo de la vida destrozada de Ivette le daba ganas de gritar por lo injusto que era todo y el aterrador caos que significaba el azar. Pocos minutos después, Mónica hizo una pausa en su trabajo, pero sólo el tiempo suficiente para darle la vuelta a un CD de arpas y flautas y el sonido de las olas del océano. Volvió a cerrar los ojos.

Lo último que se habría podido imaginar era que, a lo largo del misterioso camino a través del cuerpo de esta mujer, había una puerta escondida que llevaba al oscuro manantial de su propia memoria. Mónica la atravesó con facilidad y, sin darse cuenta, se sumergió en las aguas de Negrarena, y regresó a lo que había tratado de olvidar durante los últimos quince años.

ALMA FUE LA PRIMERA CLIENTE a la que Mónica le dio un masaje. Ese primer masaje tuvo lugar una vez que Alma decidió buscar consuelo después de una discusión con el padre de

Mónica, o con Maximiliano, o con ambos... Mónica no estaba segura. En todo caso, Alma tenía la clara sensación de haber sido víctima de una injusticia o una mala interpretación y eso debió ser lo que disparó el desafiante impulso de aprovechar la extraordinaria riqueza de su familia para crear algo bello y dramático a partir de su resentimiento. Empacó una valija, le dijo a Mónica que se subiera al asiento delantero de su Range Rover salpicado de barro y condujo hasta la costa.

Alma les ordenó a los criados de Caracol que instalaran en la playa una enorme cama antigua de columnas y dosel, con todo y sábanas de lino y almohadones acolchados. Como la abuela no estaba ahí para desautorizarla, los criados no pudieron hacer otra cosa que obedecer y los seis tuvieron que desarmar el marco con la cabecera de caoba y llevarlo desde la habitación de huéspedes del segundo piso hasta la arena infernalmente caliente de la playa.

Esa tarde había una fuerte brisa fresca que venía del Pacífico. Cuando la cama estuvo lista, Alma y Mónica se pusieron los vestidos de baño y se acostaron a disfrutar de ese increíble lujo. Madre e hija se estiraron encima de las sábanas de lino blanco almidonadas, tan crujientes como el papel de arroz, con los dedos índices entrelazados. Se quedaron observando cómo el aire salado inflaba y desinflaba el velo del dosel, que se movía como la cabeza de una medusa gigante. Poco después, el delicado golpeteo de unos cubos de hielo precedió a Francisca, que era la madre de Maximiliano y había sido la nana de dos generaciones de Borreros, entre ellos Alma y Mónica. Francisca caminaba con dificultad por la arena suelta para llevarles una jarra de limonada recién hecha. La puso sobre una delicada mesa de madera que había junto a la cama e hizo presión sobre la superficie de la mesa para enterrar bien las patas en la arena. Mientras Alma bebía su limonada, Mónica jugaba con el pelo de su madre, entretejiéndolo en una trenza floja y luego sol-tándolo.

Alma puso el vaso sobre la mesa, se acostó bocabajo con la cara hacia Mónica y cerró los ojos. "Dame un masaje en la espalda", dijo y de repente arqueó la espalda y se contoneó sobre el colchón de plumas. "Tengo la espalda toda tensionada".

Mónica hizo caso a la solicitud de su madre y comenzó a imitar lo que había visto hacer a su padre: enterró los dedos en la espalda de Alma y comenzó a masajear las paletas de los hombros. Ocasionalmente se detenía para masajear la parte posterior de la cabeza, con tanta suavidad y ternura que algunas de las caricias sólo tocaban el aire. Se concentró en el sonido de las olas que se rompían y rodaban sobre la playa y notó cómo la espalda de su madre se elevaba y descendía con el ritmo de cada ola. Rápidamente entró en una especie de trance, en medio del cual sólo era consciente de unos cuantos detalles menores de lo que la rodeaba, como el limpio olor a detergente que despedía la tela transparente del dosel y la incesante escarbadera de un perro refugiado a la sombra de un matorral. Mónica no lo supo en ese momento, pero ese sería el instante más feliz de su vida durante los próximos veinte años. Alma, que ya estaba profundamente dormida, dejaba escapar un ronquido de vez en cuando.

De repente algo pequeño que se movía de prisa en la esquina de la cama captó la atención de Mónica. Se incorporó. Segundos después, uno de esos cangrejos de playa azul y rojo, comúnmente conocidos como *caballeros*, salió de debajo de las sábanas. El cangrejo era más o menos del tamaño de la mano de Mónica y tenía una armadura medieval espléndida. Comenzó a subirse por la pierna de Alma, dejando a su paso pequeñas marcas blancas sobre la piel bronceada. Alma le había enseñado a Mónica que si uno se queda perfectamente quieto, no hay muchas criaturas que le hagan daño. Segura de que su madre seguiría durmiendo, Mónica se quedó observando al cangrejo totalmente embelesada, esperando a ver qué iba a hacer.

Alma siguió respirando lentamente, mientras que su cabeza descansaba sobre la parte posterior de sus brazos doblados, totalmente ajena a las terribles pinzas que se deslizaban por su piel desnuda. El cangrejo llegó a la parte baja de la espalda y subió por la escalera de la columna vertebral. Cuando se encaramó sobre la correa del vestido de baño, Mónica observó las protuberancias dentadas de las pinzas, las tenazas. Trató de recordar el nombre preciso de esas protuberancias dentadas, pues quería estar preparada para rendirle a su madre un completo informe sobre los detalles anatómicos cuando se despertara. El cangrejo la miró con esas órbitas separadas y flotantes, antes de escalar por el pelo suelto de Alma, luego se detuvo y se quedó descansando en la base de la nuca. *Las tenazas son denticuladas*, pensó Mónica, que recordó de pronto el término correcto. El cangrejo desplegó sus largos y delgados apéndices sobre el cuello de Alma y unos rayos escarlata salieron de un corazón azul eléctrico, húmedo y resplandeciente a la luz del sol. A Mónica se le paró el corazón cuando los ojos de su madre se movieron de un lado a otro bajo unos párpados ligeramente pecosos, cuando se veían de perfil. Alma balbuceó algo en medio del sueño.

Tal vez ese lugar fantástico, ese momento de ensoñación, era demasiado hermoso para permanecer intacto, demasiado puro para que el mundo exterior no se sintiera tentado a entrometerse. Era como si ese "caballero" —un carroñero cuyo territorio incluía la letrina de los trabajadores de la finca— hubiese venido a depositar los desechos del mundo exterior. La criatura se apretó contra el oído de Alma y ella arrugó las cejas mientras escuchaba lo que tenía que decirle. Perturbada, gritó en medio del sueño.

"Max", dijo con voz entrecortada. Hubo un momento de silencio, como si estuviera dando tiempo para recibir una respuesta en una conversación telefónica. De repente Alma se estremeció y dijo: "Si no me voy ahora mismo, tu esposa nos va a matar a los dos". Sus labios hinchados por el sol siguieron moviéndose, modulando palabras inaudibles que terminaron con un enorme suspiro de desconsuelo. Cuando Alma habló, el cangrejo, sorprendido, se volvió opaco, recogió sus apéndices y salió corriendo, como un vendedor ilegal expulsado por la policía. Alma se volteó de lado y le dio la espalda a Mónica.

Mónica se deslizó por el borde de la cama y se paró en la arena ardiente, mirando la espalda de su madre, que parecía una pared de concreto. Uno de los lados del dosel se soltó y se deslizó entre ellas. Mónica se quedó mirando a su madre dormida, a través de la niebla ondulante de la tela transparente. Luego la agarró con el puño y lloró en silencio contra la tela, porque ahora sabía con seguridad qué era lo que estaba pasando. Levantó la mirada hacia las montañas en las que vivían tantos campesinos. De alguna manera todo eso se sentía ahora más próximo. En algún lugar más allá de esas colinas había una esposa, alguien que sería capaz de matar para proteger aquello con lo que su madre estaba soñando en ese instante.

Mónica entendió que eso que acababa de saber era peligroso. Si podía mantener la boca cerrada, si se quedaba muy quieta, tal vez nadie saldría herido. El peligro podría pasar, deslizarse silenciosamente fuera de las sábanas blancas para meterse en la cama de otra persona. Si es que podía haber otra cama igual a esta, en la cual dormitaba una mujer hermosa, bajo la nube ondulante de un velo transparente, sin percatarse de las nubes reales que comenzaban a formarse a lo lejos. O si pudiera existir otro lugar en la tierra como Negrarena, donde los secretos se filtraban gota a gota, sin dejar ningún rastro en la arena negra y ardiente.

BAJO SUS MANOS, Mónica pareció sentir un ligero temblor, luego un estremecimiento. Abrió los ojos y salió abruptamente de la digresión de sus recuerdos. ¿Acaso había hablado en voz alta sin darse cuenta? ¿Era su imaginación o Ivette había arqueado un poco la espalda? Mónica no estaba segura si era ella la que se había estremecido ante la intensidad de sus propios recuerdos, o realmente había sentido la lucha de una mujer atrapada bajo la superficie de su propio ser. Tuvo la extraña sensación de que ese estremecimiento había sido como una respuesta a sus pensamientos, de parte de una especie de audiencia. *No responde a los estímulos externos*, había dicho Adam. Sin embargo, Ivette tenía los brazos inexplicablemente erizados, como piel de gallina.

Mónica levantó la vista hacia el reloj: veinte minutos más. Llamó a la enfermera para darle vuelta a Ivette. Terminaría con la cabeza, después los pies y luego se marcharía. Mónica masajeó las sienes de ese rostro pálido y huesudo. Ahora tenía los ojos quietos y miraba perdidamente al vacío. Cuando terminó, se quedó un momento orando por Ivette y pidiendo un milagro o, al menos, la paz y el consuelo que tanto necesitaba su familia. Sintiéndose un poco como el azorado cangrejo, empacó sus cosas, se apresuró a despedirse y huyó, buscando consuelo en la certeza de que nunca más en la vida tendría que volver a verlos.

"Kevin realmente está ganándose puntos", dijo Paige Norton, mientras miraba hacia la terraza de madera que rodeaba la parte trasera de la casa de Mónica. Mónica estaba preparando unos emparedados de atún y podía ver a su mejor amiga a través del arco de la pared que separaba la cocina del salón. Estaba pensando en el trabajo que se estaba llevando a cabo afuera, en la terraza: estaban quitando la pintura gris para reemplazarla por un barniz natural. El día era perfecto para trabajar al aire libre, setenta grados y sólo unas ligeras nubecillas en el cielo. Mónica, su padre, su novio y Paige habían pasado la mañana trabajando hombro a hombro y disfrutando de la vista del mar desde su casa en Milford.

Mónica levantó la vista cuando su amiga habló y vio que el pelo liso y rojizo de Paige brillaba con la luz del sol que entraba por la ventana. Hasta las pestañas atrapaban la luz y coronaban sus pálidos ojos azules con pequeños arcos luminosos. Paige le dio unos golpecitos al vidrio con la uña. "Al permitir que Kevin le haga mejoras a tu casa estás aceptando, de manera indirecta, casarte con él". Luego levantó las cejas con gesto autoritario.

Mónica dejó de sacar el atún de la lata, fijó la mirada en la piel blanca como la porcelana de su amiga y frunció el ceño. "¿Qué? ¿Por pedirle que raspe un poco de pintura vieja?" Mientras hablaba, sintió un dolor agudo en el pulgar. Bajó la vista y vio que una gruesa gota de sangre caía al lavaplatos, pues se había cortado con el borde de la lata. "Mira lo que hiciste. Me corté".

Paige sacudió la cabeza y miró hacia la terraza, donde los dos hombres estaban trabajando. "Cuando los papás se entienden con el novio de uno mejor que uno mismo, las cosas tienen cara de complicarse".

Mónica dijo, mientras se lavaba la herida. "Tienes razón".

"Míralos", dijo Paige. "Incluso mientras están trabajando en la pintura, no dejan de charlar como un par de niñitas con un juego de té nuevo". Apretó los labios y meneó la cabeza. "Es hora de tomar una decisión, querida".

Mónica se envolvió el dedo con una toalla de papel y no hizo ningún comentario. Paige entró a la cocina y se sirvió un vaso de limonada. "Estaba pensando en esa pareja sobre la que nos contaste hace un rato, ya sabes, el tipo con la esposa en coma. Es increíble cómo la vida se le puede ir a uno de las manos en cualquier momento". Chasqueó los dedos. "En su caso es todavía más triste porque ella ya tenía una vida establecida. No como yo".

"¿Cómo puedes compadecerte a ti misma y hablar de Ivette Lucero al mismo tiempo?" le dijo Mónica con tono de regaño.

"No fue mi intención", dijo Paige, tratando de reorganizar con una mano los imanes de criaturas marinas en la nevera de Mónica, mientras sostenía la limonada con la otra. "Es sólo que para mí encontrar el amor ha sido un proceso muy lento y doloroso. Esta mujer encontró su media naranja y luego, de repente, se acabó. Eso me hace preguntarme si vale la pena seguir soportando la interminable farsa de salir con distintos hombres". Paige se quedó mirando por un momento el techo de textura arenosa y luego pareció derivar de nuevo hacia la compasión, porque dijo: "Sencillamente no es justo que se lo hayan quitado todo".

Mónica asintió. "Es cierto, ella disfrutaba de algunos de los privilegios que nos han sido esquivos a nosotras". Se detuvo y levantó la cabeza. "Supongo que debería decir *disfruta*, porque todavía está viva. Pero no realmente. Es muy extraño".

Con el rabillo del ojo, Mónica vio que Paige se volteaba a mirarla. "Hablando de privilegios que nos han sido esquivos... ¿todavía piensas mucho en tu madre, Mónica?"

"Todos los días".

"¿Crees que ella aprobaría a Kevin?"

Mónica reviró los ojos y sonrió de manera irónica. "¿Alguna vez te conté cómo mi madre evaluaba a un hombre?"

"No, nunca", dijo Paige y se puso las manos en las caderas. Siempre había tenido un apetito insaciable por oír historias acerca de la vida de Alma y solía obligar a Mónica a contarle una y otra vez las mismas historias con increíble detalle. Alrededor del noveno grado Mónica comenzó a adornarlas un poco y al final terminó inventándolas por completo. Pero nunca había contado esta, porque en realidad no era una historia sino un incidente aparentemente sin importancia que, ahora se daba cuenta, sí había tenido consecuencias.

"Bueno, un día", comenzó a decir Mónica, "mientras mi mamá y yo estábamos en medio de una multitud afuera del aeropuerto de El Salvador, la oí hablando con una campesina sin dientes, que tenía una enorme canasta de frutas sobre la cabeza. La mujer le estaba contando a mi mamá que finalmente se iba a casar, después de nueve años, con el papá de sus once hijos. En esa época mi mamá estaba completamente alejada de la gente común y, en medio de su infinita sabiduría, pensó que podría darle a esta mujer un buen consejo sobre cómo decidir si un hombre valía la pena. Entonces dijo: '¿Tu hombre puede cambiar el mundo? ¿Puede hacer justicia? ¿Puede salvar lo que es más precioso? ¿Puede traer al mundo una belleza excepcional o, al menos, un poco de consuelo y una manera de aliviar el dolor? Si la respuesta es no, entonces deberías seguir adelante'. La pobre campesina sólo miró hacia otro lado. Se sintió muy deprimida ante esos estándares tan inalcanzables".

"Yo también estoy deprimida con esos estándares".

"Creo que ese pequeño discurso me caló hasta los huesos, Paige. Eso fue lo que me hizo elegir como profesión la fisioterapia. Así que la respuesta a tu pregunta es no. Kevin no se ajusta a ninguna de esas cosas. Y aquí me tienes, luchando contra la idea de tener un futuro con él. ¿Te parece una coincidencia?"

" 'Una manera de aliviar el dolor'...", repitió Paige y dejó la frase sin terminar. "Eso es lo que ella buscaba. Y Max era un médico que luchaba por lo que él sentía que era justo para los pobres de El Salvador. Eso es lo que ella veía en él. Ella lo *admiraba*".

"Admiración", dijo Mónica y levantó un dedo. "Tal vez eso es lo que falta en mi relación. Esa sensación de mirarlo y decir '¡Caramba!' "

Después de un momento durante el cual ninguna de las dos dijo nada, Paige se paró detrás de Mónica, que todavía estaba junto al lavaplatos, y le pasó el brazo por los hombros. Debía estar a punto de decir algo profundo o expresar su solidaridad, pero luego bajó la vista y vio el enorme envoltorio de toallas de papel con que Mónica se había cubierto el dedo.

"Por Dios", dijo Paige y se llevó una mano a la garganta. "Espero que hayas guardado la mano amputada en el refrigerador. Tendremos que volvértela a pegar después del almuerzo".

"Ah, cállate", dijo Mónica sonriendo y se metió la mano herida debajo de la axila. "Fue tu culpa. Me estabas atormentando con eso del compromiso".

Paige le dio un golpecito en la cadera. "Quítate de ahí", ordenó y le quitó la cuchara que tenía en la otra mano. "Nadie quiere un emparedado de atún lleno de sangre".

Mónica se hizo a un lado con gusto.

"En cierto modo, tienes suerte de no tener la constante presión maternal para que te cases". En ese momento Paige comenzó a hablar haciendo una perfecta imitación de la voz de su madre: "¿Cuándo es que te vas a casar y vas a tener hijos? Como la leche, las chicas llegan a su fecha de vencimiento después de los treinta".

Mónica se rió. "¿Tu mamá dijo eso?"

"Lo juro por Dios".

"Pues bien, sonaste muy parecida a ella cuando estabas junto a la ventana presionándome a mí".

"Tu caso es distinto. Tú tienes un tipo sensacional esperándote. Yo te diría que te lanzaras y acabaras con eso de una vez".

"Cuando era pequeña, soñaba con el día en que me pondría un enorme vestido blanco y miraría a los ojos de mi amado y... acabaría con eso de una vez".

Paige sacudió la cuchara de palo y le dijo a Mónica: "Conozco a una docena de mujeres que se comerían a tu bombón en un segundo".

A Mónica todavía le faltaban tres años para cumplir treinta, pero estaba comenzando a entender que a los treinta se suponía que debía participar de una especie de crisis generacional, un hito inútil del desarrollo, como la salida de las muelas del juicio. Y aunque era una digna hija de Alma en ese sentido —se negaba a aceptar la idea de que *tenía* que casarse—, estaba comenzando a sentir cierta inquietud, la sensación de que el tiempo estaba pasando cada vez más rápido y ella no lograba mantener el ritmo.

Oyó las voces de los hombres, acompañadas del ruido de la puerta de anjeo que se abría y se cerraba. Cuando Kevin la vio, le mandó un beso. Mónica le miró los zapatos manchados de pintura y se preguntó cuánto tiempo estaría dispuesto a esperar.

Ella estaba dilatando la decisión y aparentemente había logrado convencer a todo el mundo, excepto a Paige, de que la decisión de casarse sólo dependía de su solemne deber de hacer algo significativo antes de asentarse en un destino corriente y rutinario de niños, minivan y planes de jubilación y cenas donde los suegros todos los domingos. Pero ¿cuál era ese gran sueño? Mónica no lo sabía. Algo inolvidable, algo que, cuando fuera vieja, podría contarles una y otra vez a sus aburridos nietos. Algo que pudiera absorberla totalmente, como la había embelesado el mar cuando era niña.

Pero aparte de su indecisión acerca de cuál camino seguir, de la docena de ideas que tenía, había que pagar la hipoteca de la casita frente a la playa y los préstamos de la universidad. Desde luego, Mónica había oído que había algunas parejas que decidían salir al mundo y perseguir esos sueños juntos. Pero Kevin Mitchell no veía la necesidad de salir de Estados Unidos, nunca. De hecho, al igual que sus padres, creía que el mundo comenzaba y terminaba en la costa de Connecticut. Cuando Mónica mencionó la idea de viajar a Europa o incluso de regresar a El Salvador, su respuesta fue "¿Por qué? ¿Para que nos enfermemos con el agua y nuestros cheques de viaje terminen en manos de una banda de chicos que no se han bañado desde hace un año?"

Y ahí estaba el problema. Kevin no estaba interesado en lo más mínimo en ninguno de los criterios mediante los cuales Alma juzgaba si una vida estaba siendo bien vivida, él sólo quería tener seguridad y comodidades y no tener que enfrentar ningún cambio. Esa actitud se había vuelto cada vez más irritante para Mónica, en la medida en que aumentaban sus propios deseos de vivir una aventura. Pero Kevin era atento, amable y bien parecido, con ese estilo desgreñado tan típicamente americano. Y aquí estaba, todo sudado y muerto de calor, sacrificando un día perfecto para jugar golf por quitar un poco de pintura. ¿Acaso ella era una ingrata por querer un hombre más aventurero y ambicioso?

Kevin se dirigió al baño, mientras Bruce se lavaba las manos en el lavaplatos de la cocina. Cuando estaba en esas, vio la mano de su hija. "¿Acaso te cercenaste toda la mano? He visto turbantes más pequeños que eso".

Paige soltó la risa detrás de Mónica. Mónica acunó su mano herida y replicó: "¿Ya acabaste de pelar mi terraza, viejo? ¿O sólo entraste a que te diéramos de comer?"

"Creo que podremos terminar en una hora más de trabajo", dijo, mientras examinaba el dedo de Mónica por encima de unos bifocales imaginarios. "Luego podremos comenzar a echar el barniz. Este año podrás tener tu primera fiesta del Cuatro de Julio en esa terraza".

Paige trajo una pila de platos y los puso sobre la mesa rústica. "Si das una fiesta, deberías invitar a ese tal Will Lucero. Me encantaría conocerlo", dijo.

"Apenas lo conozco", dijo Mónica, mientras abría una bolsa de papas fritas. "Además, lo último que quiero es hacerme amiga de ese hombre. Podría querer que le diera otro masaje a su esposa".

"Bueno, me imagino que algún día tendrá que comenzar a salir otra vez con mujeres. Porque su mujer nunca va a volver a tener todas las tuercas en su sitio", dijo y se puso un dedo en la sien.

"Paige, ¡por Dios!" gritó Kevin desde el baño.

Bruce arrugó la cara y miró a Paige. "¿Estás buscando marido en medio de un accidente, como si fueras un buitre?"

Paige se puso las manos en las caderas. "Ustedes no saben lo difícil que es encontrar a un buen hombre. La mayoría de los hombres atractivos e interesantes tienden a andar con tipos que se ajustan a la misma descripción. Tal vez él tenga un amigo que me pueda presentar. Es sólo un asunto de crear redes".

Kevin se sentó junto a Bruce y le dio un codazo. "Ella tiene razón acerca de que los solteros interesantes tienden a juntarse", dijo y apuntó su dedo hacia Bruce y luego hacia él. "Míranos a nosotros". Bruce asintió con la cabeza y abrió mucho los ojos mientras miraba a Paige, como si eso realmente probara que ella tenía razón.

"¿Y qué hay de ti, Bruce?" Paige dirigió su cuchara de palo hacia Bruce. "¿Por qué no te has vuelto a casar? No creas que la juventud dura para siempre", dijo y apuntó la cuchara hacia su cabeza, cada vez más despoblada. "Tu también te estás acercando a la fecha de vencimiento".

Bruce la miró como si no tuviera idea de lo que estaba hablando. "Yo no soy soltero. Soy viudo".

Paige frunció el ceño. "Esa es una excusa muy tonta. ¿Cuándo es que te vas a casar con la pobre Marcy?"

Kevin trajo dos cervezas y le pasó una a Bruce. "Paige, ¿alguna vez te han dicho que eres una entrometida?"

Paige puso una cucharada de atún sobre una tajada de pan blanco y se la pasó. "¿Alguna vez te han dicho que eres un aburrido?"

"¿Alguna vez te...?" comenzó a decir Kevin, pero Bruce levantó una mano para callarlos.

"No soy fanático del matrimonio. Una vez fue suficiente para mí, gracias".

"Eso no es muy amable con mamá", dijo Mónica desde la cocina. "O con Marcy".

"¿Y quién dijo que Marcy quiere casarse conmigo?" Bruce hizo un gesto de asentimiento para reafirmarse en lo que acababa de decir y le dio un mordisco a su emparedado.

Mónica, Kevin y Paige soltaron la carcajada. "Papá, ella ya escogió el vestido de novia y el modelo para las invitaciones. Yo diría que está bastante abierta a la idea". Mónica oyó que un auto avanzaba por la entrada. "Hablando del rey de Roma...".

Bruce bajó la cabeza, miró a la derecha y después a la izquierda para captar la mirada de todos, antes de decir en voz baja: "El famoso pintor francés Edgar Degas dijo: 'Existe el trabajo y existe el amor, y no tenemos sino un solo corazón'".

Luego se puso una mano encima del corazón, como si quisiera jurar fidelidad.

Oyeron un ruido afuera y guardaron silencio durante un momento, y mientras esperaban a que Marcy hiciera su aparición todos comían papas fritas. De repente Kevin miró a Mónica y sonrió. "Yo no estoy de acuerdo con Degas. El trabajo es lo que haces para mantener el amor".

Mónica le apretó la mano. Estaba haciendo un esfuerzo para encontrar una manera de responderle que no lo hiciera salir corriendo y regresar con un anillo de compromiso, cuando se oyó el chirrido de la puerta principal y Marcy entró, con una bolsa de lona en cada mano y flores de su jardín asomándose de cada una.

"Hola. Soy yo..." dijo y miró a Bruce. "Hola, querido".

Bruce se inclinó hacia Mónica y, como si quisiera reafirmarse tercamente en que el trabajo estaba primero que el amor, susurró: "¿Me darías el teléfono de ese señor, el de la esposa que se accidentó?" Se señaló la cabeza. "Mientras estaba quitando la pintura, se me ocurrió una idea para un artículo acerca de la recuperación de una lesión cerebral que me gustaría presentarle a un editor". Luego se puso de pie y le estiró los brazos a Marcy.

TODOS LOS EVENTOS más importantes de la vida personal de Bruce Winters habían sido instigados, o inspirados, por sus decisiones profesionales, en especial las desgracias. Un artículo que escribió para el periódico de su universidad ganó un premio y lo ayudó a conseguir un trabajo como periodista en el *New Haven Register*. Su labor en el *Register* le valió un empleo como buscador de noticias para el *New York Times*, a los veintisiete años. Un año después, su editora, que también era su novia, lo convenció de irse a trabajar con ella para el Departamento de Estado, en la secretaría de prensa de la embajada de la República de El Salvador. Desde el momento en que aceptó, y todavía más cuando terminó con su novia, seis meses más tarde, Bruce lamentó amargamente esta decisión.

Una semana después de que terminaron, cuando estaba en el proceso de cuidar su orgullo herido y reflexionar sobre el curso de su fracasada carrera, el embajador de los Estados Unidos ofreció una fiesta para las familias más poderosas del país. Debido a la incomodidad que le producía cualquier situación que oliera a relaciones públicas, Bruce prefería dedicarse a procesar los hechos concretos hasta convertirlos en boletines de prensa. Pero como su presencia en la fiesta era indispensable, decidió pararse en un rincón del salón, a soportar la rasquiña que le producían la camisa y la corbata y a lamentarse de su suerte. Bruce trataba de evitar la mirada de su ex novia (y, con suerte, próximamente ex jefe) que conversaba con un jefe militar salvadoreño al otro lado del salón. Parecía estar tratando de llamar su atención para que él se hiciera cargo del militar, de modo que ella pudiera flotar hacia el siguiente personaje importante. Pero Bruce insistió en ignorarla, parado junto a una gran fuente llena de ponche y absorto en la contemplación de la multitud de gente que lucía hermosos vestidos y olía a perfumes costosos. Todos los hombres tenían en una mano un trago de whisky escocés y algunos tenían un cigarrillo en la otra, mientras gesticulaban bruscamente y compartían chistes políticos. Las mujeres de la fiesta carecían de la homogeneidad que caracterizaba a las salvadoreñas que se veían en la calle, cuya estatura baja y pómulos salientes las identificaban como descendientes de los pueblos indígenas de origen maya de Centro América.

Era obvio que estas mujeres eran importadas o de origen europeo. Bruce observó un grupo compuesto por unas gemelas pelirrojas y varias mujeres de cabello castaño claro, y una rubia que no dejaba de sonreírle desde atrás del ala de un enorme sombrero. Con zapatos de plataforma muy a la moda y los ojos pintados de azul claro, uno podía imaginársela con facilidad, a ella o a cualquiera de las otras, asistiendo a un cóctel en Nueva

York o Chicago. Bruce se veía como un sociólogo aficionado, observador pero sin perder la distancia, cuando sintió que le jalaban la manga. Dio media vuelta y vio a una hermosa chica que no había visto antes, de cabello liso y negro agarrado detrás de las orejas y unos ojos tan negros que él podía verse claramente reflejado en esos espejos convexos. No podía tener más de diecisiete años. La chica le sonrió y le preguntó abiertamente si le gustaría bailar.

Bruce ni siquiera se había dado cuenta de que había música, debido a lo absorto que estaba en sus pensamientos y observaciones. Así que se quedó frío, con un vaso de ponche en la mano. No podía entender cómo una chica de clase alta de este país se atrevía a pedirle a un hombre, a un extranjero, que bailara. Era algo sencillamente inaudito, imposible, y sobre su escritorio tenía una pila de informes culturales que así lo demostraban. Sin embargo ahí estaba la muchacha, absolutamente tranquila, como si sólo le hubiese preguntado la hora. Como hubiese sido muy poco caballeroso no aceptar, Bruce se sintió acorralado y vagamente irritado, y las orejas le ardían de la vergüenza. Mientras tanto, sus alarmas más primitivas comenzaron a dispararse y a sonar cada vez más fuerte, pues se dio cuenta de que esta era, fácilmente, la criatura más hermosa que había visto en la vida.

Antes de que él respondiera, la chica le quitó el vaso de las manos, se volteó justo a tiempo para ponerlo en la bandeja de un mesero que pasaba, lo agarró de la manga de la camisa y lo condujo a través del salón. Bruce podía sentir que la sangre le subía a la cara, mientras la seguía muerto de pavor. Había recibido unas cuantas clases de baile, pero estaba lejos de sentirse seguro y preparado y siempre había pensado que sería él quien elegiría el momento. Mientras caminaba torpemente hacia la pista de baile, se preguntó si su ex estaría mirando, lo cual lo hizo sentir un ligero aire de triunfo, pero no lo suficientemente fuerte como para compensar el temor.

Mientras seguía a la muchacha, Bruce se sintió otra vez impresionado por su audacia, cuando ella se volteó y lo miró con la sonrisa seductora de una mujer madura. Luego se preguntó si este baile no terminaría con él volando a través de una ventana, expulsado por un novio celoso o un padre protector. Pero de todas formas la siguió hasta la pista de baile, sin poder hacer nada para evitarlo, como si fuera montado en un par de patines. Bruce trató de relajarse, de concentrase en la hermosa música que interpretaba un trío de guitarristas que cantaban boleros. Estaba a punto de poner sus brazos de cartón alrededor de la muchacha, cuando ella dio un paso atrás y lo dejó frente a los brazos de una chica rolliza, que lo miró con una sonrisa tan resplandeciente como si hubiese estado esperando por él toda la vida. La muchacha soltó una risita de entusiasmo y dijo: "¡Hola, gringuito chulo!" Luego lo apretó con fuerza, con tanta fuerza que, cuando él bajó la mirada, alcanzó a ver cómo se le escurría una gota de sudor por su cuello macizo.

Era el año 1967 y la muchacha linda llevaba un vestido largo que le llegaba hasta el suelo y barría las lozas de mármol blanco, mientras se deslizaba tras ella. Pegadas a la cola de su falda, como la cola de un cometa, iban las miradas de esos hombres poderosos en cuyas piernas seguramente se había sentado unos cuantos años atrás. De pronto la muchacha se dio la vuelta y le hizo a Bruce un guiño de gratitud, mientras desaparecía entre una nube de humo de tabaco.

La entrada de Alma Marina Borrero en la vida de Bruce Winters estuvo rodeada de buenos augurios y desde el primer momento le brindó una temprana dosis de ese misterio del que se rodearía años más tarde. Además, ese incómodo momento con la muchacha gordita terminaría transformándose después en un feliz descubrimiento. Se llamaba Claudia y más adelante se convertiría en una de sus grandes amigas y aliadas. Fue ella quien le consiguió exclusivas entrevistas con los altos mandos militares, que le valdrían después varios premios de periodismo.

Y con este extraño vals, Bruce comenzó un nuevo capítulo de su vida: el breve capítulo en el cual le gustó El Salvador e incluso llegó a quererlo, mientras se entretenía cortejando de manera desvergonzada a una chica que acababa de cumplir dieciocho.

Al comienzo fue como una broma. Claro que él era un tipo educado, profesional y bien parecido. Y era cierto que el hecho de ser un gringo de ojos verdes constituía un atractivo y una novedad para la sociedad salvadoreña. Pero seguía siendo un don nadie para la clase alta y los Borrero eran tan importantes como se podía ser en esa parte del mundo. Adolfo y Magnolia Borrero no iban a entregarle su única hija a un hombre de cuya familia nunca habían oído hablar y que no podía hacer más contribución que sus exóticos rasgos faciales. "Ni siquiera conocemos a su familia", le dijo Magnolia Borrero a través del intercomunicador que tenían en la reja del muro que rodeaba su casa. "Váyase".

"No hay problema", dijo Bruce. Regresó con una fotografía a color de sus padres y dos hermanas, acurrucados junto a un banco de nieve sucia que llegaba hasta la cintura. "Ahí tiene, doña Magnolia", dijo por el altavoz, mientras deslizaba la foto por debajo de la reja electrificada. "Esa es mi familia. ¿Ahora sí puedo entrar a ver a su hija?"

Las muchachas como Alma tenían un precio inalcanzable. Como dice el dicho, si tienes que preguntar cuánto vale, no lo puedes pagar. Bruce decidió que su único capital eran la paciencia y la persistencia, así que decidió quedarse en la embajada americana en El Salvador, durante los cuatro años que Alma estuvo en Nueva York estudiando en la universidad. Durante ese tiempo sólo la vio cuando regresaba a casa en los recesos de la universidad y las vacaciones. Bruce se volvió un lunar en la abrumadoramente compleja vida social de Alma, pero pensaba que ser un lunar era mejor que nada. Además, tampoco es que hubiese llevado una vida monacal durante este tiempo; hubo innumerables fines de semana en la playa y excursiones a Roatán,

Antigua Guatemala y Belice, con su propio círculo de amigos salvadoreños y expatriados, que cada vez se ampliaba más. Había días en los que ni siquiera pensaba en Alma y estaba comenzando a creer que tal vez su decisión de quedarse en El Salvador no tenía nada que ver con ella. Se había acostumbrado al lugar y había hecho más amigos en los primeros nueve meses que los que había hecho en toda su vida en los Estados Unidos.

A Bruce le gustaba la imagen que tenía de sí mismo: un escritor expatriado que, a diferencia de otros amigos que eran corresponsales de diarios del exterior, tenía cierto control sobre la cantidad de tiempo que estaría en ese país.

Y doña Magnolia Mármol de Borrero, la madre de Alma, estaba comenzando a ceder. Había insistido en que sólo hablaran en inglés para poder practicar, pues su inglés no era bueno. A Bruce le impresionaba que una mujer de su edad y su posición no se avergonzara de cometer errores al hablar. Y doña Magnolia solía contarle en su inglés machacado larguísimas y enredadas historias sobre su niñez, que Bruce no siempre entendía, pero durante las cuales tenía la astucia de reírse cuando ella lo hacía. La Doña comenzó a invitarlo a él y a sus amigos a la casa, mientras hacía el papel de gran dama frente a los jóvenes americanos y los periodistas locales que él llevaba. Alma se había ido hacía tanto tiempo que Bruce realmente comenzó a notar cierta mejoría en el inglés de la Doña.

En los años que siguieron, la carrera de Bruce como periodista comenzó otra vez a levantar vuelo, gracias a varias solicitudes de Washington para que escribiera informes sobre el clima de inestabilidad política que se respiraba en todo Centroamérica, en especial en Nicaragua y El Salvador. La ideología comunista estaba tomando fuerza en la zona rural, mientras que sus núcleos intelectuales estaban en las universidades y, según decían algunos, en ciertos púlpitos católicos. Circulaban rumores confirmados de que al país estaban entrando de manera ilegal dinero y armas que venían de la Unión Soviética, China y Cuba, en frágiles balsas que llegaban a las playas más remotas de El Salvador, o pasaban a través de las selvas de Honduras y Guatemala.

Durante una de sus excepcionales salidas con Alma, Bruce les preguntó a Alma y a Magnolia qué pensaban del clima político que se vivía en el país. Magnolia, que estaba haciendo el papel de chaperona desde el pequeño asiento trasero del carro destartalado de Bruce y que se había estado abanicando con una revista, hizo caso omiso de la pregunta y dijo, mientras pasaban por una zona de barrios pobres: "Bruce, ¿cuándo se va a comprar un auto con aire acondicionado? Me voy a desmayar en este calor".

Alma, que estaba sentada en el puesto del copiloto, encogió los hombros y dijo: "Nunca le he prestado mucha atención a la política. Pero supongo que si estalla una guerra civil, tendré que empezar a hacerlo".

"¿Cree usted que tendremos una guerra civil en El Salvador, doña Magnolia?"

Magnolia golpeó el techo del auto con la revista, aparentemente para matar un insecto. Luego enrolló la revista en forma de cuenco y arrojó el contenido por la ventanilla. "¿Una guerra civil? No", dijo con tono desdeñoso y Bruce vio por el espejo retrovisor que la mujer se volvió a mirar hacia la sucesión de casuchas de techo de lata y paredes de cartón. Entrecerró los ojos y dijo: "Vamos a ponerle punto final a esa tontería del comunismo. Si las cosas se ponen bravas, tenemos amigos que pueden ayudar".

"¿Se refiere a los Estados Unidos?"

Pero doña Magnolia cerró esa puerta con la misma rapidez con que la abrió. Con ese comentario había permitido que Bruce le diera una rápida mirada al mundo privado de la clase dirigente del país. Bruce se preguntó si realmente se estaría refiriendo a los Estados Unidos, o a una sociedad paramilitar secreta, cuya misión sería eliminar a los sospechosos de ser comunistas, de una manera más drástica y eficaz que lo que podía hacer el gobierno.

Esa salida en particular terminó de la misma forma en que habían terminado las otras diez "citas" que habían tenido antes: con un beso en la mano de Magnolia y un beso rápido en la mejilla de Alma. Cuatro años después de conocerla, Bruce todavía no había besado a Alma en la boca. Cada vez que llamaba a invitarla a salir, Alma aceptaba con una condición: "Siempre y cuando sepas que somos sólo amigos, Bruce. Nada más".

Pero Bruce no se dejaba descorazonar. Se imaginaba que la seducción comenzaría cuando ella regresara a casa definitivamente.

En 1972 Alma regresó al Salvador con diplomas en biología y filosofía. Su inglés era impecable y pensaba que le gustaría regresar a los Estados Unidos para hacer un doctorado en biología marina. Alma dijo que, a diferencia de otras mujeres de su cultura, no creía en la urgencia de contraer matrimonio y sentía que necesitaba hacer algo significativo antes de establecerse.

Pero un mes más tarde, Adolfo Borrero, cuyo ímpetu había estado dormido durante este tiempo, miró su reloj de oro y declaró que era hora de que su hija se casara. Hizo el anuncio durante la cena, cuando sirvieron la sopa. Claudia y Bruce, que eran los únicos invitados esa noche, levantaron los ojos del tazón con borde dorado lleno de crema de cangrejo y se voltearon a mirar a Alma. Alma se quedó con la cucharada de sopa suspendida entre el tazón y la boca, durante lo que pareció una eternidad. Ellos esperaron, pero aparentemente había quedado tan sorprendida que no se podía mover.

Adolfo se dirigió a los invitados. "He decidido que Alma deber casarse con Augusto Prieto, el hijo de uno de mis socios de negocios. Augusto es el heredero de varias empresas agrícolas y textiles en México y Centroamérica. La unión de las dos familias sería...". Dejó la frase en el aire y asintió con la cabeza en señal de aprobación.

"Adolfo, pensé que íbamos a hablar esto en privado con Alma", dijo Magnolia.

Adolfo apuntó hacia los invitados con la cuchara. "Claudia es amiga de la familia, al igual que Bruce. Alma confía en sus opiniones y esa es la razón por la que se los estoy contando".

"Pero deberíamos haber hablado primero con Alma", dijo doña Magnolia con tono de disgusto.

"Señoras", protestó Adolfo, "yo sé lo que nos conviene".

Todos seguían esperando la reacción de Alma, pero ella estaba mirando hacia la ventana, hacia el jardín, con los ojos muy abiertos. Luego se hizo presión sobre el puente de la nariz y cerró los ojos, como si fuera a estornudar. Hizo un ruido que Bruce pensó que era un sollozo y luego hizo una exclamación que fue creciendo y estalló en una carcajada que la hacía sacudir los hombros.

Sus padres se quedaron impávidos y esperaron a que ella se calmara. "¿Qué te parece tan gracioso, Alma Marina?"

Alma señaló hacia la ventana y todos se voltearon a mirar. Les tomó un momento entender qué era lo que Alma encontraba tan gracioso. En el jardín, el perro del jardinero —un chucho cubierto de horribles manchas cafés— estaba feliz montando a la premiada perrita standard poodle de Magnolia.

Los Borrero se pusieron de pie enseguida y corrieron a la puerta, mientras les gritaban a los perros que se detuvieran y llamaban a los criados pidiendo ayuda. Alma aplaudió y gritó: "¡Vamos, Fluffy, adelante!"

Un momento después, vieron cómo la adorada Fluffy de Magnolia les pelaba los dientes a sus dueños y les gruñía, lo cual hizo que Alma comenzara a carcajearse otra vez y tuviera que agarrarse el estómago. Se necesitaron tres criados, diez minutos y un balde de agua fría para separar a los caninos. "Llevan dos años tratando de cruzar a Fluffy", dijo Alma de manera entrecortada. "Han traído una cantidad de machos de sangre finísima y Fluffy los ha rechazado a todos. De hecho, mordió al último que trajeron". Alma se secó las lágrimas que le escurrían por las mejillas. "Se llamaba Claude Arpège". Claudia dejó escapar un ronquido y las dos se rieron como un par de niñitas.

Cuando finalmente se calmaron, las dos amigas se desplomaron sobre los asientos del comedor. Después de un momento, Claudia se puso seria y dijo: "Alma, tu papá parecía muy serio acerca de Augusto".

Alma revió los ojos y miró a Bruce. "¿Me puedes imaginar casada con Augusto Prieto? ¡He visto a ese chico marearse en una colchoneta de piscina, por Dios santo!"

"Entonces, ¿qué les vas a decir a tus padres?" preguntó Bruce. "Ahora que se perdió toda esperanza con Fluffy y Claude Arpège..."

Hubo más carcajadas y palmadas en las rodillas, antes de que Alma contestara la pregunta: "Me he pasado la vida esquivando ese tipo de cosas", dijo e hizo un gesto hacia la mesa vacía. "Esta bala también la voy a esquivar. Confía en mí, no me voy a casar con *Augusto*". Pronunció el nombre con un desagrado apenas matizado.

"Me casaré contigo si necesitas una salida", le ofreció Bruce, tratando de sonar como si estuviera bromeando. "¿Sabías que nunca nunca me he mareado a bordo de un barco?"

Alma se irguió en el asiento. "Bueno, deberías haberme dicho eso hace mucho tiempo", dijo y le dio unos golpecitos en la mano. "El criterio número uno para juzgar a un hombre es su habilidad para navegar".

"¿Cuál es el segundo criterio?" preguntó Claudia.

Alma dirigió sus ojos eternamente húmedos y brillantes hacia sus amigos. "El criterio número dos es su capacidad para cambiar el mundo".

"¿Un idealista?" preguntó Bruce. "Pensé que no te interesaba la política".

"No, me refiero a *cambiar el mundo*. Hacer justicia. Salvar los océanos. Un artista que traiga al mundo una belleza excepcional. Un sanador que pueda liberarnos del dolor".

Se quedaron callados por un rato y luego Claudia anotó: "Yo ni siquiera tengo un criterio número uno. Mis criterios uno, dos y tres son simplemente que me invite a salir".

Sintiéndose de repente muy pequeño, Bruce dijo: "Creo que no quiero saber cuál es el criterio número tres, Alma".

Alma sonrió de una manera que le recordó la sonrisita absolutamente seductora que le había lanzado el día en que se conocieron. "El criterio número tres es un secreto".

LA ESTRATEGIA DE ALMA para evitar el matrimonio fue sencilla: simplemente ignoró a Augusto y todos los otros pretendientes con pedigrí que sus padres fueron poniendo en la fila. "Al menos todavía no he mordido a ninguno", decía bromeando, pero a Magnolia no le parecía nada gracioso. La Doña debe haber pensado que había cometido un gran error al enviar a una hija que ya era llevada de su parecer a los Estados Unidos, la famosa tierra de la permisividad. La exposición a ideas como el feminismo, un concepto tan inútil en su mundo como los patines de hielo blancos de cordones que Alma guardaba en el armario, sólo había endurecido más la obstinada naturaleza de Alma.

Claudia fue la que le sugirió a Magnolia que le dieran una segunda mirada al gringo. Había oído cómo Alma lo defendía en una cena, sin que él estuviera presente, y desechaba los argumentos del crítico declarando que Bruce era uno de los hombres más inteligentes que había conocido. "Tal vez una unión intelectual pueda ser más duradera que una tradicional", le había aconsejado Claudia a la Doña, una tarde que estaban solas, tomando café. "Alma", propuso delicadamente Claudia, "es un ser exótico en nuestro medio. Del grupo de solteros adecuados, ninguno ha evolucionado lo suficiente como para tolerar sus ideas liberales durante mucho tiempo. Bruce Winters puede representar el equilibrio perfecto".

Después de meses de deliberaciones secretas, los Borrero estuvieron de acuerdo con Claudia en que el gringo no era tan mala idea. Bruce supo que había llegado a la recta final de su carrera cuando recibió una invitación para ir a la casa que tenían en la playa de Negrarena, la cual, añadió la Doña con afectación, le permitiría ver a su hija en traje de baño. Ese día Bruce les escribió a sus padres y les sugirió que solicitaran pasaportes. Ahora lo único que tenía que hacer era ganarse el corazón de Alma.

A BRUCE LE ENCANTABA la manera en que la madera absorbía la tintilla color caramelo, como si las vetas estuvieran formadas por miles de boquitas diminutas que se la tomaran en segundos. Mientras trabajaba hombro a hombro con Kevin, se maravillaba al ver cómo la historia se repetía. En el joven que tenía al lado veía la misma paciencia, la misma devoción a una sola causa que él había demostrado cuando tenía la edad de Kevin. Mónica no estaba ni cerca de ser tan testaruda y enigmática como su madre. Sin embargo, era precavida y Bruce se preguntaba si el distanciamiento entre sus padres, del cual había sido testigo, no sería la causa de ese cierto temor a la intimidad.

Ese día Bruce estaba feliz. Habían pocas personas con las que preferiría estar, aparte de este trío. Paige y Mónica eran amigas desde que Bruce y Mónica regresaron a los Estados Unidos en 1985, y él siempre se había sentido agradecido con ella. Paige era mandona, entrometida y, con frecuencia, un poco burda, pero cuidaba los intereses de Mónica como una hermana mayor.

Bruce pensó en lo que Paige le había preguntado, acerca de volverse a casar. Era asombroso que ella no lo hubiese mencio-

nado antes. Los chicos tenían razón: Marcy se casaría con él al instante. Pero él sencillamente no tenía prisa, eso era todo. Estaba esperando el impulso que había sentido con Alma, aunque en aquel caso, fue una violenta contracorriente, el destino que lo agarró de los pies y se lo chupó hacia un remolino de olas salvajes. Bruce no necesitaba eso en esta etapa de la vida; quería paz, amor, amistad y, desde luego, atracción. Él y Marcy tenían todo eso, entonces, ¿qué sucedía? ¿Simplemente el efecto de la edad? Tal vez al pensar que en su corazón ya no quedaba ningún territorio por descubrir, había ido perdiendo interés en sí mismo.

Bruce miró a su hija. El verano era la época en la que más se parecía a su madre. Aunque había heredado los ojos de Bruce, Alma y Mónica tenían el mismo pelo negro rizado, la piel aceitunada salpicada de pecas y la misma figura estilizada pero con curvas. Sin embargo, había una cierta ternura en el rostro de Mónica que no había heredado ni de Bruce ni de Alma, una amabilidad y una serenidad que debía haber sacado de algún otro lugar por sus propios medios. Bruce se preguntó cuánto de eso se debería a la naturaleza y la fuerza de su hija, y cuánto sería el resultado de evitar el recuerdo de las cosas que le debían haber hecho mucho daño cuando era niña.

Nunca habían hablado sobre los recuerdos de los últimos días que pasaron en El Salvador y Bruce no se sentía con derecho a escudriñar en ese lugar del corazón de su hija. Mónica hablaba mucho de su madre y parecía haber sido capaz de aferrarse a los buenos recuerdos. Pero Bruce no estaba seguro de que las cosas malas simplemente se hubiesen evaporado; tal vez estaban dormidas, a la espera de perturbar su vida en un momento inesperado.

El martes era el único día de la semana que Will Lucero dejaba a un lado su papel de proveedor, guardián, jefe y todo lo demás, para ser solamente un hombre que navegaba en su bote. El martes no visitaba a su esposa ni iba a trabajar. Se levantó a las cinco y aprovechó las primeras horas de la mañana para ponerse al día con las cuentas y algunas labores domésticas. Tenía la intención de salir de la casa a las once y dirigirse a la costa con la nevera portátil y su perro, Chester.

Incluso desde antes de casarse, había decidido tomarse los martes totalmente libres de trabajo. Era el día en que cambiaba de emisora mental y se sintonizaba con algo totalmente distinto de su vida diaria: un lenguaje de vientos, olas, neblina y mareas. Para Will, el cielo estaba en el movimiento de las velas, en el suspiro dubitativo del velamen cuando adquiere vida a través del viento, en el tintineo que produce el gancho metálico de una cuerda contra el mástil, en el estruendo de un ancla al sumergirse en el agua. El gusto por navegar era lo que le había permitido mantener la cordura durante los últimos dos años.

Ya eran casi las nueve de la mañana y Will todavía no había

podido despegarse de sus tareas domésticas: una puerta del garaje dañada, una invasión de hormigas, una discrepancia en tres cuentas médicas de Ivette, un sifón tapado en el lavaplatos. Hasta el momento se había ocupado de todas un poquito, pero sin poder tacharlas definitivamente de la lista. A las diez, dos horas después de lo que se había propuesto trabajar en la casa, decidió que ya había hecho su mejor esfuerzo y comenzó a reunir sus cosas. Chester ya estaba gimiendo y lanzándole lastimeras miradas de preocupación. Cuando Will sacó la bolsa de lona roja del armario de los abrigos, Chester fue a pararse junto a la puerta principal, temblando de excitación. Will revisó el refrigerador. Estaba casi vacío; no le había dado tiempo de ir al supermercado. Empacó en un recipiente plástico lo que había quedado de la ensalada de bacalao de su madre, una mezcla de bacalao frío con yuca cocinada, vinagre y aceite de oliva. Empacó dos cervezas, cinco melocotones y un puñado de cerezas a medio disecar que encontró en el mesón. Prendió la emisora que daba reportes meteorológicos y esperó el siguiente reporte. Afuera el día estaba nublado y sin viento, todo lo contrario del pronóstico de la televisión, que había anunciado un día soleado y con viento. No podía encontrar sus zapatos de suela de goma y estaba empezando a ponerse de mal humor por el retraso. Cuando el teléfono sonó, Chester ladró y comenzó a correr en círculos, protestando por la demora adicional.

Era su madre. "¿Todavía estás ahí?"

"No. A menos de que alguien se esté muriendo".

"Sé que es tu anhelado día para navegar. Tenía la intención de dejarte un mensaje. En todo caso, estamos con Ivette y tu padre quería que te dijera que hizo un ruido". La madre de Will habló con otra persona en la habitación, seguramente su padre, y luego añadió: "Parecía un gemido, o un balbuceo, no estamos seguros".

"Muy bien, llámenme cuando lo decidan. Me tengo que ir, mamá".

"Wilfredo..." comenzó a decir, pero Will la interrumpió.

"Hasta que ella no le apriete la mano a alguien cuando le hagan una pregunta, parpadee una vez para decir no y dos veces para decir sí, algo en lo que todos coincidamos en llamar un intento de comunicación, no podemos estar pendientes de cada ruido que hace. Ya hemos hablado sobre esto, mamá, por favor".

La madre de Will suspiró. "Tu padre dice que murmuró algo cuando le puso un ramo de lilas bajo la nariz".

"Pues dile que no haga eso. Podría introducirle algo peligroso en el sistema respiratorio. Un gusano, una bacteria, polen, tú sabes lo frágil que es Ivette". Will respiró profundo. "¿Algo más?"

"Sólo eso", dijo, claramente molesta.

"Gracias, mamá, nos vemos el domingo".

"Bueno, mijo. ¿Te comiste lo que quedó del bacalao?"

"Lo voy a llevar para almorzar, gracias. Te quiero", dijo y colgó.

Pocos segundos después, el teléfono volvió a sonar. Esta vez era el gerente de proyectos, que estaba supervisando la restauración de una vieja casa victoriana en Mystic, un elegante *bed-and-breakfast*. Will buscó sus zapatos de suela de goma, una chaqueta cortavientos y otras provisiones, mientras respondía preguntas acerca de los materiales para el techo. Suspiró cuando colgó el teléfono, estaba exhausto. Se llevó la mano a la base de la nuca, deseando tener a alguien que le diera un masaje para aliviar la tensión. Pensó en lo relajada que parecía la cara de Ivette después del masaje. Demonios, él necesitaba un masaje más que Ivette. Ivette no era la que estaba tratando de mantener a flote un negocio y peleando con las compañías de seguros, los médicos y los parientes. Este fin de semana también tenía que trabajar y estaba muy, pero muy cansado. Se preguntó si todavía le quedarían relajantes musculares. Miró el reloj y volvió a lamentarse de su suerte.

Cuando el teléfono sonó por tercera vez, Will retrocedió para alejarse, con las manos en alto, como si fuera un prisionero. El talón de su pie derecho pisó algo que soltó un crujido, probablemente sus nuevos lentes de sol polarizados. Mientras el teléfono seguía sonando, trató de dar otro paso atrás, por encima de la bolsa de lona, pero perdió el equilibrio y se resbaló sobre la alfombra que tenía bajo el otro pie. Cayó de lado, aunque se alcanzó a agarrar del borde del mesón de la cocina, pero se golpeó el codo con el movimiento. Hizo una mueca de dolor, mientras que el teléfono seguía timbrando. ¿Por qué estaba tan torpe últimamente? ¿Acaso su cuerpo lo estaba obligando a bajar el ritmo mediante el saboteo de su coordinación motora? Will sabía que por ahora podía ignorarlo, hasta que se hiciera un daño real, así que se levantó, se tapó los oídos con las manos y salió de la cocina, mientras dejaba que la contestadora tomara la llamada.

La máquina pitó y se oyó una voz de mujer. Will sintió una inesperada ola de placer cuando la oyó decir el nombre, Mónica, el cual, aún hablando inglés, pronunciaba con la acentuación española. Mónica quería saber si estaría interesado en hablar con su padre, que era periodista y quería escribir un reportaje sobre la traumática recuperación de una lesión cerebral para una revista muy conocida. Will atravesó el salón corriendo, con cuidado de no resbalarse esta vez, y levantó el auricular. "Claro, hablaré con tu padre", dijo jadeando. "Te debo una por abrirnos cupo en tu agenda". Tomó aire, mientras se sobaba el codo y volteaba el brazo para mirarse el golpe.

"Te lastimaste cuando ibas a contestar", dijo ella de manera tajante.

Will se quedó callado durante unos segundos, antes de decir: "¿Acaso hay una cámara escondida en mi cocina?"

Mónica se rió. "Contuviste el aire mientras hablabas y luego aspiraste a través de los dientes. Conozco bien ese sonido. Soy fisioterapeuta. Mi trabajo es hacer que la gente haga ese ruido".

"Es una interesante contradicción que también des masajes. Dolor y placer. Hmmm".

Mónica se rió. "Nunca lo había pensado de esa manera". Hizo una pausa y luego dejó escapar el aire. "Entonces, ¿cuándo te podría llamar mi padre?"

"No tan rápido, experta en terapia. Quiero que nos des otra cita. Ivette parecía tan feliz y relajada después de que te fuiste. Por lo general tiene las muñecas y los tobillos totalmente rígidos, pero después de que saliste parecía un espagueti mojado".

"Estaba ebria por el masaje", dijo Mónica. "Suele ocurrir".

"Tal vez yo también debería anotarme en tu lista. Definitivamente me caería muy bien una pruebita de lo que le diste a Ivette".

"No".

"¿No?"

"Te dije que no podía recibir más clientes".

"Está bien. Seré el primer nombre de tu lista de espera".

"Ya tengo una lista de espera".

"Bueno, entonces, ¿qué te parecería ir a navegar conmigo?" Las palabras salieron de su boca sin que él las aprobara, aun antes de que la idea apareciera en la pantalla de su cerebro.

"¿Ahora?"

"Sí, ¿por qué no?"

"Porque es martes y tengo que trabajar. Pero te acepto la invitación para otro día", dijo ella con astucia. "¿A dónde vas?"

"Estoy pensando ir a un lugar que se llama Plum Island".

"¿Ya has ido a Plum Island?"

"No, pero es una ruta que quiero intentar desde hace tiempo".

"No la recomiendo, puede ser bastante frustrante. Te la pasarás todo el tiempo cambiando de dirección, para navegar sólo unos cuantos kilómetros. Si arrojas el ancla, el agua la arrastrará porque la contracorriente es muy fuerte en Plum Island, en especial donde se juntan las corrientes en el Gutt. Si tienes poco tiempo, es posible que tengas un día más agradable si te diriges hacia la punta Napatree. Los vientos están más a favor de un paseo hacia Watch Hill".

"¿Sabes navegar?" preguntó Will, asombrado.

"No. Sólo digamos que conozco ese viejo mar desde hace mucho tiempo".

"Una respuesta muy intrigante, Srta. Winters. Tendrá que explicármela mientras nos tomamos un café en la cafetería del hospital algún día".

Mónica se rió. "Tendrías que tomarte como cincuenta tazas de café para oír toda la historia".

"Entonces tendré que invitarte a cenar. Una cena muy larga. ¿Qué tal unos ocho platos de fondue?"

Sorprendido por lo que acababa de salir de su boca, Will pensó: *Por Dios, ¿acabo de invitarla a salir?*

Pero Mónica pareció no habérselo tomado muy en serio porque sólo se rió entre dientes y dijo: "Tal vez ocho fondues, en un bote lento rumbo a la China". Luego volvió a llevar rápidamente la conversación hacia el motivo de su llamada. Will aceptó hablar con el padre de Mónica.

Cuando colgó, Will alcanzó a ver su imagen en el espejo del corredor. Tenía las mejillas coloradas. Debía tener más cuidado. ¿Y si ella se lo hubiera tomado en serio? Confundido, bajó la vista hacia su perro, sacudió la cabeza y salió por la puerta.

WILL HABÍA BAUTIZADO su bote de velas Hunter de veintiséis pies con el nombre del pueblito de Puerto Rico en el que había nacido su padre: *Yegua Brava*. Su hermano Eddie le sugirió que tradujera al inglés el nombre del bote antes de hacerlo pintar en el yugo de popa. "Cada vez que esos ricachones del club vean tu botecito con nombre español anclado a su elegante marina, se dirán: 'Se jodió el vecindario.' "

Pero Will no compartía la desconfianza de Eddie hacia los habitantes no hispanos de Nueva Inglaterra. Izaba orgullosamente en su bote las banderas de los Estados Unidos y de Puerto Rico, junto con la insignia de navegación. Además, de acuerdo con su experiencia, los dueños de botes eran parte de una subcultura que trascendía las divisiones étnicas. Para muchos de ellos la gente terrestre era una especie difícil de comprender. Más allá de eso estaba la separación entre los "puristas", los que navegaban en embarcaciones de vela, y los "comunes", los dueños de embarcaciones de motor, cuyos motores consumían casi tanta gasolina como los dueños consumían cerveza. Todos los marineros de verdad eran miembros de una tribu sagrada y se apreciaban mucho entre ellos.

Will sacó el *Yegua Brava* del Club de Yates en New London. Los primeros minutos siempre eran estresantes, pues no tenía a nadie que le ayudara a sacar el bote del puerto. Ya le había dado unos cuantos golpecitos, pero todavía sentía que el rato de soledad valía la pena. Mientras navegaba hacia la bahía de Fishers Island, pudo sentir que su presión arterial bajaba. Arrojó el ancla frente a la costa de Rhode Island, mientras pensaba con asombro que Mónica tenía razón acerca de las condiciones de navegación. Los estibadores del muelle le habían dado exactamente el mismo consejo, así que había decidido cambiar de ruta.

Después de comprobar que el ancla estaba bien agarrada, se sentó en la cubierta a comerse el bacalao de su madre y tomarse una cerveza fría. Lamentó haber olvidado traer galletas para el perro, debido a la prisa con que salió. Chester lamía de manera ruidosa una tajada de melocotón y la empujaba por toda la cubierta del bote con la lengua, sin comérsela. Will lanzó una pelota al agua y Chester voló por encima de la borda, con las patas estiradas. Aterrizó sobre la barriga, salpicándole agua fría a Will. Chester volvió a nadar hasta el bote, con la pelota de caucho en la boca. Pasaron casi toda una hora así, arrojando y recogiendo la bola, hasta que el perro por fin empezó a cansarse. Will lo subió de nuevo a bordo y Chester se sacudió una cantidad de agua salada impregnada de olor a perro. Will se quitó la camiseta empapada y bajó para buscar entre los armarios alguna otra cosa que pudiera ponerse.

En esos pocos minutos, la realidad de su vida lo cegó con una crueldad y una fuerza que lo dejaron mareado y sin aliento. De entre las páginas de una vieja y húmeda guía de navegación —que se había pegado a una desteñida camiseta como si fuera una lapa—, cayó un papelito adhesivo amarillo: *Mi amor, me fui a Dave's Shanty a conseguir almejas fritas. Vuelvo en quince minutos. Te quiero, Ivette.*

Will se preparó para la reacción y esperó. Se imaginaba que, en este momento, la aguja de una especie de medidor interno debía estar subiendo y temblando, midiendo el nivel del golpe. Subió hasta tres, cuatro y se detuvo alrededor del cinco. Luego se quedó quieta. Ya habían pasado casi dos años desde el accidente, como también los días terribles en que subía hasta ocho, nueve y diez. Tal vez ya se había acostumbrado un poco, y esto representaba el paso del tiempo, el eventual abandono de la esperanza, la cicatrización de una herida muy profunda. Sospechaba que lo que estaba sintiendo era la transformación del dolor y la rabia en aceptación y tristeza. Llevaba dos años elaborando el duelo de haber perdido su vida juntos y estaba entrando en una etapa en que no sentía dolor por ellos sino sólo por ella, por toda una vida que se extendía mucho más allá de la brevedad de sus años de casados.

Bajó los ojos hacia la nota e instintivamente se la llevó a la nariz y cerró los ojos. Si algún fragmento de ese tiempo había quedado atrapado en el papel, debería transportarlo otra vez hasta ella, hasta lo que para él seguía siendo el hogar de su corazón. Will se preguntó, como lo había hecho miles de veces antes, qué habría ocurrido si hubiese modificado, aunque fuera de una forma mínima, el flujo de los acontecimientos de ese olvidado día en que Ivette se fue a comprar almejas. ¿Qué habría sucedido si él hubiese sugerido que pasaran de largo por la tienda y se fueran temprano a casa? Eso habría evitado el punto en que el tiempo y el espacio pusieron a Ivette en el auto. Tal vez las ondas de un efecto alternativo habrían viajado a través del mundo justo a tiempo para anular su impulso de conducir rápido, o incluso la decisión de un sencillo pajarillo de levantar el vuelo desde una cerca y desplegar sus alas rojas para cruzarse en el camino del Mustang de Ivette.

Will pasó el índice por la letra redonda y sinuosa y miró por encima del hombro, tratando de traer a su memoria la imagen de Ivette el día en que escribió esa nota. De repente la vio: sus piernas bajando los peldaños de la escalera del bote y luego el suave golpeteo de sus zapatos de goma. Tenía varias picaduras de mosquito en la parte posterior de las piernas y se había rascado algunas hasta sacarse sangre. Luego aparecieron los bordes enrollados de sus shorts favoritos, su estrecha cintura, su espalda, luego los brazos, de uno de los cuales colgaban dos cajas desechables. Cuando apareció la parte posterior de la cabeza, Will sintió el olor de las frituras y luego vio aparecer el cabello corto y marrón de Ivette, agarrado en una cola de caballo que se asomaba por el agujero de una gorra de béisbol rosado pálido. Will imaginó dar un paso adelante para recibirle las cajas.

La nota se deslizó de su mano y cayó suavemente sobre la mesa de madera. Cuando Will levantó la vista, la imagen se había desvanecido, pero todavía podía sentir el olor del bronceador de aceite de coco que impregnaba sus brazos pecosos, en el momento en que ella se volteó para entregarle las cajas. El *Yegua Brava* lo zarandeó de un lado a otro y Will se sintió mareado. De pronto tuvo deseos de vomitar. Se agarró del borde de la mesa y se sentó, apoyando la cabeza sobre los brazos doblados, y luego escuchó el golpe del agua contra el casco del bote.

Ivette no iba a regresar. Aunque casi todas las semanas Silvia le traía recortes de periódico acerca de recuperaciones milagrosas en distintas partes del mundo, los hechos eran difíciles de ignorar. Will ya le había dicho adiós a su esposa, al menos a la mujer con la que se había casado hacía seis años. Sabía que en el caso muy improbable de que saliera del estado vegetativo, nunca sería la misma Ivette. Esa Ivette sólo vivía en sus recuerdos, en la explosión de las hortensias azules que había sembrado en el jardín del frente de su casa, en las envolturas de los dulces que todavía encontraba metidas entre los cojines de los muebles. Will pensaba que había encontrado la última de las notitas de Ivette, así que, a pesar de todo lo otro que sentía, se sintió sorprendido y agradecido por el hecho de encontrar este nuevo mensaje dirigido a él. Con seguridad este sí era el último.

Habían pasado tantas cosas desde que Ivette se había deslizado hacia su silencio nevado. La oficina de Restauraciones Lucero había progresado; él había terminado por fin su maestría. Sus hermanas ahora tenían tres niños entre las dos. En su pelo negro habían aparecido unas cuantas canas. El nuevo milenio había comenzado. Cerca de un año después del accidente, la familia y los amigos de Will habían sugerido cautelosamente que era hora de comenzar una nueva vida, una que asumiera la inevitable realidad de la ausencia de Ivette. Will sabía que eso de "comenzar una nueva vida" incluía salir con otras mujeres. Esa sería la aceptación última de que él no era un hombre cuya esposa estaba enferma, sino un hombre viudo.

Era cierto que se había sentido atraído por un par de mujeres desde el accidente, y admitía que no era inmune a una cara bonita. De hecho, la imagen de Mónica Winters le había quedado dando vueltas en la cabeza durante el trayecto hacia el puerto. Pero había muchas cosas, como esta nota, que lo mantenían atado al limbo de cuidar a Ivette y consolar a su madre, trabajar para pagar las cuentas y mantener a flote el resto de su sistema de apoyo. En todo caso, Will no se podía imaginar cómo sería cruzar el abismo que llevaba a un nuevo lugar más allá de esta rutina frenética y solitaria.

La nota aleteó y salió rodando por encima de la mesa. Una ráfaga de viento la levantó y la sacó volando por la puerta abierta. Will saltó para cogerla, pero se pegó en los dedos de los pies e hizo una mueca de dolor, mientras subía la escalera y salía a la cubierta. Las patas de Chester rayaban la cubierta del bote mientras perseguía el pedazo de papel. Primero volaba, después caía y volvía a salir volando, como si estuviera jugando con el perro. Se quedó un segundo encima del morro de Chester, le acarició la frente e hizo que el perro mordiera el aire en vano, pero volvió a levantarse y flotó hasta el otro lado del bote, hasta que se fue en picada como una cometa, deslizándose sobre la superficie del agua. Chester se volvió a mirar a Will. El perro tenía los músculos tensos y gimió, pidiéndole permiso para saltar tras ella. Pero Will llegó desde atrás y lo agarró del collar. "Déjala ir", dijo y lo hizo retroceder.

Lo último que hizo antes de empacar e iniciar el regreso, fue sacar sus binoculares e inspeccionar el pintoresco panorama de Watch Hill. Will admiró las orgullosas mansiones victorianas con vista al mar que constituían el pueblo. Vio la carpa del viejo carrusel al que él e Ivette solían llevar a sus sobrinos por las tardes. Su visión se llenó de padres y madres y niños y perros que saltaban de un lado a otro. Y por enésima vez deseó que él e Ivette hubiesen tenido un hijo.

"SU HIJA TIENE sus mismos ojos", le dijo Will al hombre alto y delgado que estaba sentado en la sala de espera del centro de rehabilitación. Bruce Winters y su hija Mónica tenían los mismos irises verdes, delineados por una delgada línea negra. Pero en Bruce Winters esos ojos parecían cansados y nobles, como los de un perro policía. En cambio en Mónica, como recordaba Will, los mismos ojos verdes parecían frescos, como la grama recién cortada. Mientras comenzaba a relatar la historia del accidente de su esposa, Will siguió buscando más rasgos de la hermosa terapeuta en este hombre de rasgos germánicos en la barbilla, la nariz y la frente. Luego decidió que Mónica debía haber sacado toda su suavidad de su madre.

Bruce Winters estaba bien informado y era muy profesional. Puso una pequeña grabadora entre ellos, mientras tomaba notas en un cuaderno. Después de cuarenta y cinco minutos, Will lo escoltó hasta la habitación M42. Luego de un rato apareció Silvia y también el neurólogo de Ivette, el Dr. Forest Bauer. El médico, que normalmente vivía de prisa, apartó un rato para responder detalladamente las preguntas de Bruce Winters y, para sorpresa de Bruce, incluso lo invitó a acompañarlo después en su ronda. El Dr. Bauer explicó que, por el momento, Ivette marcaba sólo cinco de los quince puntos de la Escala Glasgow, que medía la capacidad de pacientes con lesiones cerebrales graves de responder a órdenes o sensaciones de dolor, así como la capacidad de abrir los ojos y algunas habilidades verbales. Un puntaje de ocho o menos por lo general se consideraba "severo". Desde el accidente, Ivette no había mostrado ningún progreso en la Escala Glasgow. El doctor explicó que era raro que una paciente como Ivette permaneciera tanto tiempo bajo un cuidado profesional tan costoso. Pero Ivette había sido elegida para participar en una serie de estudios médicos, lo cual ayudaba a sufragar los costos del cuidado y los análisis constantes.

Cuando el neurólogo se fue, Bruce se quedó con Silvia y Adam Bank, el fisioterapeuta de Ivette. Cuando Will regresó de la cafetería con cuatro tazas de café, Silvia había llevado la conversación hacia su tema favorito: las curaciones milagrosas. Como ya había terminado la parte de la entrevista dedicada a recabar datos e información, Bruce guardó su cuaderno y su grabadora y cruzó los brazos sobre el pecho. Silvia confesó haber llamado a una psíquica, cuyo número gratuito había visto en un foro de Internet acerca de la recuperación del coma. "Esta psíquica dijo que estaba teniendo visiones de una mujer en coma que estaba tratando de comunicarse con su familia desde otro plano de la conciencia", explicó Silvia. "Así que la llamé".

"Y ¿cuánto te cobró esa ladrona por decirte un montón de mentiras?" preguntó Will.

Silvia movió un dedo huesudo, doblado como si fuera un gancho. "Wilfredo, tienes que tener fe".

Will se puso la mano en el pecho y dijo: "Yo tengo fe. Tengo una fe absoluta en la propensión de algunas personas a aprovecharse de la desgracia humana".

Bruce se rió junto con Will, hasta que Silvia les lanzó una mirada de reprobación.

"Ay, Silvia", dijo Adam Bank apretando la rodilla de Silvia. "Estás desperdiciando tu tiempo con apariciones y santería. La solución es la medicina alternativa".

Adam era un pelirrojo que estaba comenzando a quedarse calvo, debía tener más o menos cincuenta años y parecía más un granjero que un profesional de la medicina. "Silvia encontró en una revista un artículo sobre el uso del veneno de los caracoles en el tratamiento de las lesiones cerebrales", dijo, dirigiéndose a Bruce. "Oiga esto: Hace dos años, un caracol marino picó a un hombre en la costa del Pacífico de México. El hombre perdió la sensibilidad en el pie y comenzó a tener dificultades para respirar, así que él y su acompañante se subieron al auto y se dirigieron a un hospital. En el camino, el motorista iba tan nervioso que se estrelló. El otro hombre salió volando por la ventana y se golpeó la cabeza contra una piedra a gran velocidad. Pero a pesar de la severidad del daño craneal, no entró en coma ni tuvo inflamación cerebral, ni perdió ninguna función. Se sospecha que el veneno del caracol estaba presente en el organismo en el momento preciso y evitó la muerte de las células. Acaban de empezar a estudiar las posibles correlaciones".

Bruce, que había estado jugando con la taza de café, recostado en el asiento, se enderezó de repente. Después de veinte minutos de oír cortesmente a Silvia hablando sobre los milagros de la Virgen de Guadalupe, parecía un poco soñoliento, pero al oír eso abrió mucho los ojos y dijo: "Ese veneno necesitaría tener una estructura química muy específica para cruzar la barrera hematoencefálica sin haber sido inyectado directamente en el fluido raquídeo. Hasta donde sé, sólo hay una clase de caracol cónico que puede hacer eso".

"Oiga", dijo Adam y golpeó la mesa con la mano, "el artículo decía lo mismo. ¿Usted lo leyó?"

"No", dijo Bruce. "Pero resulta que coincidencialmente sé algo sobre eso. No pregunten por qué", dijo y levantó la mano.

Adam se inclinó hacia delante y miró a su alrededor para ver si el Dr. Bauer andaba por ahí. Cuando vio que no estaba, se acercó más. "Ese es el tipo de cosa que yo estaría buscando si tuviera a un ser querido en la situación de Ivette", susurró, mientras miraba directamente a Bruce, Will y, finalmente, Silvia. "Todavía hay esperanzas para Ivette. Ella perdió las funciones corticales y tal vez algunas subcorticales y es obvio que la medicina convencional ya no tiene nada que ofrecerle". Hizo un gesto hacia la cama de Ivette.

Will se escurrió en la silla, sintiendo el mismo cansancio que sentía cada vez que surgía el tema de los tratamientos "milagrosos". "No es nada nuevo", dijo Will y negó con la cabeza. "Actualmente hay varias drogas que están siendo probadas en humanos y que han demostrado que pueden detener el daño cerebral si las aplican inmediatamente después de la lesión. Se deben administrar en aproximadamente veinte minutos tras un accidente, según lo último que oí. Pero esas drogas nuevas no le van a servir para nada a Ivette en este momento. Esa es la razón por la cual no la han escogido para ninguno de esos estudios".

"Bueno, pues este es totalmente distinto", dijo Adam. "Dicen que pueden tratar lesiones que llevan años".

Will encogió los hombros. "Y si pueden probar que funciona, pasarán años antes de que comiencen a probarla aquí en los Estados Unidos y otra década para que la FDA la apruebe".

"Esa es la razón por la cual tendrían que sacarla del país", dijo Adam. "Y llevarla a algún lugar que tenga una legislación más laxa sobre este tipo de cosas".

Will soltó una carcajada. "De ningún modo. Ivette se quedará bajo la estricta vigilancia del Dr. Bauer".

"Yo no estaría tan seguro de *eso*", declaró Silvia. Luego se levantó, fue hasta la cama de Ivette y comenzó a arreglar un hilo suelto de la pantalla de la lámpara en forma de Virgen María que había sobre la mesita de noche.

Will miró a Silvia con intriga. "¿Qué quieres decir con eso?"

Adam levantó una mano. "Silvia ha estado investigando sobre el tratamiento con el veneno. Ellos piensan que tenemos una posibilidad".

"¿Quiénes son 'ellos'?", preguntó Will con voz aguda, mientras arrugaba la frente y miraba a Silvia.

"La gente de la Clínica Caracol", dijo Silvia.

"¿La clínica qué?", preguntó Bruce y levantó la cabeza.

"Caracol", dijo Silvia.

"¿Dónde está esa clínica?"

"En El Salvador", dijo Silvia. "¿Tiene usted un fax? Le mandaré una copia del artículo esta noche".

Will interrumpió. "Silvia, tú no me habías dicho nada sobre clínicas experimentales".

"Les daré una copia a los dos", contestó Silvia.

Adam se volvió hacia Will. "Ella se imaginó que no te iba a gustar. Además, es horriblemente costoso transportar a Ivette hasta El Salvador".

"¿El Salvador?" dijo Will con tono de burla. "¿El país? No me importa si cuesta todos los millones del mundo. En todo caso, ¿por qué estamos hablando de esto?"

"Porque es un tratamiento nuevo muy interesante", dijo Silvia y los ojos se le iluminaron. "Y no lo habría descubierto si no fuera por su hija, Bruce".

"¿Mi Mónica?" preguntó Bruce y echó hacia atrás la quijada. "¿Por qué Mónica?"

"Ella tiene unos caracoles cónicos en su oficina", dijo Silvia, "y nos contó acerca de algunos de los usos medicinales de su veneno. Eso despertó mi curiosidad".

Will abandonó la conversación y fue hasta la cama de Ivette. En su caso, la esperanza era un asunto agotador y costoso, que nunca producía ningún resultado. Ellos estaban en una situación donde lo primordial era controlar los daños. ¿Cómo podían impedir que esta tragedia acabara con el resto de su vida, el resto de su juventud, su energía y su dinero? Los costos del tratamiento de Ivette a lo largo de toda la vida estaban calculados en millones de dólares.

Will levantó la vista hacia una cruz de plata que colgaba sobre la cama. En la parte inferior, en letras pequeñas, decía: Hecho en México. Will sintió el agobiante deseo de arrancarla de la pared. Se imaginó qué sentiría al pasar el brazo por el estante que había sobre la cama de Ivette y llevarse por delante las miradas de compasión de todos esos santos, los aterradores ojos de vidrio de la Virgen de cerámica, las palmas secas del Domingo de Ramos, los llamativos rosarios envueltos alrededor de la pantalla de la lámpara como collares de carnaval, todo barato, polvoriento, de plástico y deprimente.

Will se inclinó sobre Ivette, hundió la cabeza en el espacio formado por el cuello y el hombro, sacudió suavemente la cabeza y enterró la nariz en el pequeño espacio detrás del lóbulo de la oreja. Ivette ya ni siquiera olía igual que antes. Uno de los medicamentos, no podía recordar exactamente cuál, despedía ese extraño olor metálico. Will se dijo que eso era lo que lo había hecho dejar de desearla físicamente. Hace un año todavía la deseaba, cuando su piel todavía olía a lo que olía la mujer que él amaba, antes de que la medicación con el olor metálico le arrebatara hasta eso. Will se alejó y cerró los ojos. Luego entrelazó los dedos con los de Ivette. Eran tan blancos, tan huesudos, tan fríos. Abrió un poco los ojos para mirarlos.

Y ahí fue cuando lo vio. A través de los párpados medio cerrados, Will vio que los labios de Ivette se movían. No era un movimiento involuntario sino unos labios que modulaban algo deliberadamente, envolviéndose alrededor de cada letra de una palabra, algo como *traba* o tal vez *trama*. Will vio cómo la punta de la lengua hacía presión contra los dientes para pronunciar el sonido *tr*, que le pareció en cierta forma muy sofisticado para que se tratara de algo involuntario.

Will contuvo el aire. Se quedó mirando fijamente los labios de Ivette, pálidos y delgados y secos. Los acarició con el dedo y susurró su nombre, acercando sus labios al suave cartílago de la oreja. De repente cobró conciencia de la presencia de los demás, que charlaban animadamente al otro lado de la habitación. Desvió la mirada sólo un segundo, el tiempo suficiente para ver que Bruce Winters parecía hipnotizado mientras leía el artículo en voz alta y Adam y Silvia miraban por encima del hombro. Will se volvió otra vez hacia Ivette y le apretó la mano una vez, mientras miraba fijamente sus labios y esperaba ver aunque fuera una ligera repetición del movimiento. Esperó y esperó, preguntándose si verdaderamente habría visto algo. Le apretó la mano de manera intermitente, mientras susurraba una y otra vez: "¿Puedes apretármela tú?" Luego le sopló suavemente un ojo. Nada.

De pronto recordó las palabras de su madre: *Tu papá dice que ella murmuró algo cuando le puso en la nariz un ramo de lilas del jardín.* Will respiró profundo y decidió informarle discretamente al Dr. Bauer. La clave era evitar poner nerviosa a Silvia por algo que no tenía importancia. Will ya sabía lo que iba a decir el doctor acerca de la vocalización de Ivette: algo acerca de espasmos, cuerdas vocales, pasos de aire, sonidos que parecen palabras, pero no lo son. Sin embargo, era enervante ser testigo de esos gestos ocasionales que parecían tener algún significado. Tras él, Bruce, Adam y Silvia todavía estaban enfrascados en la conversación acerca de la clínica en El Salvador, lo cual lo irritaba un poco y despertaba su instinto de territorialidad. Will se excusó y salió al corredor. Las manos le temblaban mientras marcó el número del buscapersonas del médico. Era la única señal externa de que en la armadura que protegía su corazón de las falsas esperanzas ahora brotaba una grieta casi invisible.

A las cinco y media de la mañana, Mónica tenía listo un desayuno salvadoreño para su padre: café, huevos revueltos con cebolla y tomate, tajadas de plátano dulce, frijoles fritos y unas cuantas tortillas de maíz auténticas, que había comprado en una bodega hispana que estaba en una zona no muy buena de New Haven.

"Un desayuno ideal desde el punto de vista nutricional, si uno va a pasar doce horas bajo el sol cortando caña de azúcar", dijo Bruce, mientras hundía la mano en la canasta llena de tortillas calientitas.

"No recuerdo haberme comprometido a cortar caña", dijo Mónica. "Pensé que íbamos de pesca".

"Necesitarás la proteína de los huevos para poder sacar todos esos monstruosos peces que vamos a atrapar hoy".

Mónica sirvió el café y se sentó frente a su padre. "Regresemos a las diez. Hay un frente acercándose".

Bruce le dio un sorbo al café y cerró los ojos por un momento, mientras permitía que el vapor de la taza subiera por su cara. Se recostó, todavía con los ojos cerrados. "Este sí es un verdadero café salvadoreño". Bruce esbozó una sonrisa, levantó la taza y le dio otro sorbo. "Me recuerda a tu abuela. Doña Magnolia hacía que le llevaran su cafecito exactamente a las dos de la tarde, todos los días".

Mónica se acercó a la taza y aspiró, tratando de evocar recuerdos del pasado, pero sólo le olió a café. "Siempre he lamentado no haber podido ir a su entierro. Sencillamente me parece que he debido ir. Después de todo, yo era su única nieta".

"Yo también lo lamento", dijo Bruce, mientras apoyaba la quijada sobre la palma de la mano como un niño chiquito. "Los Borrero me llamaron para informarme de su muerte después de que llevaba más de un mes enterrada. Todo eso es parte de la manera como lograron robarte tu herencia. Miserables".

"Es muy temprano en la mañana para eso", dijo Mónica e hizo un gesto de desdén con la mano. "Lo único que digo es que me habría gustado poder ir al funeral de mi madre y de mi abuela. La mayor parte de la gente necesita una ceremonia para poder cerrar el ciclo. De lo contrario, es como si la persona se hubiese ido a un viaje muy largo o algo así".

Bruce comenzó a masticar más rápido, cortando los plátanos con el tenedor con más fuerza de la necesaria. "La ceremonia en memoria de Alma duró menos de quince minutos. Todos sabíamos que cualquier cosa que oliera a tradición sería un insulto para ella. Si hubiésemos podido recuperar su cuerpo, tu abuela y yo lo habríamos cremado y habríamos regado sus cenizas en el mar". Se llenó los pulmones de aire y eructó contra el puño cerrado, luego señaló el plato. "Todo esto es muy auténtico. Gracias".

"Quiero saber dónde está la tumba de mamá. Necesito saberlo para poder ponerte junto a ella cuando te mueras".

Bruce se atoró con el último sorbo de café, buscó afanosamente una servilleta y se cubrió la boca mientras tosía. Se dio unos golpecitos en el pecho y los ojos se le pusieron rojos. Finalmente se pudo aclarar la garganta y dijo con voz forzada:

"Te agradecería que me entierres con mis padres en el cementerio de East Hampton. Además, ¿qué sentido tendría eso? Me estarías enterrando totalmente solo, porque la tumba de tu madre está vacía".

"Hmmm. Tienes razón". Mónica lo pensó un momento, mientras se sobaba la quijada.

Bruce miró su taza. "¿Acaso envenenaste mi café o algo así? Si necesitas dinero, sólo pídemelo, por Dios Santo, no necesitas matarme".

Mónica desvió la mirada hacia la izquierda. "Supongo que sólo estoy buscando una excusa para regresar a El Salvador. Ya sé que digo eso todos los años, pero he estado pensando que tal vez ha llegado la hora de hacerlo".

"Ah, ya entiendo. Quieres provocarme un ataque al corazón".

"Papá, la guerra ya se acabó. ¿Cuál es el problema?"

Bruce la miró de soslayo. "Me inquieta que te interese viajar a El Salvador. Ese lugar fue muy malo contigo, Mónica".

"No fue nada personal", dijo Mónica. "Había una guerra civil".

Bruce cruzó los brazos y desvió la mirada. "Es posible que vaya a El Salvador el próximo mes".

Mónica se rió y negó con la cabeza. "¿De qué estás hablando?"

"De una investigación".

"¿Qué?" Mónica ladeó la cabeza y se jaló el lóbulo de la oreja, como si estuviera tratando de sacarse una gota de agua. "Lo siento. Debo haber oído mal. Me pareció escuchar que vas para ese lugar tan *malo*. Ya sabes, aquel país en el que ni siquiera puedo pensar".

"Es posible que vaya. Tal vez".

Acostumbrada a tener que sacarle a su padre la información poco a poco, Mónica tardó algunos segundos en calcular el grado de delicadeza que debía usar para hacer que le revelara el panorama completo. Se levantó y reunió en un solo plato los restos de comida. Fue hasta el lavaplatos, arrojó la comida y prendió el triturador de basura por unos segundos. "Así que estás escribiendo un artículo", dijo. "Cuéntame más".

Bruce se aclaró la garganta. "Bueno, primero recibí una propuesta de las revistas *Urban Science* y *Cutting Edge* para escribir el artículo sobre lesiones cerebrales del que te hablé. Pero sólo después de que terminé la entrevista con los Lucero y estábamos sentados charlando, me di cuenta de que ahí había algo mucho más interesante. La madre de Ivette está dispuesta a intentar cualquier tipo de superstición o vudú. ¿Viste la habitación de Ivette? Está llena de imaginería y objetos religiosos. Lo que me interesa ahora son los extremos a los que podemos llegar cuando la medicina convencional ya no tiene nada que ofrecer".

Mónica parpadeó y se volteó a mirar a su padre. "¿Y eso qué tiene que ver con El Salvador?"

Bruce apretó los labios y se quedó mirando la mesa, como si estuviera tratando de decidir qué decir y qué no. Respiró profundo y fue botando el aire lentamente, luego levantó la vista hacia su hija. "Silvia encontró una clínica en El Salvador que le promete 'arreglar' a su hija".

Mónica sacudió la cabeza. "¿Arreglar?"

"El gobierno salvadoreño no considera que este tratamiento natural sea narcótico, así que no está regulado. Eso significa que si ahí existe algo que pueda ayudar a alguien como Ivette, esa gente puede aislar la solución mucho más rápido de lo que podemos hacerlo aquí. Esa es la esperanza que ofrecen". Bruce hizo una pausa y levantó un dedo. "Pero lo interesante es lo que sigue, Mónica".

Mónica dio media vuelta sobre sus talones. "Cuéntame. Me estoy muriendo de la curiosidad", dijo, olvidando su decisión de hacer una aproximación cuidadosa.

"Esta clínica está usando las toxinas de los caracoles para

tratar de hacer que el cerebro lesionado comience a crear nuevas células". Bruce abrió los ojos un poco más. "Veneno de caracoles, Mónica. *Veneno de caracoles*. La misma maldita sustancia por la que tu madre se ahogó".

"¿Acaso están trabajando con el *Conus furiosus*?" susurró Mónica.

"Sí. Y Silvia encontró ese programa gracias a ti". Bruce señaló a Mónica. "Dijo que el otro día les diste un minicurso sobre los milagros del veneno de los caracoles".

Mónica dejó caer un manojo de cubiertos entre el agua jabonosa. Parpadeó varias veces y juntó las manos mojadas, como si estuviera rezando. "¡Joder! Es una broma, ¿cierto?"

Mónica nunca decía malas palabras, así que Bruce levantó las cejas y esbozó una sonrisa. "No", dijo, mientras se servía más café. "Admito que ese hecho le ha agregado un interés personal a mi curiosidad".

Mónica tuvo que parpadear varias veces antes de poder hablar. "¿Cómo te puedes sentar frente a mí, a hablar sobre la autenticidad de unos frijoles fritos, cuando sabías que alguien encontró el *Conus furiosus*? ¿Acaso eres de otro planeta o algo así?"

Bruce encogió los hombros y desvió la mirada. "No estaba seguro de que quisieras saber que eres la causa de terribles discusiones entre Will y Silvia".

"¿Dónde diablos lo encontraron?"

Bruce le dio la espalda y caminó hacia el salón y la ventana panorámica que, a esta hora, sólo le devolvió el reflejo de su imagen. "En México. Aparentemente los moluscos pueden pasar medio siglo extintos y luego aparecer en manada en algún lado".

"Como el *Conus gloriamaris*", dijo Mónica, mientras lo seguía hasta el salón. "La abuela pagó miles de dólares para tener en su colección un molusco que estuviera oficialmente extinto y ahora se puede conseguir uno por treinta dólares".

"La verdad es que no sé si se trata realmente del *Conus furiosus*, pero tiene toda la apariencia de serlo. Son muy reservados acerca de la fuente del tratamiento. La mujer con la que hablé por teléfono allá dice que el tratamiento es una 'mezcla' de venenos".

"¿Qué? ¿Como el vino barato?"

"Lo único que dijo fue que uno de los caracoles presentes en la 'mezcla' era considerado extremadamente raro, casi extinto, pero que se había descubierto una pequeña colonia de este espécimen en la costa del Pacífico, cerca de Oaxaca. A alguien lo picó uno de esos caracoles y los efectos posteriores indican que la sustancia fue químicamente capaz de atravesar la barrera hematoencefálica".

"Suena como el *furiosus*", dijo Mónica. "Entonces, ¿qué dice esta gente que puede hacer por Ivette? ¿Restaurar las células muertas del cerebro?"

Bruce asintió. "Convencieron a la madre de que pueden ofrecerle cierta mejoría".

"Eso parece cuento".

"Eso es lo que yo digo, pero ellos argumentan que han logrado recuperar la lucidez en casos como el de Ivette".

"¿Y qué dice Will de todo eso?"

"Cree que es absurdo y peligroso. Al igual que los médicos".

"Pobre Will. No debe ser fácil tener que lidiar con Silvia, aparte de todo lo demás. Parece un buen tipo. Paciente. Amable", dijo Mónica y desvió la mirada.

"Es un tipo genial. No te imaginas lo bien que me cayó". Bruce dio unos pocos pasos hacia su hija y le puso las manos sobre los hombros. "Pero no se lo vayas a presentar a Paige. Después de todo, Will está casado".

"No se lo iba a presentar. *Paige* no es nada fácil".

Bruce regresó para buscar su gorra de béisbol de la Universidad de Connecticut. Se la puso, miró su reflejo en el espejo que estaba sobre la chimenea y se pasó una mano por la incipiente barba. "¿Lista?"

Mónica asintió con la cabeza, encantada de hacer una pausa en la conversación, mientras pensaba un poco. Entró a la cocina para agarrar los termos de café y una vieja chaqueta de sudadera y luego bajó hasta el agua. La bahía de Long Island estaba muy tranquila y el agua parecía espesa y metálica, como mercurio líquido. Bruce ya había sacado el bote del garaje y descansaba en la maraña de algas y piedras, detrás del rompeolas. Cargaron las carnadas y las cañas de pescar. Bruce remó a través de la silenciosa y etérea superficie del agua. La neblina matutina escondía el brazo bato y plano de Long Island.

Cuando se instalaron en un sitio, Mónica dijo en voz baja, como si no quisiera ahuyentar a los peces: "Me siento realmente muy mal de pensar que mi comentario creó más tensión entre Silvia y Will. ¡Por Dios, fue sólo un comentario al margen! Will fue el que notó la colección de caracoles que tengo en un estante de la oficina y me preguntó por ellos".

Bruce meneó la cabeza y arrojó la caña. "No tienes por qué sentirte culpable, tú no sabías. Pero creo que esos dos van a tener una buena batalla, si Silvia decide seguir adelante con la idea".

Mónica dejó caer los hombros y se quedó mirando el agua. Bruce la miró de reojo y dijo: "Ah, diablos. En todo caso, dudo que ella tenga todo ese dinero. El transporte especial que requiere Ivette vale varios miles".

"¿Quién tiene más derecho a tomar ese tipo de decisiones: el cónyuge o uno de los padres?" preguntó Mónica.

"En el caso de ellos, es Will. Ivette tendría que haber firmado un documento legal para asignarle la responsabilidad a Silvia".

"¿Crees que el tratamiento del veneno sea todo un engaño?" preguntó Mónica, al tiempo que arrugaba la nariz mientras envolvía una lombriz en un anzuelo. Le mostró el anzuelo a Bruce para que lo inspeccionara. Él asintió con la cabeza y ella arrojó la carnada.

"¿Un fraude? Tal vez. Pero no necesariamente. Suena más como un experimento impulsivo, irresponsable y carente de supervisión", dijo Bruce. "Pero podrías decir que soy un pesimista o un escéptico por decir eso. ¿Quién sabe, Mónica? A lo mejor es algo brillante y fantástico y todos vamos a quedar sorprendidos. Pero lo dudo". Algo perturbó la superficie vidriosa del agua y Bruce le hizo a Mónica una señal de aprobación.

Mónica se puso a imaginar qué pasaría si los amados caracoles marinos de Alma finalmente resultaban ser medicinales. Y qué maravilloso milagro sería que su veneno pudiera ayudar a Ivette. Pensó en el día del masaje y recordó haber tenido la extraña sensación de que dentro de ese cuerpo había un alma conciente.

De manera inesperada, Bruce declaró: "Al mirarlo en retrospectiva, creo que lo que más admiraba de tu madre era su devoción a la naturaleza. Ella era una ambientalista de verdad, en un país que era despiadadamente ambicioso. No era un punto de vista muy popular".

Mónica no respondió y se quedaron callados durante un rato. Tal vez porque sospechaba lo que Mónica estaba pensando, Bruce levantó una ceja y volvió a cambiar el curso de la conversación hacia un tema que lo hacía sentir más cómodo. "Lo extraño es que no he podido encontrar ninguna otra información acerca del *furiosus*. Uno pensaría que sería una gran noticia, aunque el experimento sólo hubiese tenido éxito en los laboratorios. Supongo que tengo que buscar más".

"Paige puede ayudar. Tú sabes que, por su trabajo, ella tiene acceso a todos esos costosos sitios web académicos".

"Buena idea", dijo Bruce y le dio un jalón a su carnada.

"Entonces, ¿quién está pagando los gastos de tu investigación, papá?"

"Hay un presupuesto para este tipo de cosas".

Mónica sintió el primer mordisco, luego un tirón y comenzó a recoger el sedal para sacar lo que fuera que estuviera al final de su caña. Bruce lanzó un grito cuando ella sacó una lubina estriada. Bruce le quitó el anzuelo y la lanzó a la hielera.

Como siempre, habían logrado evitar mencionar al compañero de Alma en la búsqueda del *Conus*. Hace algunos años hasta la mención más casual de Maximiliano Campos podía producir un silencio y una melancolía que duraba varios días. Pero, naturalmente, la conversación de la mañana acerca de El Salvador hizo que Mónica pensara en el hombre que había arruinado su vida tal como era en esa época y la idea de que su padre volviera a entrar a ese mundo le causó un poco de inquietud, como si Maximiliano todavía estuviera vivo y al acecho para hacer más daño. Pero, después de todo, Max estaba muerto y, como ella misma había dicho, la guerra civil ya había terminado y desde 1992 se habían firmado los acuerdos de paz. Además, tal vez un viaje al pasado podría hacer que este resultara menos abrumador, como la casa donde uno vivió de niño, que se ve más pequeña cuando se regresa de adulto.

Mónica tenía doce años cuando su padre la montó en un avión de Pan Am con destino a Hartford. Traumatizada por la guerra y huérfana de madre, se sumergió en una silenciosa depresión durante esa primera primavera lluviosa y larga, en casa de la abuela Winters. Las pesadillas sólo comenzaron cuando el clima empezó a calentarse con la llegada del verano. Tal vez el silencio del bosque, con esos árboles tan altos como catedrales, fue lo que les abrió la puerta a las confesiones de su alma. La seguridad de un pueblito perdido de Nueva Inglaterra fue lo que finalmente permitió que su mente se deshiciera de todas las cargas, en medio de la oscuridad de su habitación.

Mónica soñaba con niños que corrían y gritaban, mientras eran perseguidos por asesinos invisibles; con gente con máscaras, montada en camiones artillados, que pasaba gritando advertencias y diciéndole a todo el mundo que corriera. Siempre habían perros negros en el fondo y la imagen recurrente de una procesión de pueblo, caras pintadas que pasaban flotando y una Virgen María de madera, tan grande como el maniquí de una tienda, con mejillas brillantes y rosadas, que alguien llevaba en unas andas improvisadas. En el sueño, la mano de Alma estaba tan resbalosa como un pez mojado y Mónica se soltaba de la mano de su madre y se perdía en medio de la multitud. Alma desaparecía, pero el ruedo de su vestido amarillo seguía viéndose por un momento, atrapado entre dos cuerpos. Mónica trataba de alcanzarlo, pero un momento después también desaparecía. Mónica deambulaba entre la gente, llorando y llamando a su madre. Pasaba junto a vendedores callejeros que ofrecían torrejas de mango verde con sal y jugo de limón. Finalmente sonreía cuando llegaba hasta un hombre que ofrecía pollitos vivos pintados de verde, rosa y azul celeste. Alma estaba frente al vendedor, regañándolo por ser tan cruel con los pollos, muchos de los cuales absorberían la tintura a través de la piel y se envenenarían hasta morir. Pero de pronto se levantaba una ráfaga de viento y Alma se evaporaba; al igual que los dibujos de aserrín, salía volando, brillante, llena de color y fragmentada en pedacitos demasiado pequeños para agarrarlos.

En la mañana, la única evidencia de esas pesadillas eran la fatiga y las manchas de sudor en las sábanas.

"¿Qué fue ese ruido?" le preguntó Mónica a su padre, perturbada por el recuerdo del sueño.

"¿Qué fue qué?" dijo Bruce, sin levantar la vista de su caña.

"Creí oír el sonido de una lata". Mónica miró a su alrededor, hacia el agua de la bahía de Long Island, y se dio cuenta de que había sido su imaginación. Lo que asoció con el sonido de alguien destapando y aplastando una lata, alguien preparándose para cocinar en un campamento, debió ser un golpe del agua contra el bote, sumado al olor del pescado fresco.

"¿Cómo puedes oír algo de lo que está ocurriendo en la playa desde esta distancia?" preguntó Bruce.

Mónica sacudió la cabeza. "Sólo fue mi imaginación. Estaba soñando despierta".

Bruce volvió a abrir la hielera y Mónica sintió de nuevo el olor a pescado fresco. Arrugó la nariz. No, lo que oyó no fue el sonido de una lata. Fue el chisporroteo de un fuego. Era otro recuerdo que brotaba de los rincones recónditos de su memoria, atraído por el olor a pescado fresco y los pensamientos acerca de su madre. Luego se le vino de repente a la cabeza, como una película. Una noche, ella y su madre habían limpiado barracudas para unos guerrilleros.

MAXIMILIANO CAMPOS estaba alimentando a un grupo de estudiantes, profesores y otras personas asociadas a la revolución salvadoreña con un montón de pescado, así que todo el mundo le decía Jesús. "Pescado para la fuerza, pescado para el sigilo", decía Max, mientras distribuía platos de barracuda a la parrilla y tortillas calientes con limón y sal de cocina a un lado.

Había casi cien personas en este lugar sobre la playa, que estaba a diez minutos en auto desde Negrarena. La propiedad no pertenecía propiamente a Max; de hecho, sólo él conocía al dueño, pero había dicho que era un lugar seguro, un pedazo de tierra remoto y solitario, donde el núcleo intelectual de la revolución se podía encontrar para llenar la panza, reír, cantar y tocar guitarra sin correr peligro. Como estaba sobre la costa, no los podían arrinconar porque siempre estaba la opción de escapar por el mar. El Trovador, como se llamaba la propiedad, tenía varias hectáreas de playa, con letrinas rústicas y ranchos con techo de paja seca. La cocina solamente consistía de una parrilla y una enorme plancha hecha de barro. En la playa aparecieron de repente varios botes de remos, que se movían lentamente en medio de la oscuridad de la medianoche. Venían de Nicaragua y Honduras, a través del golfo de Fonseca, una entrada de agua que se extendía entre tres países.

"Mañana van a atacar una de las embajadas extranjeras del centro", le dijo Alma a Mónica de manera casual. "Pero la mayor parte de esta gente no va a estar directamente involucrada. Estos son del lado político. No hacen el trabajo sucio".

"Entonces, ¿ellos son buenos o malos?" preguntó Mónica.

"Son buenos", dijo Alma, pero de manera dubitativa. "Al menos, tienen buenas intenciones".

"Entonces, ¿por qué se están escondiendo?"

"Porque son comunistas, mi amor. Si la Guardia Nacional averigua que están aquí, vendrán y matarán a todo el mundo".

Mónica enterró los dedos en el brazo de su madre. "¿Todas estas personas son comunistas? ¿Como los guerrilleros?"

"Sshh. No digas eso en voz alta".

"¿Nos van a matar a nosotras?" insistió Mónica y esta vez habló en inglés.

"Sshhh". Alma le puso los dedos sobre la boca y susurró: "Habla en español. Nunca dejes que sepan que hablas inglés".

Cuando Alma le quitó la mano de la boca, se relajó y dijo, en español: "Claro que no. Ellos son amigos de Max... Es maravilloso simplemente estar aquí, ver cómo se desarrolla la historia. Pero, recuerda, nuestros nombres son...". Apuntó hacia ella y movió la cabeza con un gesto que invitaba a Mónica a decir:

"Tú eres Leticia Ramos. Y yo soy tu hija, Fernanda".

"Y vas a la escuela pública..."

"En el cantón El Farolito".

"Nunca menciones que vas a un colegio privado, ¿de acuerdo? O que tu padre es americano o que es periodista. Abraza a Max de vez en cuando. Finge que él es tu padre".

Asqueada por la idea, Mónica se volteó y observó al grupo que tenía detrás. "¿Por qué estamos nosotras aquí?"

"Porque es nuestro deber cívico".

"Ya ayudamos a hacer la masa de la tortilla y limpiamos todos esos apestosos pescados. ¿Nos podemos ir ya?"

Alma sonrió y agarró la cara de Mónica entre sus manos.

"Todavía no. Tenemos que ayudar a Max con otra cosa más. Una cosa maravillosa, increíblemente especial...". Alma puso el brazo alrededor del cuello de Mónica y la jaló hacia las sombras, lejos de la muchedumbre. Caminaron a través de un campo oscuro y arenoso, lleno del humo del pescado asado. Mónica se preguntó si alguien podría sentir el olor del pescado y llamar a la Guardia Nacional. Se estremeció al pensarlo. ¿Por qué su madre la había arrastrado hasta aquí? Mónica había oído a su abuela hablando sobre esta gente, había oído a su padre, a sus amigas, a los chicos de la escuela. Parecía como si todas las personas que conocía estuvieran en contra de ellos, excepto su madre. Mónica hizo un esfuerzo para sacudirse los nervios y confiar en su madre.

Llegaron a una choza diminuta. Mónica podía oír que había alguien adentro sollozando, oía unos desgarrados gemidos de dolor, como si estuvieran torturando a una niña. Se quedó fría, pero Alma la invitó a seguir. "Vamos, todo está bien".

Había un hombre parado entre las sombras. Al verlas pasar, se quitó el sombrero y lo apretó contra el pecho. Brincaron por encima de un perro dormido que estaba acostado en la puerta y entraron a la choza. No había ningún mueble, sólo una hamaca, que colgaba vacía de un lado al otro de la choza, un radio transistor en el suelo y una bandera salvadoreña sucia, que colgaba de un asta rústica pegada a una de las vigas. La choza olía a sudor y alcohol alcanforado.

Maximiliano estaba arrodillado en el suelo de tierra pisada y las partes de su cara que no estaban cubiertas por la barba brillaban a causa del sudor. Llevaba unos pantalones de dril y una guayabera blanca manchada de sangre, que le llegaba hasta los muslos como una bata de laboratorio. Una anciana que normalmente era su cocinera estaba parada a su lado. Cuando las vio entrar, levantó la vista y sonrió. "¿Estás segura de que la princesa podrá aguantar esto?", preguntó con sarcasmo.

Alma asintió con la cabeza.

"Mónica ha visto el nacimiento de todo tipo de animales en Negrarena. Ya está lista para graduarse con el de los humanos".

Max dijo: "Ven" y señaló a Mónica con el dedo. Nadie le pidió permiso a la paciente.

Mónica se paró al lado de donde estaba arrodillado Max. Sobre una estera de paja, había una niña que debía ser dos o tres años mayor que Mónica, pero seguro no tenía más de quince años. Tenía el pelo negro y liso, desplegado alrededor de la cabeza como un abanico. Estaba acostada de espaldas, con las piernas abiertas, y encima de ella había una enorme barriga que parecía aplastar su pequeño cuerpo.

"Así es como empieza la vida, Mónica", dijo Max y señaló la cabecita que estaba comenzando a asomar. Mónica ladeó la cabeza y miró. Parpadeó, asombrada por esa pequeña cabecita peluda que estaba saliendo de la niña. No era tan distinto del nacimiento de un animal de la granja, excepto que los gritos de la chica eran mucho más enervantes. Toda la escena la hizo rechinar los dientes. Maximiliano hizo presión con los dedos alrededor de la cabecita. Mónica observaba, fascinada, pero comenzó a sentirse un poco mareada. Alma se paró junto a ella un momento, pero rápidamente comenzó a ayudarle a Max a mover y volver a acomodar las caderas de la chica y a recoger parte de la sangre con un trapo.

La habitación comenzó a dar vueltas, así que Mónica se acurrucó junto a la niña. Se puso a conversar con ella, a secarle el sudor de la frente y el cuello con el ruedo de la falda. La muchacha le dio la mano caliente y sudorosa y Mónica la tomó, pero volteó la cabeza hacia otro lado para no ver la escena. Estaba tratando de controlar la sensación de mareo, mientras sentía un cierto júbilo ante la mirada de gratitud de la niña. La muchacha siguió apretando la mano de Mónica, cada vez con más fuerza, hasta que Mónica misma tuvo deseos de gritar, pero luego el bebé salió y los adultos aplaudieron y se rieron y anunciaron al unísono el sexo del bebé. "¡Es un varón!"

Los adultos estaban ocupados limpiando a la niña y al bebé, que ya había puesto a prueba sus pulmones, cuando la nueva madre se volvió hacia Mónica y le susurró con una voz ronca y cansada: "¿Lo quieres?"

"¿Que si quiero qué?" preguntó Mónica.

"A mi angelito".

"¿Vas a regalar a tu hijo?" preguntó Mónica, asombrada.

"Mi padre dijo que tengo que deshacerme de él. Ya tenemos once cipotes en casa".

Mónica miró la cara de la muchacha, redonda y pequeña, con esas pestañas gruesas y rectas tan características de los indígenas de El Salvador.

"Puedes amamantarlo con tu propia leche, ¿no?" dijo Mónica, pensando que había resuelto el problema.

La muchacha sonrió con tristeza. "Por un tiempo. Pero en seis meses va a necesitar comida de verdad".

"¿Qué hay del papá del niño?"

La muchacha desvió la mirada. "No tiene".

"¿No tiene padre? ¿Cómo puede no tener papá?"

"Tú sabes cómo son las cosas".

Mónica no tenía la menor idea de "cómo eran las cosas", pero en todo caso trató de entender algo que estaba más allá de su comprensión. La muchacha levantó la cabeza y les preguntó a Alma y a Maximiliano si alguno de los dos quería al bebé. "No puedo quedarme con él", dijo Alma, "pero no te preocupes, te ayudaremos a encontrar un buen hogar para él".

Mónica habló esta vez en inglés para que los demás no pudieran entender. "Mamá, yo quiero al bebé. Yo lo cuidaré".

"Es un bebé, no una mascota", dijo Alma. La anciana regresó con un platón lleno de agua y limpiaron al bebé en medio de unos alaridos que los hicieron guardar la cabeza como si fueran tortugas.

Mónica siguió insistiendo en que podía cuidarlo: lo bañaría, le daría de comer, le enseñaría a leer y a escribir. Pero Alma se negó una y otra vez. Ella y Max salieron juntos de la choza y le dejaron instrucciones a la anciana para que terminara. Max se iba a asear para volver con sus invitados. Dejaron que Mónica se quedara con la muchacha. El padre de la chica estaba esperando afuera, para llevarse a casa a la muchacha y al bebé no deseado.

Sentada en el suelo con las piernas cruzadas, Mónica observó mientras la anciana le mostraba a la muchacha cómo alimentar el bebé. Mónica pensó en el ganado, los caballos, los cerdos y los pollos de Negrarena, que consumían diariamente cantidades de comida. ¿Cómo era posible que alguien pudiera ser tan pobre que no alcanzara a alimentar a una criaturita que pesaba menos de tres kilos?

"Me llamo María del Carmen. ¿Tú cómo te llamas?" preguntó la muchacha.

Mónica vaciló al responder, porque no sabía si esta chica era de los comunistas de la playa. El papá la llamó desde afuera y la muchacha respondió que la esperara un momento.

"¿Sos comunista?" preguntó Mónica.

"Esas cosas no me interesan", respondió la chica.

Segura de que podía confiar en ella, Mónica susurró: "Me llamo Mónica".

"¿Mónica qué?" La chica insistió.

Al entender de repente la audacia de la chica, Mónica respondió: "Winters Borrero".

"Ah, entonces eres muy rica", dijo María del Carmen y el rostro se le iluminó. Meció al bebé en sus brazos y le hizo a Mónica una sonrisa amplia. "Fue Dios el que te envió para que estuvieras aquí".

Cuando la anciana se fue a buscar una aspirina, María del Carmen llamó a su padre y le susurró algo al oído. El viejo musitó algo que Mónica no entendió porque no tenía dientes. Levantó a su hija exhausta y la cargó en sus brazos; luego los dos desaparecieron en medio de la oscuridad de los campos que se extendían más allá de la playa.

Cuando la anciana regresó, Mónica estaba acostada en la estera de paja sobre la que estaba la muchacha. La anciana se arrodilló al lado, pensando que era María del Carmen. Pero en lugar de eso encontró a Mónica, susurrándole al bebé. Mónica lo había envuelto en la bandera salvadoreña, a falta de una manta, y los deditos del bebé estaban agarrados a su índice. Se había desabotonado la camisa de algodón y el bebé estaba mamando los pezones todavía cerrados de sus pequeños senos de preadolescente.

"TÚ SABES que no podemos quedarnos con ese bebé", dijo Alma. "Tiene que ir a un orfanato".

Mónica estaba sentada en la mesa de la cocina de Caracol, observando a Francisca, que le estaba dando al bebé un poco de leche en polvo, en un viejo biberón que había sido de Mónica.

"¿Por qué no?" insistió Mónica. "Todo el mundo tiene hermanos o hermanas. ¿Por qué yo no puedo?"

"Porque no podemos hacernos cargo de él, Mónica Marina".

Mónica se puso de pie y se inclinó hacia delante. Cerró el puño y golpeó la mesa. "Tenemos cinco criadas y dos jardineros; nuestra familia es dueña de una planta de productos lácteos. Tenemos cómo cuidar a este bebé".

Francisca sonrió y levantó una ceja, mientras miraba a Alma. "Tal vez ella tiene razón, niña Alma. Aquí estoy yo, contratada como niñera pero sin niños que cuidar".

Alma cerró los ojos y respiró profundo. "Sí, tenemos suficiente comida. Pero los bebés necesitan más que comida. Necesitan unos padres. Necesitan a alguien que asuma la responsabilidad día a día. No tenemos a nadie aquí que esté dispuesto a eso. ¡Y tú sólo tienes doce años, Mónica, por Dios Santo!"

Mónica se quedó mirando sus zapatos de gamuza color café, hirviendo de cólera. "Dices que te preocupas por los pobres de El Salvador, pero no estás dispuesta a sacrificarte para ayudar a un pequeño bebé. Sólo quieres congraciarte con Max y sus amigos comunistas". Dio media vuelta y salió corriendo de la cocina, en parte para no seguir hablando y en parte para evitar las consecuencias de semejante falta de respeto. Oyó a Alma llamándola por todas partes, pero estaba escondida en un lugar en el que Alma nunca miraría: la oficina de su padre. Mónica se sentó frente a la máquina de escribir de Bruce y comenzó a escribirle una carta al presidente de El Salvador, rogándole que le autorizara la adopción del bebé, aunque ella sólo tenía doce años. Ya le había dado al niño el nombre de Jimmy Bray, en honor de un chico de la Escuela Americana del que estaba enamorada. Se había imaginado que este bebé era el hijo que había tenido con el chico rubio y de ojos azules de Alabama que estaba en su clase. Sólo habían hablado una vez, cuando Mónica le preguntó: "¿Este es tu libro de la biblioteca?" Y Jimmy Bray asintió con su brillante cabeza rubia y tomó el libro de las manos de Mónica. Todavía no era lo que se podía llamar una relación, pero Mónica creía que era un buen comienzo.

La otra parte de su fantasía era que Jimmy Bray Junior sería más como su hermanito, el niño con el que su padre podría hacer "cosas de hombres", el hijo que uniría de nuevo a la familia. Ellos necesitaban a un bebé que volviera a unir a la familia y este bebé los necesitaba a ellos con desesperación.

Pero al día siguiente se llevaron al pequeño Jimmy Bray.

Pocos días después, cuando vieron a Max en un mercado de San Salvador, él se rió mucho con todo el cuento y le pasó el brazo a Mónica por encima de los hombros, para tratar de consolarla. Max le dijo que era una buena chica, con un gran corazón, y que el bebé estaba a salvo y habían encontrado una buena familia que lo acogió.

Mónica quería verlo con sus propios ojos, debido a la profunda desconfianza que estaba creciendo entre ella y su madre. Pero Alma se negó a llevarla a ver a Jimmy Bray, como castigo por su falta de respeto. Mónica supo que el bebé había sido "rebautizado" José Martín Castillo.

Cuando Bruce regresó de Nicaragua ese domingo por la noche, su hija de doce años había madurado varios años, después de haber ayudado en un parto y haber sufrido, en su mente, la pérdida de un hijo. Lloriqueó en el hombro de Bruce y le puso quejas de su madre.

Más tarde Mónica oyó a sus padres discutiendo. Bruce no [pr]obaba el viaje al campo. "¿Vio el nacimiento de un bebé? ¡Por Santo, Alma, ella es demasiado joven todavía!" la reprendió "Tú la tratas como si fuera una adulta en miniatura. Tie[nes que] bajar un poco el ritmo, proteger su inocencia un poco [...] bo una pausa y luego Bruce preguntó con determina[do] todo caso, ¿qué estabas haciendo con Maximiliano?"

[Y y]o estábamos en Negrarena cuando Maximiliano [...] zo a caballo con la razón de que necesitaba ayuda [...] staba atendiéndolo de caridad en un pueblo ve[...] sitaba un ayudante. No podía dejar a Mónica [...] juntas. Lo último que esperábamos es que [...] nos dejara al niño".

[...] pausa y Bruce volvió a hablar: "Creo que [...] masiado tiempo con Max. Ya sé que él es [...] que comparten el interés por la ciencia y [...] una mujer casada. Eso no se ve bien y [...] lugar de eso, tú y Mónica no vienen [...] je de trabajo?"

[...] desaprobación. "Demasiado peli[...] una guerra".

A manera de último intento y con una voz mucho más profunda que la de Alma y, por tanto, más fácil de oír para Mónica, Bruce dijo: "Me duele que pases tanto tiempo con él. Te estoy pidiendo que dejes de hacerlo".

Hubo una pausa.

"Alma, mírame. Te estoy pidiendo que dejes de pasar tanto tiempo con él y comiences a invertir más tiempo y energía en tu propio matrimonio y tu familia. ¿Al menos reconsiderarías la idea de tener otro bebé? Obviamente Mónica está desesperada por tener un hermanito".

La puerta de la habitación de sus padres se cerró de un golpe. En unos cortos minutos Mónica oyó en el corredor los pasos de su padre, que regresaba a su oficina.

Esa noche, en su cama, Mónica lloró por el bebé perdido, por la madre y el abuelo que habían abandonado a su propio retoño, carne de su carne, pensando que el bebé sería criado con las comodidades y los privilegios de un príncipe. Súbitamente se sintió confundida con respecto a Max, a quien había jurado odiar, pero que atendía las enfermedades de los pobres ayudaba a traer al mundo a los bebés no deseados. Pero lo más perturbador era que Mónica sentía cómo se estaba debilitando la lealtad hacia su madre; por culpa de Alma, Mónica no podía tener u familia normal, con hermanos y hermanas, como la de todos demás. Lo peor de todo era que su padre sí quería tener hijos. Mónica siempre había creído que los dos estaba acuerdo en ese asunto.

Una semana después, mientras estaban desayunando, le mostró el periódico a Mónica. Mónica reconoció a uno hombres por el cabello, aunque tenía un pañuelo tapár cara. Era uno de los jóvenes comunistas que había esta playa esa noche, comiendo pescado. Había recitado poema de Rubén Darío y se lo había dedicado a Móni

"Ese muchacho está muerto", dijo Alma. "Y diec

amigos están desaparecidos. El gobierno hizo una redada en Chalatenango".

Mónica hizo el periódico a un lado. "¿Tú estás enamorada de Max? Tengo que saberlo".

Podían oír a Bruce, que estaba en la habitación de al lado. El teléfono sonó. Él contestó y comenzó a hablar con alguien.

Alma se quedó mirando a Mónica. "¿Me estás desafiando?"

Mónica le sostuvo la mirada. "Tú no quieres a mi papá".

Alma bajó los ojos y comenzó a quitarse el esmalte color perla de las uñas. "Admiro a Max". Luego se detuvo. "Sí, lo amo. Él siempre ha sido mi amigo. Desde que yo era una niña. En cuanto a tu papá..."

Mónica desvió la mirada. "¿Vas a dejarlo?"

Alma miró a Mónica como si la viera por primera vez. Cuando habló, lo hizo más para ella misma que para contestarle a Mónica: "Mierda, cada vez te pareces más a mí".

Alma se inclinó y trató de abrazarla, pero Mónica se echó hacia atrás. "Te pregunté si vas a dejar a mi papá".

"Baja la voz". Alma retrocedió y estudió el rostro de su hija, buscando la fuente de esta nueva agresión. "No, no voy a dejar a tu padre, Mónica. Y no me hables así".

"Max ya tiene dueña", dijo Mónica con sorna. "No te pertenece".

Alma se puso pálida; se dejó caer contra el espaldar de la silla. "¿Quién te dijo eso?"

"Te oí decirlo mientras dormías".

"ENTONCES, ¿POR QUÉ estás pensando ir a El Salvador, papá?" preguntó Mónica, mientras que Bruce remaba hacia la playa.

Bruce la miró con desconcierto. "¿A qué te refieres? Ya te lo dije. Veneno de caracoles".

"¿Nada más?"

"No me molestaría buscar a algunos viejos amigos, dar un paseo por esos recuerdos abandonados".

"Voy a ir contigo".

"¿Por qué?"

"Por la misma razón".

"Allá no hay nada para ti".

Mónica se bajó los lentes de sol. "¿Acaso tienes allá unos hijos ilegítimos sobre los que quieras contarme? ¿O te busca la justicia? Porque no creo que se trate solamente de recuerdos desagradables".

Bruce la miró con un gesto de reproche y Mónica miró hacia la costa, que estaba cada vez más cerca. Entre el apretado grupo de casas que había sobre la playa, ubicó su pequeña casa de dos pisos y dos habitaciones, con terrazas que miraban hacia el mar. Era la casa en la que Bruce pensaba retirarse en unos años y, mientras vivía ahí, Mónica pagaba la hipoteca. La sorprendía pensar que su padre hubiese elegido una casa junto al mar. Ella habría esperado que él buscara algo enterrado en lo profundo del bosque, algo más solitario y rodeado de tierra, como él.

"Papá", dijo Mónica suavemente, mientras que el bote se acercaba a la playa, "¿recuerdas esa vez que mamá me llevó a ver un parto y la muchacha me dio el bebé a mí?"

Bruce levantó la vista y la miró por debajo de la visera de la gorra. "Sí".

"¿Por qué no nos quedamos con él?"

Bruce se bajó del bote y puso la nevera sobre el rompeolas. Sacó un cuchillo y comenzó a limpiar el pescado, mientras arrojaba al agua las partes inservibles. Luego lavó todo con la manguera del jardín del vecino. "Tu madre no quería más hijos y yo no estaba en casa el tiempo suficiente para hacerme cargo de un chico adoptado. Además, mira el desastre en que se convirtió nuestra familia. Él está mucho mejor".

"¿Y qué hay de lo que tú querías, papá? ¿Por qué siempre premiabas lo que ella quería?"

"Ser padres requiere un compromiso de ambas partes".

"¿Ustedes intentaron alguna vez ir a terapia o algo así?"

Bruce volteó la cabeza abruptamente, como si la conversación hubiese cruzado el límite hacia lo desagradable. Respiró profundo y Mónica entendió que esto era lo último que iba a decir sobre el tema. "No necesitábamos que alguien nos dijera lo que no funcionaba entre nosotros. Nosotros sabíamos exactamente qué era lo que no funcionaba".

Empacaron el pescado en bolsas para congelarlo. "Pescado para la fuerza, pescado para el sigilo", dijo Mónica, mientras reorganizaba las fresas y las pechugas de pollo que tenía en el congelador y le abría espacio al pescado.

El jueves, Mónica se apresuró a llegar a casa después del trabajo para alcanzar a refrescarse y ponerse ropa suelta de algodón y estar lista para el masaje de esa noche. En agradecimiento por la entrevista, su padre le había cedido a Will Lucero la cita que él tenía para que Mónica le diera un masaje. Mónica protestó y le dijo que él no tenía derecho a hacer eso, pero, claro, en ese momento ya era demasiado tarde. "Además", había dicho Bruce, "tú también estás en deuda con él por alborotar a Silvia con lo del veneno de los caracoles".

Mónica abrió la puerta principal de su casa diez minutos antes de la seis. "Hola", dijo Will, al tiempo que se inclinaba para saludarla cortésmente con un beso en la mejilla.

Mónica señaló hacia el interior de su casa por encima del hombro. "Estoy lista para ti", dijo, pero de repente su saludo de siempre sonó un poco provocativo. Se mordió el labio. Cuando Will entró, Mónica notó que olía a jabón de baño y ropa limpia. Todavía tenía el pelo húmedo.

Will se acercó a la ventana panorámica del salón, que daba

sobre la playa. Cruzó los brazos y dijo: "Definitivamente el agua tiene algo especial… irradia tanta paz".

Mónica le hizo un recorrido por el piso de abajo y la terraza, pero se detuvo en seco al pie de las escaleras que llevaban al segundo piso. Will elogió su gusto para los muebles y las fotografías en blanco y negro, enmarcadas en negro, que colgaban en grupos por toda la casa.

"Podrías pintar esta pared de un color fuerte, como un azul índigo o un rojo cereza", dijo e hizo un movimiento amplio con los brazos en frente de la pared que tenía el arco y separaba la cocina del comedor. "Tal vez con un poco de textura. Eso crearía un equilibrio totalmente nuevo en este espacio. Podrías elegir cualquier de los tres colores que tiene la alfombra que está en el comedor. Tienes tanta luz aquí". Mónica cruzó los brazos sobre el pecho y sacó el labio inferior, mientras reflexionaba sobre la idea. Will dijo: "Soy el que se encarga de las finanzas en la compañía de mi familia, pero me gusta observar a los decoradores. Siempre me sorprende lo que puede hacer el color de las paredes para cambiar un espacio y crear un ambiente".

"Necesito algo que me ayude a contrarrestar el aire de tristeza que se impone después de octubre".

Will se puso una mano en la barbilla y miró a su alrededor. "Entonces lo que necesitas son paredes pintadas de color mantequilla o amarillo limón. Con decoraciones en naranja. O rojo. O verde".

Mónica se rió y dijo: "Buena idea. Toda esta parte del país tiene demasiado gris, blanco y café. Tal vez todos deberíamos pintar nuestras casas de colores alegres, como hacen en las Bahamas. Sería maravillosamente desafiante tener una casa color melón".

"En especial en enero, cuando hay un metro de nieve sobre el suelo".

Mónica entró a la cocina. "¿Puedo ofrecerte algo de beber antes de que comencemos?"

"Agua, gracias", dijo Will y la siguió a la cocina. Se aclaró la garganta. "No tenía idea de que eras latina. Cuando tu papá me dijo que habías nacido y crecido en Centroamérica, quedé atónito. Eres alta, delgada; tienes ojos verdes, no tienes acento. Habría jurado que eras irlandesa. Definitivamente eres difícil de ubicar, en términos étnicos, quiero decir".

Mónica sonrió y encogió los hombros, mientras le alcanzaba un vaso. "¿De verdad?"

"¿Cómo era tu mamá?" Mónica señaló que la siguiera hasta una mesa de madera clara que había contra la pared, al pie de las escaleras. Mónica agarró una foto grande que estaba metida en un reluciente marco de plata y se la pasó a Will.

"Eres tú", dijo Will.

"No, es mi madre. Piensas que soy yo porque tiene los ojos medio cerrados y no se los puedes ver muy bien".

Se quedaron mirando la foto de Alma durante un momento. Del cuello de Alma colgaba un colmillo de tiburón, que brillaba a la luz del sol como una daga diminuta. Un pequeño mechón de pelo negro, largo y rizado, volaba como una venda frente a su cara sonriente. Will miró a Mónica, luego volvió a mirar la foto y otra vez a Mónica. "Increíble. La sonrisa es exactamente la misma". Le entregó el marco a Mónica. "Es muy hermosa".

Mónica le dio las gracias, mientras se ruborizaba por el cumplido indirecto, y tuvo que demorarse unos segundos reorganizando los objetos de la mesa para no tener que voltearse enseguida y mirarlo.

"Entonces, ¿estás listo?" dijo con entusiasmo, mientras miraba el reloj. "Seis en punto. ¿Preferirías que te diera el masaje afuera en la terraza o aquí adentro?"

Will inclinó la cabeza para mirar hacia fuera y levantó una ceja. "Está haciendo mucho calor allá afuera. ¿Qué tal hacerlo aquí adentro? Así tendremos la vista de todas maneras".

Mónica estuvo de acuerdo. El disco con música relajante estaba listo y las cremas para el masaje se estaban calentando en una botella con dispensador, que estaba conectada a la pared. "¿Tienes unos boxers debajo de eso?" preguntó y señaló los pantalones de Will, pero esta vez sí no pudo ocultar que se puso roja. "¿O necesitas que te preste un par?"

Will sonrió y dijo: "No, vengo preparado. ¿Dónde está el baño?"

Mónica señaló el baño auxiliar que había junto a la entrada. Will atravesó el corredor y se agachó para recoger un pequeño morral de lona que Mónica no había notado. Lo oyó golpearse los codos contra las paredes del diminuto baño. Entonces recordó el día que se había caído en su oficina. ¿Sería Will propenso a los accidentes? Estaba pensando en eso, cuando él salió, con el pecho desnudo y una pantaloneta de ciclista asomándole debajo de otra pantaloneta más suelta. Mónica se sintió impresionada por su físico y, al mismo tiempo, aliviada por su pudor. Algunos de sus pacientes decidían usar solamente una toalla.

"No sé si te interese, pero tengo algunas llaves y grifos extra que te puedo ofrecer para ese baño. Son de esos de porcelana, de estilo antiguo, que vienen marcados Caliente y Frío con letras negras. Creo que se verían bien con las toallas antiguas de lino blanco que tienes ahí".

Mónica le dio unas palmaditas a la mesa de masajes. "Sí, me encantarían. Ahora, no más charla sobre redecoración. Sólo acuéstate aquí y mira por la ventana".

"Lo siento, espero no haberte molestado".

"No, no. Sólo quiero que te olvides del trabajo y te relajes".

Will se acostó. Pronto quedó atrapado por el encanto de las manos mágicas de Mónica, mientras que ella deslizaba los dedos por la inmensidad de su espalda pecosa. La tensión con que se encontró no era cualquier cosa. Este hombre tenía toda la espalda tensa, como suele suceder a la gente que tiene una actividad física rigurosa, combinada con intenso estrés emocional. Sus exclamaciones de alivio y dolor brotaban rápidamente y de manera espontánea, en especial cuando ella hacía presión con la palma de la mano sobre el centro de los músculos e irradiaba el calor de la inflamación. Accidentalmente le rozó los labios con la yema de un dedo, mientras le masajeaba la cara. Will abrió los ojos y la miró, sonrió y luego volteó la cabeza y volvió a cerrar los ojos. Mónica sintió una espiral de placer que bajaba por su cuerpo y eso la hizo sentir terriblemente incómoda.

En lugar de sintonizarse con el lenguaje del cuerpo de su paciente, con esas pequeñas pistas y patrones que eran tan elocuentes para ella, Mónica hizo un esfuerzo por mantener la distancia. Trató de concentrarse más bien en la destreza de sus propios movimientos y en regular su respiración para no cansarse muy rápido. Después de todo, el masaje profundo en un hombre musculoso exigía mucha energía. Mónica no pudo dejar de notar los pequeños moretones aquí y allá y la manera como él se encogía ligeramente cuando ella hacía presión en esos lugares.

"¿Alguien te está golpeando?" preguntó Mónica. "Ya te he visto cinco moretones".

"Ah, es por trabajar como un esclavo. Vivo horriblemente ocupado todo el tiempo, corriendo de un lado a otro y tratando de hacer demasiadas cosas a la vez. Las últimas dos semanas me he estado estrellando con todo, cayéndome de sillas, tropezando con las alfombras".

"Esto puede doler un poco, pero ayuda a distribuir la sangre que está enquistada ahí". Masajeó los moretones y luego les dio palmaditas suaves. "Desaparecerán en dos o tres días. ¿Hay algo a lo que puedas renunciar para hacerte la vida más fácil?" Le puso la mano abierta sobre la espalda. "No contestes. Simplemente es una pregunta que les hago a todos mis pacientes, para que reflexionen sobre eso. Restringir un poco las actividades puede ser beneficioso para tu espalda, o tu cuello, o tus pies, lo que sea. El estrés termina siendo muy costoso".

"Esa es la razón por la que me gusta salir a navegar los martes", dijo Will entre dientes. "Es una especie de masaje profundo para mi pobre y cansado cerebro. Saca todas las preocupaciones. Me ayuda a despejarme".

Mónica se echó un poco más de crema en las manos, mientras él seguía hablando: "Pero a pesar de los efectos antiestrés de salir a navegar, todavía me duelen el cuello, los hombros y la columna. Tres de nuestros obreros se enfermaron el mismo día esta semana, así que tuve que ayudar con el trasteo de cosas pesadas".

Mónica le pasó las manos por la columna y comenzó a moverlas hacia arriba y hacia abajo. Este era el momento en que la mayoría de la gente se quedaba callada, pero Will siguió conversando: "En cuanto a tu pregunta, no sé qué podría dejar de hacer. No puedo trabajar menos, pues nuestro negocio sólo tiene ocho años de funcionamiento y no podemos descuidar las relaciones con los contratistas y los clientes. Hago ejercicio; visito a Ivette y estoy pendiente de su salud. Eso ya es un trabajo de tiempo completo. A veces pienso que debería vender la casa y mudarme más cerca de New Haven, pero adoro nuestra casa, yo mismo la restauré". Will dejó escapar un gran suspiro de desaliento.

"¿Hay alguna posibilidad de trasladar a Ivette a un lugar que esté más cerca de tu casa?"

"Ya está en el lugar más cercano".

Will guardó silencio por un momento y luego dijo: "Y tú ¿qué haces para despejarte y sacar las cosas malas, Mónica?"

Mónica hizo una pausa en el masaje, pero volvió a comenzar unos segundos después y dio medio paso hacia atrás para poder hacer más fuerza. "Salgo a pescar con mi padre. Hago trabajos voluntarios para el Acuario Mystic donde trabajo en proyectos educativos para niños. A veces tomo el ferry hasta Martha's Vineyard y paso allá el fin de semana. Ah, y salgo con mi novio".

"¿Y qué cosas te producen tensión o te agobian?" preguntó Will y su voz sonó embozada por una toalla que Mónica le puso debajo del cuello.

"Sobre todo mi novio". Mónica se rió, pero su risa sonó un poco forzada, incluso a sus propios oídos. Sintió que algo pasaba bajo su mano: una tensión muscular que luego desapareció. Ella supo que Will había estado a punto de decir algo, pero luego decidió no hacerlo.

"Pero ¿sabes qué?" dijo Mónica, mientras enterraba su puño en los deltoides de Will. "Estás aquí para relajarte, no para hablar acerca de problemas".

"Me siento relajado al hablar contigo. Pero está bien. Cerraré la boca".

Durante los siguientes quince minutos, Mónica pensó en tres cosas que quería preguntarle, pero se mordió la lengua. Will por fin se había callado y aunque ella se moría por saber más sobre él, el silencio era el ambiente ideal para que él aprovechara al máximo el impacto del duro trabajo que ella estaba haciendo con sus músculos. Mónica podía sentir que él estaba, como ella decía, "derritiéndose". Se estaba relajando, liberando endorfinas y una suave euforia se estaba apoderando de sus músculos. Sus pensamientos deambulaban libremente. Pronto comenzaría a sentirse adormilado.

A continuación, Mónica comenzó a masajearle los pies. Se echó más crema tibia en una mano y masajeó, frotó y jaló sus dedos, produciendo pequeños sonidos. En determinado momento, oyó la pesada respiración de Will; unos minutos después, unos ronquidos suaves.

Ella siempre paraba en este punto, porque ¿qué sentido tenía masajear a alguien que estaba dormido? Lo dejaría dormir durante veinte minutos, luego lo despertaría y terminaría el masaje. Se alejó sigilosamente, se lavó las manos y fue hasta la cocina a buscar algo de beber. Luego salió a la terraza, entrelazó los dedos e hizo algunos estiramientos rápidos. Aspiró el aire húmedo y, aunque el ambiente estaba pegajoso y desagradable, decidió quedarse afuera unos cuantos minutos.

Miró el reloj. Kevin todavía tardaría una hora y media en llegar a recogerla para ir a cenar. Tenía mucho tiempo. Los jueves y los sábados eran los días en que salían y Kevin era muy estricto con eso porque su programa de televisión favorito era los lunes y los miércoles. Los martes y los viernes por la noche iba al gimnasio y Mónica daba masajes en casa.

Cuando pasaron los veinte minutos, entró de nuevo a la casa y sintió alivio por regresar al aire acondicionado. Will todavía estaba dormido, bocabajo. Mónica abrió un armario de madera y buscó un disco más animado. Puso una colección de baladas flamencas y bajó el volumen. Su intención era subir el volumen lentamente, para no asustarlo.

Mónica oyó un suave tintineo detrás de ella. Se volteó y vio aparecer a Kevin, en camisa y corbata, con la chaqueta puesta sobre un brazo. En la otra mano tenía el maletín de su computador portátil. El corredor estaba alfombrado, así que no había hecho ningún ruido al entrar. Mónica se llevó el dedo índice a los labios para indicarle que debía guardar silencio. Pero algo llamó la atención de Kevin en ese momento y desvió la mirada por un segundo o dos, de modo que no la vio. Cuando llegó al salón, sus zapatos resonaron en el piso de madera y dijo, en voz alta y con tono de irritación: "¿Quién diablos está estacionado en mi lugar?" Mientras hablaba, se volvió ligeramente para arrojar el manojo de llaves en un recipiente de cerámica. Las llaves cayeron en el recipiente con un estruendo.

Will abrió los ojos enseguida y se sentó de un salto, con los puños levantados, los músculos flexionados y una expresión de confusión en la cara. Sorprendido, Kevin dio un paso atrás y soltó el maletín del computador para levantar las manos en actitud defensiva. El maletín aterrizó sobre su pie con un golpe seco.

Mónica corrió a pararse junto a Will y le puso la mano sobre el brazo. "Tranquilo, tranquilo", dijo. "Te estaba dando un masaje y te quedaste dormido".

Will sacudió la cabeza, se dejó caer sobre la mesa de masajes y se tapó los ojos con la mano.

"Estoy tan apenada", dijo Mónica. "Estaba esperando a Kevin, pero se suponía que no llegaría antes de una hora o más". Le lanzó una mirada a Kevin. "Gracias, Kevin. Tanto trabajo para nada".

Will se sentó de nuevo y se apoyó en un codo. "¿Estás bromeando? Estuviste genial".

Al oír las últimas dos palabras, Kevin se volteó y observó de reojo el musculoso torso de Will. Enseguida apareció una pequeña arruga entre sus cejas.

Will se bajó de la mesa de masaje y le tendió la mano a Kevin. "Fue una reacción instintiva. No sabía dónde estaba. Lo siento, amigo". Kevin aceptó el saludo y le estrechó la mano, pero estaba colorado como un tomate.

"¿Tu pie está bien?" dijo Mónica y señaló el pie de Kevin. "Eso tuvo que doler".

"Estoy bien", dijo Kevin entre dientes, mientras hacía un gesto despectivo con la mano y cojeaba hasta las escaleras, donde se sentó para quitarse el zapato y masajearse los dedos enfundados en una media negra.

Después de que Will se vistió, Mónica lo acompañó hasta el auto. Él le dio los sesenta dólares que costaba el masaje. Mónica se negó a aceptar el dinero y se disculpó tres veces, y todas las veces él repitió que el susto no había arruinado el masaje y le puso otra vez los billetes en la mano.

"Tu papá me cae realmente muy bien", dijo Will, cambiando de tema. "Ya nos hemos visto tres veces. Me imagino que te contó que está pensando ir a la Clínica Caracol para echar un vistazo".

"¿Qué dijiste?" lo interrumpió Mónica.

"Quiere escribir un artículo sobre lesiones cerebrales y..."

"Sí, sí, esa parte la conozco. ¿La clínica se llama Caracol?"

"Sí. Pero, ¿qué tiene de extraño ese nombre?" preguntó.

"Caracol era el nombre de la casa de playa en la que crecí. Mi papá no mencionó ese detalle".

"Dijo que hasta su muerte, tu mamá se pasó la vida buscando cierto caracol milagroso. No me sorprende que esté tan interesado".

Mónica levantó una ceja y miró a Will. "¿De verdad? ¿Papá te habló de mi madre?"

"No, sólo mencionó eso. En estos días pasaré por tu oficina. Ivette está vocalizando, moviéndose un poco, haciendo algunas cosas que nunca había hecho. El Dr. Bauer está haciendo nuevos análisis".

"Son excelentes noticias".

Will encogió los hombros. "El cuerpo humano hace una cantidad de cosas de manera totalmente involuntaria. Algunas actividades pueden tomarse como reacciones a estímulos, aunque en realidad no lo son. El supuesto 'llanto' de Ivette terminó siendo el resultado de una infección ocular. Algunas de las cosas que vimos al comienzo, como los bostezos y el acto de abrir y cerrar los ojos, son parte del ritmo circadiano dirigido por el tallo cerebral y no funciones de la corteza superior, que es lo que estamos buscando. Lo mismo pasa con los ruidos. Parecen ser sólo ruidos y no intentos de comunicación. El reto es determinar si una actividad específica es deliberada".

Mónica parpadeó. "Suena como una espantosa montaña rusa, Will".

Will abrió la puerta de su camioneta y se recostó contra la puerta abierta. Fijó la vista en su llavero mientras hablaba: "Después de que pasamos la frontera del primer año, decidí bajarme de la montaña rusa. Llámalo lógica, pesimismo, mecanismo de defensa, como quieras. En lo que tiene que ver con el cerebro, el tiempo es tu enemigo. Cuanto más tiempo estés fuera", dijo y se puso un dedo en la sien, "menores son las oportunidades de regresar. Cuando una persona lleva un año en estado vegetativo, el resultado ya no va a cambiar significativamente. ¿Qué sentido tiene una mejoría del cinco por ciento? ¿Diez por ciento, veinte? ¿Qué sentido tiene que dentro de un año Ivette pueda armar un rompecabezas para un niño de tres años? En diez años podría ser capaz de completar un rompecabezas ligeramente más complejo y decir seis palabras...". Will dejó la frase en el aire y se puso rojo. Las llaves se le cayeron de la mano y Mónica se agachó para recogerlas y se las entregó sin mirarlo a los ojos, porque no tuvo el valor suficiente para hacerlo.

"Entonces tal vez sí vale la pena investigar este asunto de El Salvador, Will. Si Ivette ya no tiene mucho que perder en términos de capacidad mental..." dijo Mónica y se atrevió a mirarlo fugazmente a la cara. "Si dices que hay tan pocas esperanzas..."

Will levantó la vista hacia las copas de unos pocos pinos que separaban la casa de la del vecino. "Créeme, nadie se va a llevar a Ivette a El Salvador. Creo que es genial aprender acerca de las cosas que se están experimentando, tal vez considerar la participación en un estudio muy bien controlado, adelantado por una institución de sobrada reputación, como Yale. Pero no vamos a mandar a mi Ivette a El Salvador, a participar en un experimento descabellado. Sería sencillamente irresponsable hacer algo que aplacaría nuestra conciencia, pero que no sería lo más seguro para ella".

De repente se evaporó la tensión de su cara y Will sonrió, mientras seguía mirando al cielo. "Oye, mira, hay luna llena. Eso explica por qué casi ataco a tu novio".

Mónica levantó la mirada y luego dejó caer la cabeza. "Había logrado olvidar ese incidente por un par de minutos".

Will esbozó una sonrisa, se inclinó y la besó en la mejilla. "Desde ya me voy pensando en el próximo masaje".

Mónica lo vio subirse a su camioneta y arrancar. Will sacó el brazo por la ventana y le dijo adiós. Mientras se alejaba, Mónica se sorprendió al ver un hermoso perro golden retriever en el platón de la camioneta. Ella le respondió el saludo con la mano y el perro, entusiasmado, ladró unas cuantas veces.

Cuando Mónica sintió una ligera brisa que venía del mar, recordó la textura de la piel de Will bajo las palmas sus manos. Levantó la vista hacia la luna llena y plateada. El hecho de que estuviese viendo la luna era como una propina, algo que él le había regalado de manera generosa. Trató de recordar la primera vez que había tocado la piel de Kevin y lo que había sentido, pero no pudo.

Mónica pensó en Ivette y se avergonzó por sentirse atraída hacia Will. Pero no era ningún pecado, mientras no decidiera hacer algo al respecto o tratar de cultivar de alguna manera esa atracción. No había ninguna razón para dedicarle a esta pequeña fantasía amorosa más tiempo del que le dedicaría a contemplar la luna llena. Entonces, el mantra de Alma resonó en su cabeza:

¿Este hombre puede cambiar el mundo? ¿Hacer justicia? ¿Puede salvar lo que es más precioso? ¿Puede traer al mundo una belleza excepcional o, al menos, aliviar el dolor? Si la respuesta es no, entonces, sigue adelante.

No, Will no estaba curando el cáncer, ni salvando ballenas ni sentenciando criminales. Pero estaba restaurando las casas históricas de Connecticut, lo cual tal vez alcanzaba a clasificar como traer al mundo una belleza excepcional. Sin embargo, le sería difícil pasar la prueba, al igual que lo era para la mayor parte de los mortales.

Esa noche Kevin y Mónica no hablaron mucho durante la cena. Kevin había perdido el buen humor y, a pesar de que normalmente no era el tipo de persona que guarda resentimientos, el incidente con Will realmente pareció alterarlo. Mientras regresaban a casa, dijo: "Además de tu padre, Adam y yo, me gustaría que pensaras en la posibilidad de atender sólo a mujeres. Ya sabes, por razones de seguridad".

"No seas ridículo", dijo Mónica.

A pesar de que no se veían desde el domingo anterior, Kevin dejó a Mónica en su casa sin siquiera bajarse del auto. Dijo que tenía dolor de cabeza y una reunión temprano al otro día. Mónica corrió, sacó la computadora y se la entregó a través de la ventanilla de su auto. Se besaron, pero de manera fría. Kevin se marchó y Mónica subió y se acostó. Mientras yacía en la cama despierta, se quedó mirando fijamente el horizonte gris y el agua resplandeciente y la luna llena. En ese momento intuyó por primera vez que había algo en Kevin que parecía hacer surgir en ella su ser más independiente y testarudo y la hacía afirmarse en sus posiciones más de lo que quería hacerlo. La mayor parte del tiempo la pasión de sus discusiones se convertía en ardor romántico, de manera que disfrutaban las reconciliaciones. Pero esta noche no. Esta noche se sintieron sencillamente frustrados. Esta noche Mónica se alegró de que él se hubiese marchado.

VARIOS DÍAS DESPUÉS, Mónica encontró el artículo que estaba buscando en la biblioteca del hospital. Lo pidió prestado e hizo tres copias. Luego se sentó en el salón de descanso de los empleados, mientras se comía un emparedado de jamón. Terminó de leer el artículo, que tenía tres páginas, mientras sostenía el emparedado en el aire, sin darle ni un solo mordisco. El artículo, titulado "Sanadores naturales", afirmaba que BioSource, una empresa biofarmacéutica inglesa, estaba financiando una serie de experimentos clínicos en Centroamérica. Uno de los experimentos se iba a realizar en San Salvador, y en una zona rural no revelada se realizaría otro experimento por separado. Mónica puso un signo de interrogación en tinta roja junto a esa frase. El artículo seguía diciendo que BioSource estaba copiando de manera sintética un péptido de los caracoles (nombre del prototipo del producto: SDX-71) y esperaba poder ofrecerles la droga a la FDA de Estados Unidos y a Europa en un plazo de tres años. BioSource afirmaba que, a pesar de que no había ninguna sustancia conocida que pudiera revertir el daño cerebral, el uso de SDX-71 había mostrado resultados exitosos cuando se trataba de "energizar" procesos estancados o extremadamente lentos. Según decía el artículo, la persona que estaba a cargo del reclutamiento de pacientes y que daba información sobre la compañía se llamaba Leticia Ramos.

La atención de Mónica saltó al ver ese nombre. En los días de la guerra, su madre solía usar ese nombre a manera de alias. ¿Acaso Alma conocía a esta Leticia Ramos? ¿Serían amigas? ¿O era sólo una coincidencia y Alma había elegido ese nombre al azar?

Mientras que Mónica consideraba las posibles explicaciones para que ese viejo nombre hubiese vuelto a aparecer, sintió una inesperada mezcla de emociones que salían a la superficie. Aunque todavía no se había probado nada, se sintió orgullosa de pensar que el propósito de la vida de Alma había sido la búsqueda de algo maravilloso y curativo. También había un poco de tristeza, al pensar que su madre había muerto antes de lograr algo en ese sentido. Si la sustancia SDX-71 resultaba ser viable, el crédito sería para otra persona, aunque con seguridad se habían apoyado en la investigación de Alma. Si sólo Alma no se hubiese complicado la vida con Maximiliano.

Leticia Ramos. Mónica subrayó el nombre varias veces, lentamente, de modo que la tinta roja se regó hacia el siguiente renglón. Masticó y le dio vueltas al nombre como si fuera un chicle gigantesco. ¿Una colega, tal vez una mentora? El Salvador era un país pequeño y Leticia Ramos no era un nombre común. Mónica tenía tanta curiosidad que cuando regresó a su escritorio dejó de lado el trabajo y comenzó a investigar en Internet el nombre y el tema de los experimentos con veneno de caracoles. Escudriñó los sitios web de las organizaciones académicas que aparecían mencionadas en el artículo, pero no encontró nada. Con seguridad su padre encontraría todo lo que había que saber después de que entrevistara al equipo de la clínica. Mónica miró su reloj. Su paciente con reemplazo de cadera debía llegar en veinte minutos. Cerró la revista y decidió que era hora de hacerle una vista a Silvia Montenegro y charlar con ella a solas. Mónica estuvo distraída y un poco torpe durante sus siguientes dos citas. A las tres tomó el teléfono y pidió que la comunicaran con la habitación de Ivette Lucero.

"HÁBLAME SOBRE EL SALVADOR". Silvia dio unas palmaditas sobre el sofá de vinilo en que estaba sentada, indicando el lugar que estaba junto a ella. "Sé muy poco acerca de ese país. Sólo recuerdo que salía mucho en las noticias por la época en que Reagan era presidente". Abrió un atlas universal de gran formato y pasta blanda y lo desplegó sobre sus piernas. Luego recorrió con su dedo huesudo la silueta del pequeño país centroamericano. "Veo aquí que limita con Guatemala por el norte y el oeste, y con Honduras por el norte y el este. Por el sur, con el océano Pacífico".

Mónica miró el mapa por encima del hombro. "Hace veinte años, cuando venía a visitar a mis parientes aquí, en Connecticut, durante el verano, la gente solía decirme: 'Me dijeron que eras de El Salvador. ¿Cómo es vivir en la línea ecuatorial?' " dijo Mónica y después se rió. "En todo caso, la guerra civil contribuyó mucho a que el público general supiera dónde estaba El Salvador; en términos de ubicación geográfica, al menos".

"Como sucede siempre", dijo Silvia.

Mónica usó un bolígrafo que llevaba sujeto al bolsillo superior de su bata para señalar el ombligo del país, una estrella con un círculo alrededor. "Esa es la capital, San Salvador. Todo el país está asentado en medio de una zona sísmica. Tiene más de veinte volcanes; algunos están extinguidos, pero otros están activos. ¿Ves ese lago? Es el lago de Coatepeque. Está en el cráter de un volcán apagado. Nadie ha podido establecer la profundidad que tiene en el centro... como si fuera el orificio que lleva hasta el centro de la tierra".

Silvia levantó una ceja. "¿El Salvador todavía es inseguro?"

Mónica encogió los hombros. "Se ha recuperado mucho desde la guerra civil y los desastres naturales que le siguieron, entre ellos un terrible terremoto. Pero no tengo información de primera mano. Hace quince años que no voy".

"Deberías ir, Mónica. ¿Cuándo fue la última vez que visitaste la tierra en la que naciste? Tienes que regresar al regazo de tu madre". Silvia se dio unas palmaditas en las piernas, como si estuviera invitando a un chiquillo o a un perrito a subirse sobre ella.

Mónica apoyó la quijada en los nudillos. "En realidad mi mamá no era muy maternal que digamos, Silvia. En todo caso, ya murió y mi papá se distanció totalmente de su familia. Los detesta".

"Pero esa es la historia de tu padre, no la tuya".

Mónica suspiró. "Las heridas entre ellos son bastante profundas".

Silvia se volteó y señaló una foto enmarcada, que estaba junto a la cama de Ivette y que Mónica no había visto antes. En la foto aparecían Will e Ivette el día de su boda. "Me he dado cuenta de que muchos hombres le cierran la puerta al pasado con más fuerza que las mujeres. Le dan la espalda a lo que los asusta, mantienen sus sentimientos bajo llave. Pero nosotras no", le dijo Silvia a Mónica y le dio una palmaditas en la pierna. "Nosotras no tenemos miedo de mirar hacia atrás, ¿no es así?"

Mónica asintió. "Sí, así es".

"Si sientes que debes ir, entonces ve. Que tu padre se vaya al diablo, ya lo superará cuando vea que estás bien. En ese momento se dará cuenta de que no heredaste automáticamente sus viejos traumas. Probablemente se sienta aliviado".

"No *tengo* que ir", dijo Mónica. "Sólo dije que *me gustaría* ir.

En las circunstancias apropiadas. En realidad es algo sobre lo que siempre he hablado, siempre me he quejado de que no tengo con quién ir, que no tengo a quién visitar, etc., etc". Abrió los ojos muy grandes. "Pero no estoy muy segura de que realmente quiera hacerlo". Cruzó los codos sobre el pecho y se frotó los brazos, tratando de controlar la carne de gallina que había aparecido debajo de las mangas de su camisa azul de algodón. "¿Qué hay de ti? ¿Sientes que tienes que llevar a Ivette?"

Silvia levantó una delgada ceja delineada con lápiz negro y declaró con cierta afectación: "Siento que tengo que conocer todos los detalles de este tratamiento, en especial las especificaciones que no mencionan en el artículo".

Mónica miró de reojo la cama de Ivette y luego volvió a mirar a Silvia. "¿Sabías que mi papá está hablando de viajar hasta allá para investigar si es cierto lo que dicen?"

Silvia se quedó mirando las baldosas del suelo por un momento, como si estuviera organizando sus pensamientos. Luego se puso las manos en el regazo. "Yo ya me adelanté. He estado escribiéndome con una mujer que se llama Leticia Ramos". Dejó de hablar y miró a su alrededor. Se levantó y cerró la puerta de la habitación.

"Sí, Leticia Ramos".

Mónica prácticamente gritó después de que Silvia cerró la puerta. "¿Quién es ella?"

"No puedes contarle a Will ni una palabra de esto", dijo Silvia y levantó un dedo en señal de advertencia. "No te diré nada más hasta que prometas que mantendrás esta conversación en secreto".

Mónica trazó una línea imaginara sobre sus labios. "Pero ¿por qué se lo vamos a ocultar a Will, Silvia?"

Los ojos brillantes de Silvia se ensombrecieron de repente, al tiempo que apretó sus manos pequeñas en un puño. "Porque él no es madre, esa es la razón. No tiene instintos ni intuición y no se va a salir del camino tradicional para permitirme ayudar a mi hija". Silvia se puso las manos sobre el vientre y miró de reojo hacia la cama que estaba detrás de ellas. "Ella es mi bebé. Es parte de mí".

Mónica exhaló lentamente. Se quedó mirando el suelo y guardó silencio, profundamente conmovida por ese fiero instinto maternal de protección. Luego pensó que debería haber más de eso en el mundo. El mundo sería un lugar mejor si todas las madres experimentaran ese sentimiento. Entonces levantó la mano derecha. "Está bien. Prometo no decírselo a nadie. Tienes mi palabra".

Cuando se sintió satisfecha, Silvia puso otra vez la mano sobre la rodilla de Mónica y la miró a los ojos. "En seis de doce casos similares al de Ivette, han tenido éxito en facilitar una 'recuperación asistida', como ellos la llaman. Ese es un récord fenomenal. Fenomenal. En todo caso, la parte difícil son los costos: el transporte de la ambulancia aérea cuesta alrededor de diez mil dólares. Más los cinco mil para la clínica".

Mónica silbó.

"Tengo el dinero", dijo Silvia con voz suave.

"Pensé que era un experimento, un estudio. ¿Cómo pueden cobrar cinco mil dólares por un ensayo?"

"El costo cubre la acomodación y la alimentación, el cuidado diario durante doce semanas, los medicamentos, la terapia física, la acomodación en la clínica para un familiar y todo el transporte local. Cuando uno suma todo eso, se da cuenta de que en realidad es ridículamente barato, en comparación con lo que costaría todo eso en los Estados Unidos. El tratamiento con el veneno mismo es gratuito".

"¿Te mandaron alguna información? ¿Un mapa o una dirección?"

"No, simplemente te recogen en el aeropuerto. En realidad no sé en qué lugar de la costa está. Sólo sé que está sobre la playa".

"¿Hablaron de un contrato, un formulario, algo?"

"No es un Club Med, Mónica. Es un asunto totalmente secreto".

Mónica hizo su mejor cara de terror. "Silvia, yo ni siquiera hablaría con ellos a menos de que puedan ofrecerte alguna información que especifique los detalles".

"No soy estúpida", dijo Silvia y luego agregó con voz más suave, casi susurrando: "Estaba pensando en ir tal vez con tu padre".

"Eso está bastante mejor".

Mónica tomó las manos de Silvia y se acercó tanto que pudo ver, en los lóbulos de sus orejas, unos puntos diminutos donde aparentemente debía tener los agujeros de los aretes, que ya se habían cerrado. Luego miró detrás de Silvia, hacia los pies de Ivette que, enfundados en unas medias amarillo pálido, apuntaban hacia dentro y susurró: "Alguien construyó esa clínica y el tratamiento basándose en el trabajo de mi mamá. Lo sé".

"Entonces, vamos", dijo Silvia y abrió mucho los ojos. "Es tu deber asegurarte de que tu madre reciba el crédito correspondiente. Hazles saber que estás enterada de lo que están haciendo. ¿Quién sabe? A lo mejor te quieren preguntar cosas acerca de tu madre y su trabajo, que no están documentadas. Puedes quedarte en una posada cercana por unos cuantos dólares la noche".

Mónica sintió que la recorría una oleada de entusiasmo. Sin embargo, se negó a dejarse arrastrar completamente por ese sentimiento. "¿Qué dice el médico de Ivette? ¿Tú le mostraste el artículo?"

Silvia se rió con amargura y habló con voz ronca, imitando al Dr. Forest Bauer. " 'Es algo que tenemos que ver', me dijo. ¿Qué diablos cree que he estado haciendo durante los últimos dos años? *Viendo*. Cada movimiento imperceptible, cada vez que Ivette respira". Silvia negó con la cabeza y señaló la puerta. Tenía los músculos de la cara contraídos por el conflicto interno que estaba experimentando. "La FDA aprueba la importación de fármacos extranjeros si no hay otro tratamiento disponible aquí en los Estados Unidos... siempre y cuando uno pueda lograr que un médico americano supervise el tratamiento". Seguía señalando hacia la puerta, mientras sacudía la cabeza.

"Pero nadie está dispuesto a hacerlo", dijo Mónica.

Silvia bajó la cabeza. "Nadie".

"Bueno, eso no es una buena señal. Aquí en Yale tenemos a varios de los mejores neurólogos del mundo, Silvia. Si ellos no creen que sea una buena idea..." Mónica comenzaba a sentir el peso de la responsabilidad por haber sido la primera en hablar sobre los caracoles.

De repente Silvia pareció animarse y se sacó una cadena de oro de debajo del cuello de la blusa. De la cadena colgaba un antiguo relicario, pero más grande, como una cajita para guardar píldoras. "Mira. Acabo de recibir esto de Roma. Un cabello auténtico de San Antonio. Cuatrocientos dólares. Baratísimo, si piensas en el valor real de esta reliquia. Se supone que ayuda a recuperar las cosas perdidas, incluidas las personas".

Mónica miró el objeto con ojo inquisitivo. "San Antonio era totalmente calvo desde la adolescencia. Además, el patrón de las cosas perdidas es San José".

Silvia soltó una exclamación y miró el relicario. Le dio la vuelta lentamente. Mónica la oyó susurrar algo como "Me estafaron". Luego levantó la vista hacia Mónica y volvió a mirar el relicario, desconcertada.

Mónica le apretó el brazo y sonrió. "Tranquila, estoy bromeando. No sé nada sobre santos".

Silvia dejó escurrir los hombros, fingiendo que se sentía aliviada, y levantó el pendiente. "Qué bueno, porque realmente estoy contando con que esto funcione".

Cuando Mónica se marchó, una hora después, tenía el teléfono directo de la misteriosa Leticia Ramos. Silvia le sugirió que se quedara un poco más y saludara a Will, que venía en camino, pero Mónica se apresuró a marcharse, diciendo que tenía una cita para un masaje. Era mentira, desde luego. Más tarde se sonrojaría al recordar el placer con el que había trabajado sobre la columna vertebral de Will, recogiendo los hilos invisibles de tensión que se habían enrollado alrededor de sus huesos. Después de que Will se fue, ella los desenrolló mentalmente y los analizó en secreto. Así supo que él estaba buscando algo. Al igual que todo el mundo, estaba buscando algo que había perdido o que nunca había tenido.

Bruce encontró lo que estaba buscando en una caja en el ático, marcada ESCRITORIO—SALV. Las etiquetas de las cajas estaban en español, lo cual llamaba la atención sólo por el hecho de que estaban escritas con su propia letra. Después de tantos años, le sorprendió ver que había habido una época en que una lengua extranjera había logrado disputarle al inglés el dominio de su diálogo interno e imponerse lo suficiente como para que él la usara en casa, en sus anotaciones personales. Bruce recordó el orgullo que sintió la mañana en que se despertó después de haber tenido su primer sueño totalmente en español, un hito importantísimo en la vida de un expatriado.

Se imaginó que la mayor parte de los números telefónicos y las direcciones que había en su empolvado cuaderno de espiral, que databa aproximadamente de 1972, todavía debían servir. Los salvadoreños parecían mantener un vínculo lejano con los lugares donde habían vivido; siempre había una tía o un sobrino que seguía viviendo por ahí y podía dar razón de dónde encontrar al propietario.

Los nombres, escritos en tinta desteñida, eran los huesos

polvorientos de una vida y un tiempo pasados. Para Bruce era como si el tiempo mismo hubiese quedado atrapado entre esas páginas y sus vibrantes alas se hubiesen comprimido en hojas viejas y transparentes, que se desmoronaron tan pronto las expuso a la pálida luz del ático. Se preguntó qué sucedería si bajara enseguida, tomara el teléfono y marcara una de esas extrañas secuencias de números. Podría comunicarse con una especie de limbo en el cual los chicos nacidos en los años setenta todavía eran niños, y sus viejos amigos todavía eran delgados y tenían una abundante melena negra sobre la cabeza. Él y Alma recibirían una invitación para ir a comer gallo en chicha, un plato típico de carne de gallo desmechada y cocinada en una deliciosa salsa dulce de color oscuro, que parecía como sangre oxidada.

Bruce abrió con el pulgar un par de páginas que se habían quedado pegadas y cuando se separaron apareció el nombre Renato Reyes Fuentes. Soltó una exclamación y se llevó involuntariamente la mano al corazón, pues sintió una vieja tristeza que se regó por la página como un frasco de tinta. Renato era un joven de veintidós años que había nacido con una malformación en los pies y hacía trabajos varios para los Borrero desde que tenía quince años. Lo que Bruce más recordaba de Renato era que poseía un asombroso optimismo, a pesar de su limitación. Vivía entre los hambrientos, los resentidos, los desesperanzados y los enfermos, pero el resplandor de su espíritu era un milagro. Tenía una confianza casi ingenua en el espíritu de sus coterráneos y creía que eran razonables y verían el camino hacia la paz a través de la empatía y el respeto. Su madre había trabajado alguna vez para los Borrero como empleada doméstica y Alma la quería mucho. Cuando Renato iba cada domingo a visitarla en su pueblo natal, Gotera, Alma siempre le enviaba dinero y muestras médicas, por cortesía del Dr. Max Campos. En esa época Gotera era escenario de múltiples confrontaciones entre la guerrilla y el ejército. En una de sus visitas, Renato salió de la humilde casita de su madre para ir a visitar a un amigo que vivía a unas pocas calles. Nunca se volvió a saber de él. Un mes después, Bruce vio su fotografía en la cartelera de la sede de las Madres de los Desaparecidos.

Dieciocho años después, la ironía de toda esa situación volvió a producirle urticaria. La idea de que miles de personas pudieran caer en una especie de hueco negro y su fin se convirtiera en un misterio para toda la eternidad era espantosa. La familia de Renato, entre ellos su esposa y su hijo, sólo pudo suponer lo que había sucedido. Probablemente fue asesinado por la Guardia Nacional, que solía dirigir sus operativos contra los pueblos considerados "rojos". Los militares de ese tiempo, tan rapaces y razonables como una estampida de fieras, sospechaban que todos los ciudadanos, en especial los hombres jóvenes, eran guerrilleros o, al menos, simpatizantes de la causa comunista.

Pero también era posible que los que se tragaron al pobre Renato hubiesen sido los rebeldes. Podían haberlo fusilado por negarse a unirse a ellos. Su madre le contó a Bruce que la guerrilla le cobraba a cada familia una suma equivalente a veinte dólares por mes, por protegerlos de los ataques militares. La madre de Renato se había atrasado en sus cuotas. También confesó que durante un tiempo había logrado hacer los pagos con el dinero que obtenía de vender las medicinas que Alma le enviaba, a pesar de que las necesitaba para tratarse la presión alta. Lo que se decía en la calle era que la desaparición de Renato era una lección para todos los que se negaban a pagar.

Dos meses después, Alma encontró una cama para la madre de Renato en la casa principal de los Borrero en San Salvador, e incluso doña Magnolia hizo su parte al encargar a las otras criadas de que la cuidaran. Pero la señora sólo sobrevivió a su hijo un año. Se murió de tristeza, aunque su muerte tomó la forma de un ataque mortal al corazón.

Bruce volteó la página y revisó el resto de la lista. Aunque habían diez o más personas que a Bruce le encantaría volver a ver, sólo cinco seguían siendo realmente amigos, después de la erosión y la corrosión que producen quince años. De esos cinco, uno había muerto de cáncer, otro estaba viviendo en España y dos eran periodistas que vivían en algún lugar de California. La única persona que Bruce consideraba como una amiga de verdad y que seguía viviendo en El Salvador era Claudia Credo. Pasó las páginas del cuaderno, miró bajo la letra C y encontró su nombre. Las páginas crujían mientras las pasaba. El polvo del ático lo estaba haciendo estornudar, así que decidió bajar y abrazó el cuaderno de espiral contra su pecho. Puso la vieja reliquia sobre la mesa de centro y se sentó, tratando de recordar cuál era el código del país.

La lealtad de Claudia Credo era firme e innegable. Cuando vivía en El Salvador, constantemente se esforzaba en incluir a Bruce en su círculo social, aun en épocas en las que él mismo no estaba muy interesado en cultivar su amistad. Si estaba malhumorado y antisocial, ella solía decir: "Ay, Bruce, has estado trabajando mucho. Deberías descansar un poco". Si pasaban meses sin que le devolviera las llamadas, ella nunca lo mencionaba cuando finalmente hablaban. La idea de que tal vez la fuente de tanta lealtad y paciencia fuera un sentimiento distinto a la pura amistad había cruzado por la cabeza de Bruce. Después de todo, había sido Claudia quien había enfilado sus cañones hacia Bruce en aquel profético baile en la embajada. Aunque había usado a Alma como señuelo, nunca se imaginó el destino que iba a poner en marcha.

Pero el tiempo había mostrado que Claudia era el tipo de persona que se entregaba espontáneamente a todos los que la rodeaban. Con el paso de los años, Bruce no había podido atribuirle su devoción a nada distinto de la familiaridad que puede surgir, a menudo de manera inexplicable, entre dos personas totalmente distintas. La suya era una amistad que se podía descongelar en segundos, como quien quita la pausa de un aparato casero de video. La localizó en la casa de sus padres.

"¡Gato, no lo puedo creer!" gritó, después de que la criada, que contestó con un cortés "Buenas tardes", le pasara el teléfono. Bruce se rió al recordar que los salvadoreños tienen la costumbre de poner apodos. Con frecuencia se asombraba de la insensibilidad de esos pequeños sobrenombres. Miren el caso de Claudia Credo, por ejemplo. Incluso sus padres le decía "Gorda". Al pobre Renato le decían "Llanta pacha" por su cojera. A un tipo que escondía el muñón de una mano entre el bolsillo del pantalón le decían "Yo pago", pues parecía que siempre estaba a punto de sacar la billetera. Bruce siempre había pensado que había tenido suerte de recibir rápidamente su benévolo apodo ("Gato", debido a sus ojos verdes). Un periodista inglés había dicho una vez que en El Salvador el hecho de recibir el apodo en un estadio temprano de la relación lo protegía a uno de recibir después uno mucho más creativo y preciso, y tal vez mucho menos atractivo.

Rápidamente, los dos amigos comenzaron a charlar de manera animada. Claudia Credo le contó a Bruce que todavía vivía con sus padres y seguía soltera, pero había ascendido profesionalmente, pues había pasado de trabajar en la oficina de prensa de la Guardia Nacional a trabajar directamente para la oficina del presidente. Después de ponerse al día en las cosas grandes, Bruce le preguntó si sabía algo acerca de la misteriosa clínica. Claudia no sabía nada. Bruce le contó lo que había descubierto el día anterior: que en Negrarena, en la villa Caracol, se estaban llevando a cabo experimentos con el veneno. Claudia se quedó callada por un momento. "Tú sabes que esa casa estuvo abandonada durante mucho tiempo después de que Magnolia murió".

"¿Abandonada?" dijo Bruce y se recostó en su silla reclinable. "¿Después de que sus sobrinos se aseguraron de que Mónica no pudiera heredarla?"

"No se podían poner de acuerdo en qué hacer con ella. Y mientras que la familia estaba ocupada peleando, y esto duró varios años, la casa fue invadida. Un día aparecieron los propietarios y encontraron que la piscina estilo marroquí ya no estaba llena de agua sino de gallos de pelea y cabras".

Por la cabeza de Bruce cruzó fugazmente una imagen de la piscina cristalina, con sus bellos azulejos importados, pintados a mano. "¡Caramba!" Tomó aire mientras se reacomodaba en la silla. El sólo hecho de aproximarse al tema de sus batallas con los Borrero lo ponía nervioso.

"Entonces alguien debe haberla comprado y limpiado".

"Tú sabes que no hay nada que yo no pueda averiguar, Gato".

"Claro que lo sé. Esa es una de las razones por las cuales te llamé".

Bruce realmente pudo oír la sonrisa que se dibujó en los labios de Claudia cuando dijo: "He decidido que voy a comenzar a cobrar un precio por mi amistad, Gatito. Averiguaré lo que quieres... pero eso tendrá un costo".

"¿Y cuál sería ese precio?"

"Que vengas a vernos", dijo Claudia y su voz adquirió el tono de súplica de una niñita. "Todo el mundo pregunta por ti, todo el mundo". Comenzó a mencionar a sus amigos comunes, llamándolos por los apodos: "Loco, La Seca, Feo, Dormilón, Cuto, Chele, El Fantasma, Pánico Británico todo el mundo".

"¿De verdad?"

"El hecho de que tú no pienses en nosotros no significa que nosotros no pensemos en ti. Nos preguntamos cosas como si ya habrás dejado de beber la cerveza barata que tanto te gusta y te habrás pasado al whisky escocés".

Bruce soltó una carcajada y luego oyó que alguien hablaba desde el fondo y la voz de Claudia pareció alejarse del teléfono para responder.

"Así es, mamá. Es el gringo al que le encantaban tus tamales de azúcar".

Bruce sonrió. "Dile a tu madre que le mando un saludo... En todo caso, Claudia, no tienes que tratar de convencerme de ir a El Salvador, ya estoy planeando un viaje. Estoy haciendo la investigación para un artículo. Y estoy interesado en lo que está ocurriendo en la Clínica Caracol".

"Bravo. Te recogeré en el aeropuerto y puedes quedarte en mi casa. Entretanto, comenzaré a buscar información". Hubo una pausa y Claudia pareció estar buscando las palabras correctas antes de hablar. "¿Sabes, Bruce? Nuestra leyenda folclórica más popular ya no es La Siguanaba sino el espíritu de tu mujer. Creo que esa es una de las razones por las cuales Caracol estuvo abandonado por tanto tiempo. A uno de los primos Borrero se le metió en la cabeza que el espíritu de Alma merodeaba por la casa".

Bruce se rió con amargura. "¡Por Dios Santo! Sabía que eran una manada de lobos, pero no pensé que fueran supersticiosos".

"La culpa se manifiesta de maneras extrañas", dijo Claudia. "Los primos Borrero sabían que hacer que Magnolia les dejara todo a ellos no era lo que ella habría querido hacer si hubiese estado lúcida. En justicia, tu hija debería ser una jovencita muy rica".

Bruce cruzó los brazos y sostuvo el auricular con el hombro y la cabeza. Miró hacia la cancha pública de golf que se extendía desde su casa como una lujosa alfombra. "Mónica no conoce la historia completa de las guerras familiares. No quería contaminarla con mi rabia". Respiró profundo. "Ella ha estado diciendo que le gustaría ir conmigo a El Salvador, pero a mí no me gusta la idea en lo absoluto".

"¿Cuántos años tiene Mónica?"

"Veintisiete".

"¡Cómo pasa el tiempo!" Claudia silbó. "¡Caramba! Veintisiete años".

"No quiero alterar su pacífica vida desenterrando el maldito pasado".

"¿Te preocupa que pueda culparte por lo que sucedió?"

"Me gustaría poder estar seguro de que, si se entera de lo que pasó, me eche la culpa a mí. Pero ella no es así. Se culpará a sí misma. Ella puso en marcha los eventos que terminaron con la muerte de su madre. Creo que sería difícil aceptarlo".

Bruce oyó que Claudia exhalaba y durante un momento sólo se oyó el misterioso zumbido de una llamada de larga distancia. "Entonces trata de convencerla de que no venga. Aquí el tema de los Borrero es como un imán y atrae todo tipo de rumores. Ella despertaría la curiosidad de todo el mundo. Sería una especie de princesa perdida, que aparece después de mucho tiempo".

"Eso es lo que me preocupa".

"Bueno, en todo caso tengo suficiente espacio para los dos. ¿Cuándo llegas?"

"Estoy esperando la autorización final de mi editor, es todo. Pero el asunto se define esta semana".

"Entonces comenzaré a reunir a "la mara", como decimos aquí. Estoy segura de que nuestros amigos querrán verte".

"¿Qué tal si no se lo dices a nadie por ahora? No quiero que los Borrero se enteren de que voy a estar por ahí, en especial si tienen algo que ver con esta clínica. Además, mi editor podría cambiar de opinión. Si voy, probablemente me quede una semana. ¿Está bien?"

"¿Una semana?" preguntó Claudia con tono de sorpresa. "¿Una semana? ¿Qué puedes hacer en una semana? Nunca los entenderé a ustedes los gringos, siempre con tanto afán".

"Bueno, entonces tal vez una semana y un día. Ya veremos. Tengo un boleto abierto". Bruce suspiró. "Te debo un gran favor, Claudia".

Después de colgar, Bruce no pudo levantarse de su silla reclinable. Sin una gota de energía, se estiró para alcanzar una mesita auxiliar y sacó su caja tabaquera. Eligió un cigarro cubano, que le había traído Kevin ilegalmente desde Canadá, en un viaje de trabajo. Se lo puso en la boca sin encenderlo. No tenía fósforos en la caja y tampoco tenía la energía para levantarse. Dejó que el cigarro reposara entre sus labios, dándole vueltas con la boca y sintiendo el sabor dulzón y seco de los pedacitos que le quedaban en la lengua. *Nuestra leyenda folclórica más popular ya no es La Siguanaba sino Alma*, había dicho Claudia.

Bruce se rió entre dientes, pero con amargura. Hacía tanto tiempo que no oía el nombre de esa leyenda que la referencia le despertó las mismas sensaciones misteriosas y evocativas que le despertó la libreta de direcciones. Bruce conoció las historias de La Siguanaba, El Cipitío, El Cadejo y otros personajes mitológicos de América Central en sus clases sobre cultura y lengua en la embajada americana.

La Siguanaba, según decía la leyenda, había sido una hermosa princesa maya que tuvo un romance con un joven de una clase muy inferior a la de su familia. Debido a su error, recibió una maldición y fue castigada con la inmortalidad y condenada a buscar eternamente a su hijo ilegítimo por los caminos más solitarios del campo. Su espíritu se presenta como una mujer joven, hermosa y medio desnuda, que se les aparece a los hombres que van a caballo por áreas desoladas en horas de la noche. Los hombres acceden a llevarla, pero se arrepienten cuando se voltean y ven que la mujer se ha transformado en una bruja espantosa. La Siguanaba ataca el cuello y la espalda de sus víctimas con sus dientes y sus garras y los deja heridos, sin caballo y perdidos. Bruce recordaba a Alma diciéndole que la mayor parte de los campesinos todavía creía ciegamente en las leyendas. La gente de las clases media y alta se burlaba de ellas, excepto a veces, si se encontraban solos por la noche, en la oscuridad del campo.

¿Acaso Alma había sido un poco como la infortunada Siguanaba? Tal vez. Pero Alma no mordía ni rasguñaba. Ella se retraía. Hacía daño con su ausencia y su infidelidad.

Bruce iba a viajar a El Salvador. Ya era un hecho. La aparente indecisión que había mostrado ante Mónica y la vaguedad con la que había hablado del viaje con Claudia eran su manera de mantener el control. Ese día por la mañana su editora le había dado luz verde para escribir la historia. *Es exactamente el tipo de artículo que estamos buscando*, dijo su editora. *El momento es perfecto.*

Sólo tenía que encontrar una manera de convencer a Mónica de abandonar la idea de ir con él. Después de todo, lo que se ha ocultado a lo largo de quince años no será placentero examinarlo bajo el ardiente sol de San Salvador. De repente se le ocurrió una idea que hizo que el cigarro se le cayera de la boca y rodara por encima de su camisa hasta caer en el valle que formaban sus piernas: Tal vez ella *sí* hablaba de eso. Tal vez hablaba de Alma con su psiquiatra, con Paige, con Kevin, con su jefe, su dentista y el cartero. Tal vez la única persona con la cual no hablaba de eso era con él. ¿Qué decía eso acerca de él, de su relación? Después de todo, ¿quién era el más frágil de los dos?

CUANDO MÓNICA LLEGÓ a la casa de su padre esa noche, soltó un torrente de preguntas que lo dejaron sin aire. Mónica era hija de un periodista, así que Bruce no debía sorprenderse de que supiera investigar las cosas. Ella había hablado con Silvia, con Adam Bank, había llamado a la revista *Alternative Healing*, había contactado a la directora de la clínica en El Salvador. Ahora tenía más que una simple curiosidad. Estaba alterada por lo poco que sabía acerca de la historia de su familia y sus integrantes.

¿Por qué no me dijiste que la clínica era en Negrarena? ¿Los Borrero todavía son los dueños de eso? ¿Quién es la tal Leticia Ramos? ¿Quién pudo haber hallado al furiosus y convertirlo en un negocio? En todo caso, ¿por qué te parece tan terrible que yo quiera ir a El Salvador?

Cuando Bruce vio que la duda comenzaba a levantarse en los ojos de Mónica como la primera luz de la mañana, avanzó y puso sus brazos alrededor de todas las preguntas de su hija, intentando contenerlas, pero cuanto más trataba de contenerlas, las preguntas se regaban como arena. Aunque Mónica era bastante alta, hoy se veía pequeña y vulnerable. Los instintos paternales de Bruce se dispararon al sentir el temor de lo que se aproximaba.

No conozco a ninguna Leticia Ramos, le había dicho a Mónica. *Es un nombre común y corriente*. Mentira. Bruce sabía exactamente quién era esa mujer. Era la esposa abandonada de Maximiliano Campos. Y también estaba seguro de que, cuando Mónica terminara de desenredar el nudo de conexiones que partían de las venas de Ivette Lucero, habría más preguntas. Sin ninguna duda, la clínica estaba conectada de alguna manera con la familia Borrero. Pero ¿quién había decidido perseguir el sueño de Alma después de todos estos años? ¿Quién, en esa cuna de lobos, tenía la inteligencia, la paciencia y el entrenamiento científico para hacerlo?

Seguramente llegaría el momento en que Mónica se enteraría de todo. Recordaría su angustiosa confesión de hace tantos años, la manera como le había suplicado a su padre que arreglara su deteriorado matrimonio. Finalmente se daría cuenta de que su decisión de interferir en los problemas de sus padres había desatado una serie de consecuencias explosivas: que su confesión había enfurecido a su poderosa abuela, a quien un coronel del Ejército le besaba diariamente las manos artríticas, y que Max había sido perseguido y asesinado. Alma había estado a su lado hasta el final y había logrado escapar de una sociedad que odiaba, sumergiéndose entre las alas de espuma de su adorado mar.

A MÓNICA NO LE GUSTÓ que Bruce hubiese invitado a Will Lucero y a Silvia Montenegro a su fiesta del Cuatro de Julio. Su reacción tomó a Bruce totalmente por sorpresa. "Pensé que te caían bien", dijo, asombrado. "¿Acaso sucedió algo?"

Por un instante pareció como si Mónica fuera a revelar algo, pero luego decidió no hacerlo. Ella y Paige estaban sentadas en un par de bancos en la cocina, preparando un mojo de ajo y whisky para las costillitas de cerdo. Bruce pudo ver cómo Paige observaba la cara de Mónica. Abrumado por los pensamientos sobre Alma y el viaje a El Salvador, agradeció la alegría de los preparativos para la fiesta. Sintió calma al ver la luz del sol reflejada en el agua, las canastas que colgaban llenas de geranios rojos y rosados y los muebles de jardín nuevos en la terraza de madera.

"¿Cuál es el problema de haber invitado a Silvia y a Will? Debemos haber comprado treinta libras de carne. Hay suficiente comida".

"Sencillamente no es una buena idea, créeme", respondió Mónica, y ella y Paige miraron a Bruce como si la razón fuera tan obvia que sería un insulto a su inteligencia explicársela.

"Claro que no es una buena idea", dijo Bruce, mientras se rascaba la cabeza y apoyaba la cadera contra la pared. "Es evidente que Silvia Montenegro es el tipo de señora que va a aparecer con una bolsa llena de recipientes y se llevará todas las sobras". Levantó las manos. Ellas negaron con la cabeza. Bruce se quedó contemplando el techo por un segundo y luego chasqueó los dedos. "Ahhh, ¿a Paige le gusta Will y él no está disponible?" dijo y bajó la cabeza, como si quisiera protegerse de que le arrojaran un objeto en cualquier momento. Las mujeres se rieron y Bruce levantó un tercer dedo. "Esto sí tiene que ser", dijo y de repente bajó la voz y se puso serio. "¿Nuestro Kevin está celoso?" Señaló por encima del hombro, hacia el frente de la casa, aunque Kevin no estaba ahí.

Paige movió la mano hacia uno y otro lado y dijo: "Tibio".

Bruce encogió los hombros. "Entonces me rindo. Will y Silvia van a pasar la mayor parte del día en la casa de los papás de Will y dijeron que pasarían un rato cuando vinieran de regreso. No se quedarán mucho tiempo". Cogió un puñado de trozos de aceituna de encima de la salsa mexicana. Paige le dio una palmada en la mano, pero no antes de que él alcanzara a robarse algunas aceitunas, más un aderezo de jalapeño, y se metiera todo en la boca. "Will y Silvia tuvieron un día horrible ayer. Resulta que los fondos con los que mantienen a Ivette en esa institución tan sofisticada se van a acabar en unos pocos meses. Silvia estaba llorando, Will le estaba gritando por teléfono al empleado de la compañía de seguros y al trabajador social", dijo y levantó las manos en el aire. "Así que los invité para que puedan olvidarse de sus problemas un rato. De su *problema*", se corrigió y levantó un dedo. "En realidad sólo tienen uno. Y es un problema enorme".

Él también se había preguntado si sería una buena idea invitarlos, pero sólo después de que les hizo la invitación. Con ellos por ahí, era difícil contener el flujo de información que brotaba del descubrimiento de la clínica, y ni hablar del entusiasmo que él y Silvia compartían. Bruce quería poder controlar la información, digerirla con anticipación y regurgitarla con cuidado en pequeñas dosis apropiadas para el consumo de su hija.

Mientras se dirigía al garaje de los vecinos para llevar los muebles de jardín que le iban a prestar a Mónica, Bruce se preguntó sobre la viabilidad de la terapia con el veneno de caracol. El Salvador había sido testigo del sufrimiento humano, pero también poseía una profunda continuidad espiritual entre el hombre y la naturaleza, el hombre y el mar, el hombre y los espíritus paganos atrapados bajo las ruinas de la civilización de los mayas. Si Ivette podía salir algún día de su estado, no sería en un hospital en New Haven. Ya lo había demostrado. En El Salvador de sus recuerdos, la ley de gravedad era la única que no se podía romper. Tal vez en este caso eso fuera una ventaja. Si la vida podía terminar con tanta facilidad con la explosión de disparos, ¿por qué no podía ocurrir lo contrario?

Mientras los primeros invitados a su fiesta del Día de la Independencia comenzaban a llegar, Mónica subió hasta la ventana de su habitación del segundo piso. Abrió los postigos de la ventana y los apoyó contra la pared. Desenrolló su bandera de Estados Unidos y colocó el asta de madera en el soporte. Esperó hasta que vio desplegarse la tela de nylon y comenzar a ondear limpiamente, con sus colores brillantes y magníficos, mientras la punta del asta dirigía el ojo directamente hacia el cielo sin nubes.

Mónica oyó que Paige la llamaba desde abajo, desde la terraza, para que bajara. La saludó con la mano y levantó un dedo para decirle que esperara un momento. Mónica atravesó la habitación hasta el armario y lo abrió. Desde atrás de su equipo de esquiar y unas cuantas sombrillas extras, desenterró una segunda bandera, la cual desenrolló sobre la alfombra y alisó con las palmas de las manos. Era una bandera azul clara desteñida, hecha de algodón burdo, que tenía la mitad del tamaño de la bandera de Estados Unidos. El escudo en forma de triángulo que tenía en el centro tenía la imagen de una cadena de volcanes, pero la tinta estaba un poco corrida. La bandera tenía una mancha en la esquina donde el recién nacido Jimmy Bray había orinado por primera vez, hacía casi dos décadas. Mónica pasó el asta metálica de la bandera por el doblez y puso la base del asta en un soporte, al lado de la bandera de Estados Unidos. La pesada tela permaneció rígida e inmóvil, hasta que la calurosa brisa logró animarla y mecerla un poco. La bandera salvadoreña se veía humilde y pequeña, al lado de los espléndidos colores rojo, blanco y azul de la bandera de nylon; como una paloma desorientada, que hubiese aterrizado junto a la poderosa águila.

Mónica se preguntó si era una indignidad o un privilegio que la bandera nacional sirviera de trapo y pañal en el nacimiento de uno de sus más pobres y vulnerables ciudadanos.

MÓNICA RECORDARÍA su fiesta del Cuatro de Julio como la noche que marcaría el comienzo de la segunda parte de su vida, la noche en que cayó la primera ficha del dominó. La tarde comenzó con su observación de que atender a un grupo grande de personas era como una experiencia extrasensorial, probablemente porque el hecho de estar pendiente de tantas tareas exige que uno concentre la atención de manera anormal a cada minuto. Tenía que interrumpir la conversación con un grupo de gente del trabajo para saludar a unos compañeros de la universidad que acababan de llegar. Unos minutos después estaba sacudiendo frenéticamente un trapo de cocina junto a la alarma de humo, porque Paige se había olvidado de cuidar una tanda de alitas de pollo. Tenía que presentar a la gente, correr a la cocina cada dos minutos, poner en el refrigerador las botellas que la gente llevaba de regalo, pasar bandejas de entremeses, recalentar salsas, llenar una y otra vez las bandejas de chips y papitas, estar pendiente de la música y reirse de los chistes.

La lista de invitados era una mezcla de antiguos compañeros

de la Universidad de Connecticut, unos cuantos amigos de la secundaria, unos pocos del trabajo, más un número desconocido de amigos de Kevin y Paige. Atendiendo el sabio consejo de Kevin, Mónica había invitado a los vecinos de las tres casas más cercanas por cada lado, para asegurarse de que no llamaran a la policía si llegaba a haber demasiado ruido. Bruce y Kevin estaban trabajando en la parrilla. Paige estaba atendiendo el bar.

"Hoy es su día de suerte", les dijo Paige a los invitados que ya llenaban la terraza. "Voy a invitarlos a todos ustedes a una prueba del cóctel súper especial de Paige Norton", dijo y sacudió una jarra llena de un misterioso líquido. "Pero tengan cuidado: si se toman más de dos, se irán gateando de aquí". Levantó un vaso de plástico rojo, blanco y azul. "¿Quién es mi primera víctima?"

"No es más que un mojito de alto octanaje", dijo Mónica, mientras pasaba una bandeja de champiñones rellenos. "Paige obtuvo la receta de un bartender cubano con el que amaneció un día en Miami. Es una bebida típica cubana, pero Paige ha logrado convencer a muchos gringos desprevenidos de que ella la inventó".

En la terraza, una cantidad de gente se arremolinó alrededor del bar improvisado de Paige y no pasó mucho tiempo antes de que los tuviera tomándose la preparación de ron blanco, hielo, agua mineral, azúcar morena, limón y hojas de hierbabuena maceradas. Agregó unos pocos y letales chorritos de un vodka siberiano extrafino que no tenía sabor ni olor, el séptimo ingrediente secreto que le permitía, en su opinión, patentarlo como su invento. El cóctel súper especial de Paige tenía el efecto subrepticio de borrar la memoria y pronto los invitados estaban felicitando a Paige por la genialidad de su invención. Mónica dejó a un lado la bandeja y observó a su vieja amiga, mientras recibía los elogios. Paige le hizo un guiño y le mandó un beso desde el trono de su éxito social. *Ella me hace la vida más divertida*, pensó Mónica. *Todo el mundo debería tener a una Paige en su vida.*

LA TARDE ESTABA caliente y pegajosa y los mojitos estaban helados y refrescantes. Dos horas después, gracias a Paige y su poción, Mónica sufrió el espanto de ver a su padre besando apasionadamente a Marcy en la pista de baile. Paige estaba tan ebria que pensó que la mueca de asco de Mónica era una reacción al alcohol. "Hay fila para entrar a tus dos baños, Mónica. Así que vomita sobre las petunias", dijo y señaló el jardín de los vecinos.

La fiesta se había salido un poco de control, pues todo el mundo había traído a alguien extra que, a su vez, también trajo a alguien extra; y aunque los "álguienes" se estaban comportando bien, los "extras", no tanto. A las ocho Mónica pudo oír que Kevin y sus antiguos amigos de la fraternidad estaban carcajeándose y chapuceando entre el agua tras el rompeolas, todos desnudos. Mónica agradeció que la mayor parte de los vecinos ya estuvieran demasiado comprometidos para quejarse, en especial después de ese juego que inventaron con la manguera del jardín. Miró a su alrededor y se preguntó si no estaría demasiado vieja para hacer fiestas en las que los invitados amanecían con remordimientos.

Con la ayuda de una amiga, Mónica hizo un recorrido general para recoger los platos desechables sucios. Ella misma había cometido varias tonterías durante la fiesta: tenía una astilla en la suela de un pie por bailar descalza y un enorme moretón en la cadera por golpearse con la esquina de una mesa plegable, mientras estaba bailando el "Mambo Número 5".

Estaba más relajada ahora que todo el mundo había comido y de pronto se sorprendió inspeccionando la multitud en busca de Will. Miró el reloj. Eran las nueve pasadas. Estaba lo sufi-

cientemente ebria como para permitirse añorar su presencia. Se preguntó a qué sabría la boca de Will y si estaría loco de deseo después de dos años de celibato. Pensó en el cuerpo de Will, caliente y resbaloso a causa de los aceites del masaje, y en cómo había tenido que combatir varias imágenes mentales durante la sesión de masaje. Al frotarle el cuello había sentido deseos de tomar el lóbulo de su oreja en su boca, de oler de cerca su piel...

Vio a su padre, con un brazo alrededor de Marcy, señalando hacia arriba. Cuando los primeros fuegos artificiales estallaron y tejieron sus luces a través del cielo oscuro, se impuso un silencio entre la gente, como la ola de un estadio.

NADIE HABRÍA OÍDO TIMBRAR el teléfono celular de Bruce, si no lo hubiese dejado en el baño. Mónica estaba sentada en la taza, disfrutando de un descanso del ruido y el caos de afuera, cuando el teléfono sonó y la asustó lo suficiente como para hacer que dejara de orinar.

¿Debía contestar? Detestaba la idea de hablar por teléfono con los calzones en los tobillos. Se relajó un poco y siguió en su oficio, mientras dejaba que el teléfono sonara por segunda vez. Pero ¿qué tal si fuera alguien que estuviera perdido y llamara a pedir instrucciones sobre cómo llegar? El teléfono volvió a timbrar.

"¿Aló?"

"Mónica". La manera como pronunciaron su nombre transmitía tal cantidad de alivio que Mónica supo enseguida que algo no andaba bien.

"¿Will?" susurró Mónica y se inclinó un poco hacia delante para cubrirse con los codos.

"¿Silvia está ahí? ¿O ha llamado allá?"

"No lo creo, aquí hay miles de personas y hay mucho ruido. ¿Todo está bien?"

Will no dijo nada, luego Mónica oyó un perro ladrando al fondo. Will exhaló bulliciosamente y, a juzgar por la manera como la respiración resonó a través del teléfono, Mónica se dio cuenta de que se había pasado la mano por la cara. Cuando habló, sonaba cansado y distante. "Estuve todo el día en la casa de mis padres. Silvia llegó a donde Ivette a las diez de la mañana. Pidió que pusieran a Ivette en una silla de ruedas y dijo que iba a llevarla a dar un paseo por el parque que está al frente, como hace con alguna frecuencia. Ya son las nueve pasadas y están desaparecidas desde hace once horas. Ya buscamos por todas partes, absolutamente todas partes. Pensé que tal vez, por alguna remota casualidad, estuviera en tu fiesta".

"¿Con Ivette?" Mónica tuvo una visión fugaz de Ivette en su silla de ruedas, afuera, en la terraza, con la cara paralizada y esos ojos dando vueltas, mientras que muchos cuerpos bailaban y se mecían a su alrededor. El corazón le dio un salto y de inmediato se sintió sobria. "No, definitivamente no está aquí".

"¿Ella te dijo algo acerca de ir a esa clínica en El Salvador?"

Mónica se abrazó las rodillas y no respondió. "¿Mónica?" Un momento después, entendió que su silencio había sido más elocuente que una respuesta.

"Lo sabía", dijo Will.

"Déjame ir a buscar a mi padre, Will. Él puede saber más. Espera, estaba haciendo algo aquí, espera un segundo", dijo entre dientes, mientras ponía el diminuto teléfono, del tamaño de una tarjeta de crédito, junto al lavamanos y se subía rápidamente los calzones y las bermudas. Puso la mano sobre la palanca y estaba a punto de descargar el baño, cuando se preguntó cómo iba a hacer para bajar la cisterna sin que él se diera cuenta de que la había pillado en el baño e hizo una mueca frente al espejo. ¿Cómo dejar ir el agua? Se apuntó nerviosamente el cinturón y se apresuró a salir del baño. Trató de agarrar el teléfono con una mano medio enjabonada, pero el celular se le resbaló de la mano y salió volando por encima del lavamanos, hasta desaparecer entre la canasta llena de papel higiénico rosado. Mónica estaba a punto de ir tras él, cuando alguien comenzó a golpear en la puerta y ella salió corriendo, gritándoles a todos los de la fila que todavía no se podía usar el baño. Salió a la terraza para arrancar a su padre de los brazos de Marcy. En circunstancias normales, ver a su padre besándose con cualquier persona la habría hecho querer meterse debajo de una piedra. Pero la señal de incomodidad se encendió un segundo y luego desapareció, mientras que su padre volteaba a mirarla con ojos soñolientos de borracho.

EL CINCO DE JULIO, a las dos de la mañana, Bruce y Will estaban sentados en la mesa de la cocina de Mónica. Paige y Marcy estaban dormidas, haciendo un duelo de ronquidos en los sofás de la sala. Kevin estaba durmiendo arriba, en la cama de Mónica, vestido sólo con una pantaloneta de baño y las botas de vaquero de alguien. Una pareja no identificada estaba arropada con una colcha en el piso de la habitación, junto a la cama. Algunos de sus amigos de universidad habían limpiado todo y reunido hábilmente la comida y a los invitados en un círculo que cada vez se cerraba más. Cuando se marchó el último invitado, el desorden de la fiesta estaba reunido en el centro de la terraza.

Durante la última hora y media, Will había estado pegado a su celular, hablando con varias compañías de transporte aéreo que ofrecían servicio de ambulancia; con su tío, que era policía en New Haven; con administradores de hospitales y con sus padres. En algún momento de este ajetreo encontró un mensaje de Silvia, que ella le había dejado hacía cinco horas, pero que el satélite sólo había entregado hacía unos minutos.

Estaba en El Salvador, en la Clínica Caracol. Había retirado los ahorros de su pensión para hacer el viaje. Lamentaba haberle causado preocupación y se disculpaba por no respetar sus deseos, pero todo estaba bien, y sería bienvenido, siempre y cuando prometiera no interferir con el tratamiento de Ivette. Ivette comenzaría el tratamiento inmediatamente después de que le hicieran unos análisis que tomarían uno o dos días.

"Tal vez funcione, Will", dijo Mónica con tono dubitativo. "Tal vez tú e Ivette terminen presentándose en todos los programas de la mañana a contar su historia".

Will la miró, pero no respondió nada. Tenía la boca llena, pues estaba terminando un plato de *hot dogs* quemados, con frijoles horneados.

Bruce miró a Mónica, señaló a Will con la cabeza y dijo: "Los nervios dan hambre".

Will encogió los hombros, mantuvo la cabeza gacha y siguió comiendo.

"Los ahorros de la pensión. ¡Santo Dios!" dijo Bruce y sacudió la cabeza. "¿Y Silvia, quién cree que la va a mantener cuando esté vieja?" Señaló a Will a través de la mesa. "Tú, mi viejo amigo, tú lo harás". Bruce tenía en la mano una taza de café negro. Hacía un rato Mónica lo había hecho subir para que se diera una ducha y se quitara todo el sudor, el humo, la sal marina, el olor a licor y los besos de Marcy estampados con pintalabios. Ahora tenía el pelo húmedo y peinado con el camino hacia un lado y unas profundas bolsas bajo los ojos. La camisa con estampado tropical color verde oliva tenía manchas de salsa de barbacoa, pero, aparte de eso, había recuperado su vieja apariencia de respetabilidad.

Will dijo, "Silvia y yo acordamos que nunca tomaríamos ninguna decisión sin haber alcanzado un consenso, pero legalmente yo tengo la última palabra. Es increíble pensar que mi esposa, cuya vida está en mis manos", y levantó las palmas de las manos y se las miró, "una mujer por la cual siento una increíble responsabilidad... pueda ser arrebatada de mis manos y llevada a un país extranjero sin mi autorización. O la de sus médicos".

Golpeó la mesa de madera con el puño. "¿Cómo demonios lo hizo?"

"Eso es secuestro", dijo una voz desde el otro lado de la habitación. Paige los miró y se sobó los ojos.

"Gracias por tu contribución, Paige", dijo Mónica. "Ahora, vuélvete a dormir".

"Con gusto".

"Ella tiene razón. Es un secuestro", dijo Will, mientras miraba fijamente hacia la mesa. "Lo que Silvia hizo es un delito".

"Eso no importa", dijo Bruce. "Recuerda que Silvia siente la misma carga que tú".

"Silvia llevó a Ivette en su vientre durante nueve meses", dijo Mónica y de repente pareció como si le costara trabajo hablar. Luego apoyó el dedo índice contra la mesa para darle más énfasis a sus palabras. "El deber de una madre es proteger y cuidar a sus hijos. Mujer que carece de ese instinto es mala madre". Mónica sintió que se ponía roja. Marcy miró a Paige con una ceja levantada y las dos intercambiaron miradas de complicidad.

"Bueno, pues no me voy a sentar aquí a esperar a ver cómo van las cosas", dijo Will y suavizó el tono. "Hasta ahora no he podido encontrar ningún vuelo para El Salvador que salga antes del viernes, así que probablemente tomaré el mismo vuelo de Bruce".

"¿Perdón?" Mónica miró a su padre y ladeó la cabeza. "¿Acaso la semana pasada no me dijiste que *tal vez* estabas *pensando* en ir en *algún momento* del próximo mes? ¿Cómo es que ya tienes boleto de avión?"

Bruce desvió la mirada. "Una vez accedí a que me bajaran de un vuelo a Los Ángeles, así que tengo un boleto abierto, que puedo usar cuando quiera".

Mónica entrecerró los ojos y miró a Bruce. Bruce negó con la cabeza y levantó las manos. "Oye, estoy viajando por razones de trabajo".

"Yo *tengo* que ir", dijo Mónica. "Así que pensemos en alguna manera de conseguirme un boleto enseguida".

"¿Por qué?" preguntó Bruce. "¿Por qué crees que tienes que ir? Esto no tiene nada que ver contigo".

Mónica se puso de pie y los ojos se le llenaron de lágrimas. "Yo fui la primera que le habló a Silvia del *Conus furiosus*. Y eso fue lo que empezó todo este lío. Además, yo sabía que ella quería ir a El Salvador pronto, sólo que me hizo jurar que guardaría el secreto. Pero ella me dijo que iba a ir contigo, papá. No sé por qué decidió de repente saltarse toda la fase de investigación". Mónica cruzó los brazos sobre el pecho y se dejó caer sobre el sofá. "Lo siento tanto, Will".

Will negó con la cabeza. "No te sientas mal. No es tu culpa".

Mónica levantó la vista para mirar a Will y luego a su padre. "Silvia confía en mí. Esa es la razón por la que tengo que ir".

Bruce dejó escurrir los hombros, soltó el aire y se tapó la cara con las manos. "No es una buena idea, Mónica", insistió.

"Es una gran idea y yo tengo un boleto que te puedo dar", dijo otra voz desde el lado del salón que estaba a oscuras. Esta vez fue Marcy y estaba sentada derecha, con la cara resplandeciente y sobria, como si no acabara de despertarse de una resaca. "Creo que es hora de que ustedes dos regresen allá. Estoy harta de vivir con el fantasma de Alma...". Levantó una mano. "Sin ánimo de ofender".

Bruce miró a Marcy con horror. Abrió la boca, pero ella habló antes. "Yo estaba en el mismo viaje a Los Ángeles con tu padre, Mónica. Puedes tomar mi boleto".

Mónica fue hasta donde estaba Marcy y la abrazó. Sintió que los rizos llenos de fijador de Marcy crujían contra su mejilla.

"Gracias. Es muy amable de tu parte".

"No estás ofendida, ¿cierto, Mónica? Tú sabes lo que quiero decir acerca de tu mamá, ¿no?"

"Sé exactamente a qué te refieres, Marcy".

Marcy metió la mano por debajo de la quijada de Mónica y le levantó la cara. "De nada, cariño", dijo y luego miró a Will y le apuntó durante un segundo con el dedo. "Y tú, jovencito, pórtate bien con tu suegra. Los maridos van y vienen, pero una madre es madre de por vida".

Will suspiró. "Lo sé".

Bruce parecía pálido. Tenía la vista fija en el suelo y las manos entrelazadas. "Tú no sabes de qué estás hablando, Marcy", dijo con voz seria. Se levantó y salió del salón, pero regresó unos minutos después.

"Sólo espero que Silvia haya comprado un boleto de ida y vuelta en ese costoso servicio de ambulancia aérea", dijo Paige. "Si no, ¿cómo vas a hacer para traerla a Ivette de regreso?"

Will se pasó la mano por el pelo y parecía perturbado.

Marcy respiró profundo. "Esto te puede parecer un sacrilegio, Will, pero tal vez deberías ponerle un poco de fe. Ivette no ha tenido ningún progreso en dos años. ¿Qué tienes que perder?"

"Es lo mismo que yo estaba diciendo hace un rato", dijo Mónica.

"Yo digo que se lancen", dijo Marcy. "Denle una oportunidad".

Will se cogió la cabeza con las manos. "Estoy cansando y me estoy muriendo del dolor de cabeza".

Mónica fue hasta la cocina y regresó con una aspirina y un vaso de agua para Will. Estaba sentado en una banca y parpadeó varias veces con fuerza y rápidamente. Mónica pudo ver que una nube de cansancio cruzaba por su cara. Will se metió la aspirina a la boca y recibió el vaso de agua. "Gracias", dijo y la miró con una expresión de agotamiento total, después cerró los ojos un momento. Cuando los abrió, dijo: "Deja de mirarme así, Mónica. Tú no secuestraste a mi esposa. Fue Silvia la que lo hizo".

"He debido decirte lo que sabía".

"Sí, has debido hacerlo".

"La traeremos a casa, Will. Puedes estar seguro de eso".

"Lo estoy", dijo y se puso de pie.

Mónica y Will acompañaron a Bruce y a Marcy hasta afuera. Después de que se marcharon, Will y Mónica se quedaron solos en medio de la oscuridad. A pesar del cansancio y el ambiente de crisis, Mónica podía sentir la electricidad que circulaba entre ellos, zumbando suavemente en medio de la atmósfera pesada y cargada a olor a pólvora. Mónica miró hacia la luna. Todavía se veía llena, si uno miraba rápidamente. Podía sentir el calor que irradiaba el cuerpo de Will; un ligero rastro del olor de su colonia disparó la imagen que había estado recordando una y otra vez toda la noche, la de las palmas de sus manos masajeando la espalda de Will. Volvió a sentirse mareada, mientras que su mente iba y venía entre el recuerdo y el presente.

"Creo que Ivette está tratando de salir a la superficie", dijo y sintió un escalofrío que le subía por los brazos. Se frotó los brazos hacia arriba y hacia abajo. "Sentí algo cuando le di ese masaje, Will. Sentí *vida*".

Mónica podía sentir cómo los ojos de Will hacían un esfuerzo por ver su cara en medio de la oscuridad. "¿De verdad?"

"¿Tú no lo has sentido?" preguntó ella con voz suave.

"Ha estado haciendo algunos ruidos, pero...". Dejó la frase en el aire.

"Es posible que encuentres una esperanza", sugirió Mónica de manera tímida. "En El Salvador".

"Estás comenzando a hablar como Silvia". Will levantó la cabeza hacia arriba y miró el cielo. "Yo sé que varios siglos de ciencia y medicina tienen una o dos cosas que decir al respecto". Se puso la mano sobre el corazón y se inclinó un poco. "Silvia piensa que ella es la única que tiene intuición. Pero yo tengo una cabeza y un corazón y los dos me dicen que Ivette no se va a recuperar. Nunca volverá a ser la antigua Ivette, ni siquiera una fracción de lo que era. Ella nunca va a hablar ni levantará la mirada al cielo y dirá: '¡Caramba, qué hermosa luna!'. Yo ya asumí eso. Y no quiero empeorar más su condición".

Mónica bajó la vista y levantó un poco de tierra con la punta de su sandalia. "Es casi imposible, ¿cierto?"

"Como tratar de pegarle a una bola de golf desde aquí y meterla en un hoyo en Boston". Dio un paso hacia ella y le puso las manos sobre los hombros. "Prepárate. Tengo el presentimiento de que va a ser una pelea larga y amarga".

La piel de Will se sentía tibia y olía bien y Mónica se quedó paralizada por la abrumadora tentación de tocarlo, de enterrar los dedos entre la firme pared de su cintura. Mónica asintió con la cabeza, pero no le devolvió el abrazo. Sus brazos siguieron colgados a sus lados, como si fueran de madera.

"Me alegra que vengas", dijo Will. "Tu historia en ese lugar va a ser de gran ayuda". Se volteó y miró hacia la carretera, por donde había desaparecido el auto de Bruce. Se inclinó, le dio un beso de despedida en la frente, dio media vuelta y se dirigió a su camioneta. Cuando abrió la puerta, se detuvo y señaló hacia una ventana de la casa. "Deshazte de esos locos y trata de descansar. Lo vas a necesitar".

Mónica ladeó la cabeza y levantó una ceja. La camioneta de Will dio la vuelta y dejó un rastro de luces rojas en medio de la noche oscura, como la cola de un cometa. Luego Mónica oyó un ruido que provenía de arriba. Levantó la mirada y vio la figura de alguien parado en la ventana.

"¿Para qué necesitas descansar?" Era Kevin, arrastrando las palabras.

"Nos vamos para El Salvador", dijo Mónica con toda tranquilidad. Alguien dijo algo desde el fondo de la habitación y Mónica vio que Kevin se alejaba de la ventana y volteaba la cabeza. Kevin había estado trabajando mucho durante la última semana y ella tenía la impresión de que no le había prestado mucha atención cuando le explicó la sucesión de hechos que llevaron hasta lo de la noche anterior. Pero no se lo iba a explicar todo ahora.

Encontró una manta en el baúl del auto y la llevó a una hamaca que había colgado entre dos árboles del pequeño jardín que había junto a la casa. Mónica se tapó los brazos con la manta, se acostó en la hamaca y observó el agua y las luces de Long Island. Podía oír que Kevin la estaba buscando dentro de la casa; las protestas de Paige cuando la despertaron, luego el ruido de los pasos de Kevin sobre la gravilla de la entrada. Kevin no sabía que Mónica había encontrado un lugar debajo de un árbol donde colgar una hamaca. Escondida por las ramas de un olmo, Mónica comenzó a mecerse, sin prestar atención a los llamados de Kevin. Él volvió a subir al segundo piso. Mónica oyó unos murmullos, pero después la casa quedó otra vez a oscuras y en silencio.

La costa de Connecticut se veía tranquila, plácida, llena de neblina, civilizada; un mundo totalmente distinto de las tremendas olas que se estrellaban contra las viejas rocas volcánicas de Negrarena. Mónica siempre había sabido que había una inmensa diferencia entre esta playa habitada y domesticada y el majestuoso océano de su infancia. Se imaginaba que la diferencia de temperamento entre esos dos cuerpos de agua era como la diferencia entre la complacencia y el amor.

segunda **PARTE**

Nadie notó que Ivette Lucero apretó la mandíbula cuando la aguja le inyectó una pequeña cantidad de un fluido transparente en la columna. Si alguien lo hubiese notado, eso habría contado como una reacción al dolor y habría representado un alza de dos puntos en su Escala de Glasgow. El dolor era frío, deslumbrante y puro, como sumergirse en agua helada. Ivette sintió una rabia gigantesca. Pero el dolor pasó con la misma rapidez con que comenzó y fue seguido por un cegador diluvio de nieve, que cayó sobre el techo de su cerebro y la empujó hacia el vacío del sueño.

Ivette pasó a través de una compuerta que llevaba a la inconciencia, tres niveles debajo del sueño, y se agachó para soportar el temporal. Regresó a la tarea cotidiana de tratar de encontrar la salida de esa prisión, cavando con unas uñas que estaban comenzando a tomar una coloración azul. Nadie sabía que estaba ahí. Sentía que el mundo exterior había partido sin ella y que ella se había quedado sola en esta isla, sin salida. Sólo podía sentir y oler la existencia de un mundo exterior. Y podía pensar, claro. El mundo exterior había cambiado, estaba segura de eso. El aire tenía un olor desconocido, como a barniz de madera, a algas y a café. En el movimiento del aire, Ivette podía sentir las mareas cambiantes del mar que tenía cerca, lo sentía en las fibras esponjosas de su lengua, cada vez que tomaba aire.

Había estado trabajando en la reconstrucción del pasado. Con su incesante exploración, su mente hacía el trabajo agotador de una cuadrilla de presidiarios. Tenía unos cuantos fragmentos aislados de su vida, tres brillantes segmentos de vida que no encajaban ni sugerían nada útil. El primero era la imagen de las sedosas alas amarillas de una anémona, moviéndose a través del grueso vidrio del tanque de un acuario público. El segundo era la imagen de la musculosa pierna de un hombre, que se flexionaba con el esfuerzo de levantar algo pesado. Y finalmente estaba el recuerdo de encontrarse en medio de un magnífico jardín de rosas. Frente a ella, un hombre sostiene una cámara. Ella lo ve a contraluz y lo único que puede ver es su silueta. Cuando está a punto de decirle que no es un buen ángulo, que la foto va a salir sobreexpuesta y ella va a quedar con los ojos cerrados, él grita: "¡Sonríe!"

¡Flash!

Como siempre, esos tres pedazos de película estaban inmóviles, pegados sobre las paredes de su mente, estridentes y deslumbrantes como un graffiti en una pared del metro. Pero esta vez había algo distinto. Ivette parpadeó con incredulidad.

Ahora estaba parada frente a una explosión de nuevos fragmentos de imágenes que parecían vivas y agitadas. No sabía cuál mirar primero, pues todas se movían al mismo tiempo, en diferentes direcciones, pasando rápidamente frente a su visión, con más velocidad de la que podía estudiarlas. Tuvo la impresión de estar mirando a través de unos binoculares, mientras inspeccionaba una playa lejana desde el incesante movimiento de un bote en alta mar. Estaba excitada y feliz y devoró la explosión de colores y formas. Se puso a tratar de agruparlas y las comparó entre sí como las fichas de un rompecabezas, quedándose con unas y rechazando otras. Estaba feliz de ver que cada recuerdo contenía una prueba irrefutable de que su vida no había sido sueño sino realidad.

Bruce, Mónica y Will llegaron a El Salvador tres días después de que Silvia se marchara, debido a la falta de disponibilidad de asientos en los vuelos para San Salvador. Finalmente decidieron elegir conexiones separadas: Will y Bruce viajaron a través de Miami, y Mónica, a través de Atlanta. Claudia Credo, la vieja amiga de Bruce, cumplió su promesa y terminó haciendo dos viajes al aeropuerto el mismo día, para recoger a todos los viajeros.

El plan era pasar la primera noche en casa de Claudia y sus padres, en San Salvador. Una hora después de llegar, sonó el teléfono para Mónica. Era Kevin. Admitió que tenía celos de Will y que también le dolía que Will se hubiese hecho tan amigo de Bruce. No es que Kevin quisiera que lo incluyeran en el viaje, sólo que no quería que Will estuviera cerca de Mónica. "Por favor", le dijo Mónica, "él está aquí debido a su *esposa*".

"El tiempo puede acabar con cualquier cosa", advirtió Kevin.

"Si dos años no han logrado hacerlo, en dos semanas ciertamente no va a ocurrir nada".

"¿Cómo puede un hombre amar a alguien que no puede ni amar, ni hablar, ni reírse, ni preparar una comida? Ni siquiera puede regañarlo por dejar la ropa tirada en el suelo. Nada".

Afuera estaba comenzando a ponerse oscuro. Un periquito verde limón aterrizó en el alféizar de la ventana, rasguñó algo y salió volando otra vez. Mónica dijo: "Kevin, deberías verla. La injusticia de lo que le sucede es de pesadilla".

Mónica oyó que Kevin respiraba profundo. "Ya me imagino". Sin embargo, siguió insistiendo en su rivalidad. "Will debe verte como un posible escape".

Irritada por la conversación, Mónica dijo: "Tal vez él ya tenga a alguien. Nosotros no sabemos nada. En todo caso, no es de nuestra incumbencia".

"Ten mucho cuidado, Mónica".

Mónica sintió que se ponía roja de la vergüenza al pensar que alguien podía estar oyendo esta conversación; estaba plagada de suposiciones. Se sintió como una engreída por pensar que Will hubiese podido sentir la misma atracción que ella había experimentado, lo cual, por el momento, parecía horriblemente insensato incluso para sí misma. ¿Acaso era tan transparente?

"De acuerdo, Kevin. Estaré en casa en dos semanas. Has estado tan ocupado últimamente que ni siquiera me vas a extrañar".

"Mónica", dijo Kevin y tomó aire con tanta parsimonia que Mónica sintió ganas de colgar. "No esperaba que apareciera alguien como Will, ni que tú salieras corriendo para El Salvador, pero eso me obligó a parar un momento y reconocer lo que compartimos. No me he estado esforzando mucho últimamente. Y lo siento".

"Por favor, no tienes que disculparte. Me ayudaste con la nueva terraza y haces todo tipo de cosas por mí". Entre bostezos, Mónica agregó: "Aquí estamos frente a un asunto llamado instinto de territorialidad. Primer curso de Sociología, ¿recuerdas?"

"Se llama amor. Te extraño".

Mónica miró el anticuado reloj despertador que había en la mesita de noche. "Aquí son las once de la noche, mi amor. La una de la mañana para ti. Estoy exhausta. Te llamaré cuando tenga noticias".

Cuando estaba acostada en la cama, diez minutos después, Mónica se dio cuenta de que no le había dicho a Kevin que ella también lo amaba. El significado de esto quedó flotando en medio de la oscuridad hasta mucho después de que ella colgó. Mónica se quitó las sábanas con los pies y se quedó mirando las aspas del ventilador del techo, con los brazos extendidos a los lados, mientras esperaba el dulce refugio del sueño.

CLAUDIA CREDO CALCULÓ que las cuatro llamadas telefónicas de Kevin deberían haberle costado cerca de doscientos dólares, si no tenía un plan especial de llamadas internacionales. "¡Mil seiscientos colones!" exclamó la anciana madre de Claudia, después de calcular rápidamente la equivalencia y ponerse cuatro dedos huesudos sobre los labios estirados. "Debe estar realmente muy enamorado", dijo, con un gesto de aprobación, y luego volvió a mecerse en su silla y se quedó dormida.

Claudia escoltó a sus huéspedes hasta la mesa del comedor, que estaba arreglada con un mantel de lino y loza de diario. Will deslizó una mano por la espalda de Mónica y le apretó el hombro. "Bruce, ¿qué piensas de este muchacho, Kevin, para tu hija? ¿Lo ves como tu futuro yerno?"

Mónica se volteó y miró a Will con el ceño fruncido. "Ya sé que la primera impresión fue terrible".

Will levantó una ceja. "Y la segunda impresión tampoco fue tan buena. Realmente quisiera olvidar haberle visto el trasero en el rompeolas".

"Kevin había bebido mucho ese día, al igual que todo el mundo".

Will sólo sonrió, ladeó la cabeza y estiró una mano, con un gesto que pretendía animar a Mónica para que lo siguiera defendiendo.

"Siéntense, por favor", dijo Claudia y retiró las sillas. En el jardín, justo afuera de la ventana, había una lora enorme, que parloteaba incesantemente y llamaba a alguien que se llamaba Chabela, que resultó ser una muchacha del servicio que había muerto hacía más de diez años. "Por las noches nos pone los pelos de punta", confesó Mamá Mercedes.

La sirvienta se apresuró a poner los platos llenos de huevos revueltos, tortillas, frijoles fritos y los tamales dulces de Mamá Mercedes. "Adelfa", la recriminó Claudia, "te dije que sirvieras primero el jugo de naranja".

Bruce elogió los tamales de Mamá Mercedes hasta la saciedad y todos disfrutaron de la oportunidad de hacer que los ojos de la anciana brillaran de orgullo. Luego la mamá de Claudia tocó una campanilla de plata que había sobre la mesa. Cuando vio que la criada no aparecía, la viejita se levantó y salió del comedor, mientras se quejaba de lo difícil que era encontrar una buena muchacha en estos días.

Cuando se sentaron a desayunar, Mónica ya había olvidado que Will le había preguntado a Bruce sobre Kevin. Pero diez minutos más tarde, Bruce se sacó de la boca la semilla de una ciruela, la puso en el borde del plato y se dirigió a Will. "Para responder tu pregunta, Will, creo que Kevin es un muchacho muy agradable. De hecho, lo considero mi amigo. Pero no creo que Mónica lo deje conducir", dijo y agarró con las manos un volante imaginario. Luego se volvió a su hija. "Kevin no tiene la más mínima influencia sobre la dirección que quieres tomar".

Mónica frunció el ceño. "¿Eso es lo que crees que es el amor? ¿Salir a dar una vuelta?"

"Creo que podrías buscar a alguien mejor, Mónica", dijo Will y su voz adquirió un tono más serio. "Tú eres..." Extendió la mano con la palma hacia arriba, como si estuviera presentando a Mónica ante un grupo de desconocidos. "Eres hermosa. Eres una mujer inteligente y profesional, con gracia y talento, y aunque es posible que Kevin sea realmente 'agradable', no es una persona tan especial como tú". Cruzó los brazos sobre el pecho y miró a Bruce. "Vaya. Ya lo dije. Y no diré nada más o es posible que, cuando regrese a casa, reciba una golpiza de un grupo de ex compañeros de fraternidad desnudos".

Mónica sintió una oleada de tristeza al pensar en la futilidad de su relación con Kevin. Ellos tenían razón, esa relación no era lo que ella buscaba y ella lo había sabido todo el tiempo. Al despertarse esa mañana se había dado cuenta de que no amaba a Kevin. Sin embargo, había aprendido a cuidarlo y a preocuparse por él y los dos se conocían tan bien que decir adiós parecía absurdo. Cerró los párpados para expulsar dos lánguidas lágrimas calientes y ladeó la cabeza sobre el hombro para recogerlas con la tela de la blusa.

"Lo siento", dijo Will, "toqué una fibra sensible".

Claudia se levantó y puso los brazos alrededor de los hombros de Mónica. "Ya lo solucionarás".

"Gracias", dijo Will al mismo tiempo, mientras aceptaba un vaso de jugo de naranja de la bandeja que estaba pasando la sirvienta. Le dio un sorbo, cerró los ojos y soltó un gemidito. "Ah... recién exprimido". Cuando abrió los ojos, miró a Mónica. Una expresión de simpatía cruzó por su cara. "Míralo desde esta perspectiva, Mónica. Yo daría cualquier cosa por estar otra vez en el punto en que tú estás".

"¿Y qué punto es ese?" preguntó Mónica, mientras usaba la servilleta de tela para secarse los ojos.

"Esa época de la vida cuando el futuro todavía depende de ti".

CUANDO EL MOTORISTA de Claudia tomó la rotonda de entrada a la Clínica Caracol, Mónica podía sentir encima las miradas de Bruce, Will y Claudia, que inspeccionaban su cara en busca de una reacción. Abrió mucho los ojos y dijo: "¿Qué?" Tenía que admitir que era una sensación rara, pero tampoco tanto. De hecho, lo que estaba comenzando a sentir mientras se aproximaban a Negrarena, que seguía siendo la madre de todas las playas, era una vertiginosa sensación de felicidad. Aunque vivía cerca del mar en Connecticut, en El Salvador la sensación de aproximarse a la costa era mucho más perceptible, debido a que el contraste entre la tierra y el mar era mucho más pronunciado. En El Salvador la presencia del mar se sentía a través de todos los sentidos. Primero, el aire se volvía de repente más denso, luego uno tenía fugaces atisbos de azul, que aparecían entre las montañas que rodeaban la playa, además de la sensación de estar descendiendo a un reino mágico. También estaba el sonido arrullador y el olor a sal y a pescado.

"¡Por Dios, esto es magnífico!" dijo Will.

Al llegar a las enormes rejas de entrada a la Villa Caracol, el motorista tocó el timbre. Entonces apareció un hombre que les pidió los nombres y los dejó entrar. El exterior de la inmensa villa sobre la playa estaba igual a como Mónica lo recordaba, sólo que había sido pintado de un cálido color rosa con detalles en terracota. La entrada todavía estaba rodeada de una fila de palmeras que llevaban hasta una vieja fuente de mármol, sobre la cual había una sirena que soplaba dentro de un caracol. Sin embargo, los árboles y la espléndida vegetación llena de flores que Mónica recordaba habían sido cortados. El motorista estacionó debajo de un garaje techado, se dio la vuelta y miró a Claudia, en espera de instrucciones. "Espéranos un rato, Santos", dijo Claudia. "Nos demoraremos un par de horas".

Mónica mantuvo la cabeza gacha mientras salieron a la brillante luz del sol y entraron a la sombra del vestíbulo. Luego agradeció la conocida sensación de entrar al aire frío, como quien entra a una biblioteca o un museo, en medio del calor de un día de verano. Los olores de las gruesas paredes de piedra la asediaron con una cantidad de recuerdos y Mónica miró con asombro el cielo raso alto y los enormes baldosines italianos. Todo le parecía en cierta forma más pequeño de lo que recordaba, pero seguía siendo una entrada muy impresionante. Mónica cerró los ojos y se llenó los pulmones con el olor del tiempo, de los muebles antiguos y el tabaco y el café, todo ello entrelazado con aromas marinos. Los ojos se le aguaron por segunda vez ese día. Sintió que esbozaba una sonrisa mientras se imaginó al abuelo fumando su pipa y leyendo el periódico. Recordó verlo sentado en una enorme silla mexicana de madera tallada, bajo la luz del sol que entraba por una ventana de arco rodeada de vitrales rosados y azules. Abrió los ojos y la imagen se evaporó frente a lo que hoy era la recepción de una clínica.

La pesada vitrina de estilo barroco de la abuela alojaba ahora una colección de conchas venidas de todas partes del mundo. Los otros armarios gigantescos de madera oscura y las sillas recargadas de adornos habían sido reemplazados por resplandecientes vitrinas de vidrio con iluminación individual. Mónica corrió hasta ellas y apoyó las manos contra el vidrio con tanta fuerza que los vidrios se sacudieron en los rieles. Cada espécimen tenía una etiqueta que especificaba el nombre común y el nombre científico, el país de origen, el nombre de la persona que lo había descubierto y el año de descubrimiento. Estaban agrupados por especies: almejas, ostras, calamares, caracoles. En el centro del salón estaba la estrella: un caracol cónico que tenía su propia vitrina y en cuya concha habana brillaban unas manchas color sangre.

"El hall de la fama de los moluscos", susurró Bruce al oído de Claudia.

Claudia asintió con la cabeza y dijo: "Son hermosas. Nunca les había prestado mucha atención a las conchas. No tenía idea de que hubiese tantas variedades".

"Y esto no es nada", susurró Mónica sin aire. "Ella tenía muchas más".

"¿Quién?"

"Mami. Esta es su colección", dijo Mónica esbozando una enorme sonrisa. Podía sentir cómo temblaba de la emoción. "Son tan... hermosas. Había olvidado... lo que era ver tantas juntas... Son como obras de arte".

"Tú no puedes afirmar con certeza que estas conchas en particular eran de ella", dijo Bruce.

"Sí puedo", dijo Mónica, que comenzó a hablar rápidamente, mientras que en su voz se afianzaba el tono de autoridad. "La huella particular de cada coleccionista está en lo que decide coleccionar. La variedad *furiosus*", dijo y golpeó el vidrio con la uña, "fue registrada hace más de un siglo y mi bisabuelo fue quien encontró este espécimen en particular". Dio unos cuantos pasos frente a la vitrina. "Ese *Conus gloriamaris* se lo regaló la abuela a mamá en un cumpleaños. Es el que te conté que le costó miles de dólares en los sesentas".

"Alma mantenía sus conchas en unas cajas que olían horrible, en un cuarto en casa de sus padres", les dijo Bruce a Will y a Claudia. "Esto es totalmente nuevo para mí".

"Mi abuela debe haber organizado esta exhibición después de que murió mamá", dijo Mónica, "porque yo también recuerdo que ella las guardaba en unas cajas hediondas". La mención del olor de la carne podrida de los moluscos trajo a su memoria el inteligente uso que su madre hacía de las hormigas negras, para que se comieran la carne de los caracoles muertos que quedaba pegado al interior de la concha y era difícil de limpiar.

"¿Han agregado nuevas conchas a la colección?" le preguntó Mónica a la recepcionista, que se les acercó y los saludó en español. La joven negó con la cabeza, pero dijo que tenía la misión de pedir más, las cuales tenía que seleccionar de un catálogo. Luego giró los ojos y dijo: "Es una tarea que he estado posponiendo. En realidad no tengo ni idea de cuales pedir".

Mónica dio un brinco. "Yo puedo ayudarle", dijo con una

excitación casi infantil, de la que se arrepintió enseguida. La mujer la miró como si fuera la criatura más rara que había visto en la vida, pero luego recuperó la compostura y les preguntó quiénes eran. Tomó nota de sus nombres y regresó con la encargada, una matrona bajita y rolliza de nombre Soledad Mayo. Todos se apresuraron al encuentro de la mujer y comenzaron a hablar al mismo tiempo, Bruce y Mónica en español y Will en inglés.

Soledad levantó una mano y luego cruzó los brazos detrás de la espalda, como si estuviera haciendo un esfuerzo para mantener una actitud amigable a través de su lenguaje corporal. Les habló en inglés, pero con un acento muy marcado: "La Sra. Silvia me dijo que usted llegaría hoy, Sr. Lucero. Estamos a su disposición y queremos satisfacer todos sus deseos, cualesquiera que sean. Queremos que usted se sienta cómodo con el tratamiento que decida elegir para su esposa", dijo, mientras miraba a Will de reojo y con cautela. "Lo único que pedimos, antes de llevarlo a verla, es que, antes de tomar una decisión, analice con cuidado nuestro tratamiento".

"Ya tomé una decisión y es mantenerla en los Estados Unidos", dijo Will y su voz resonó contra el piso de baldosa. "Mi suegra actuó en contra de mis deseos y de las recomendaciones de los médicos. Estoy aquí para llevar a mi esposa a casa".

La mujer miró a los otros tres en busca de apoyo, pero al no encontrar ninguno, se volvió hacia Will y lo miró con unos ojos delineados con una gruesa raya negra. "La señora Silvia nos dijo que, en la medida en que Ivette no ha progresado mucho desde el accidente, le están quitando poco a poco el apoyo médico y financiero".

"Eso no tiene nada que ver", dijo Will, levantando la voz, y se puso rojo.

Bruce le puso una mano en el hombro. "Calma, amigo. Hagamos el recorrido, informémonos un poco y después sacaremos a Ivette de aquí", le dijo, mientras le hacía un guiño a

Soledad y sacaba de su bolsillo una libreta y un bolígrafo. "Yo soy el periodista que habló con usted de parte de *Urban Science*".

La cara de Soledad se alegró de repente, pero luego se ensombreció, cuando fijó sus ojos en Will. "Ah, sí, Sr. Winters. Yo... no sabía que ustedes venían juntos".

"Originalmente no íbamos a hacerlo, pero luego Silvia..." dijo Bruce, pero dejó la frase en el aire y luego señaló hacia la puerta. "Es una situación bastante enredada".

Ningún detalle de las habitaciones que siguieron hizo que Mónica recordara su antigua casa de playa. Los techos altos habían sido cubiertos por un cielo raso acústico; podría ser una unidad médica de cualquier parte del mundo. Los empleados en gabachas blancas andaban por ahí ocupados en sus asuntos y de vez en cuando miraban con curiosidad, pero a excepción de eso, los laboratorios, las oficinas administrativas y los salones de conferencias eran totalmente profesionales y no tenían nada que llamara la atención. Mónica miraba todo el tiempo a Bruce, tratando de interpretar su expresión, mientras que él comparaba la nueva construcción con lo que recordaba de la disposición anterior de la casa.

"¿A quién le pertenecen la casa y el terreno?" le preguntó Mónica a Soledad.

"La propiedad pertenece a una familia de aquí, que la prestó para montar la clínica. Estaba totalmente destruida, pues permaneció mucho tiempo abandonada. El asunto comenzó a andar cuando la Dra. Méndez consiguió que una compañía británica llamada BioSource financiara una serie de estudios sobre los efectos del veneno de los caracoles cónicos en los seres humanos".

"En los Estados Unidos se comienzan los estudios con ratas", dijo Will con tono agresivo.

Soledad cerró los ojos mientras hablaba. "Este tratamiento ya está más allá de ese punto".

"¿Cómo se involucraron los Borrero?" preguntó Bruce, mientras se ponía las manos en las caderas.

La mujer se sorprendió al ver que Bruce conocía el nombre. "Los Borrero tienen una larga historia de interés por los moluscos. Todo comenzó con Reinaldo Mármol, un médico que, a solicitud de los indígenas que desconfiaban de la medicina occidental, solía usar como anestésico el veneno de una especie local de cono. Su hija, Magnolia Mármol, fue una gran coleccionista de conchas raras y hermosas. Ella se casó con el rico industrial Adolfo Borrero y fue su hija, Alma Borrero, quien llevó el interés por las conchas al nivel de la pasión. Ella fue quien reunió la mayor parte de los especímenes que vieron en la recepción".

Mónica casi estalla de la emoción, pero logró contenerse y sólo se aclaró la garganta y le lanzó a su padre una rápida mirada. Él fingió no notarlo, para hacer énfasis en lo que le había dicho antes de salir de casa: que no quería que el personal de la clínica se enterara de su conexión con la familia. Bruce dijo que eso podría restringir su acceso a la información. Afortunadamente para él, hasta ahora sólo se habían cruzado con empleados de la clínica, ninguno de los cuales tenía posibilidades de reconocerlos o relacionarlos con Alma.

Soledad continuó: "La variedad conocida como *Conus furiosus*, que el Dr. Reinaldo Mármol utilizó con tanto éxito en su práctica médica, desapareció de vista durante medio siglo. Fue su nieta quien impulsó la búsqueda de la esquiva especie entre los miembros de la familia, los amigos y algunos empresarios locales, que vieron la posibilidad de recrearlo de manera sintética en un laboratorio, y producirlo principalmente como un sustituto de la morfina, pero muy superior a ésta".

"¿De verdad?" dijo Mónica con tono juguetón. "Eso es impresionante. Y ¿qué pasó luego?"

"Alma murió de manera trágica antes de poder encontrar el cono. Pero dos años y medio después reaparecieron algunos especímenes en México y El Salvador, y luego en Guatemala, y parecen estar regresando con fuerza en aguas panameñas, cerca de Costa Rica".

"Entonces, ¿quién tomó la antorcha?", preguntó Bruce. Mónica lo conocía lo suficientemente bien como para saber que su padre estaba haciendo un esfuerzo por parecer tranquilo y sólo medianamente interesado. Soledad se miró las manos, confundida.

"Es una expresión", dijo Bruce. "¿Quién creó esta clínica? ¿Quién hizo realidad el sueño?"

"Ah", dijo Soledad. "Principalmente la Dra. Méndez".

"¿Y quién es Leticia Ramos?" preguntó Mónica. "Sé que ella es la persona con la que habló Silvia en primer término".

"Ella es una amiga de la familia Borrero, pero no está involucrada en el día a día de la clínica. Nosotros le reportamos los resultados al comité que dirige el estudio y que tiene sede en San Salvador. Nos comunicamos con ellos a través de conferencias telefónicas y correos electrónicos, debido a que Negrarena está tan distante. Pero la mayor parte del énfasis está en los experimentos con dolor crónico. La aplicación del estudio al trauma cerebral es totalmente nueva".

"Ustedes tendrían más oportunidades de ganarse la confianza del Sr. Lucero si pudiéramos conocer al artífice de todo esto", dijo Mónica. "Queremos asegurarnos de que no estamos tratando con ningún hechicero".

La mujer volvió a sonreír con cortesía, mostrando que había entendido perfectamente a qué se refería Mónica. "Por supuesto, veré qué puedo hacer. No sé si la Dra. Méndez y la Sra. Ramos están en el país, pero cuando regrese a la oficina puedo hacer algunas llamadas".

"Quiero ver a mi esposa", dijo Will. "¿Esa es la puerta que lleva al pabellón de las habitaciones?"

"Una última cosa, Sr. Lucero". Soledad levantó un dedo. "Tenemos una presentación que quisiéramos mostrarle".

Will se puso blanco. "No me gusta la manera como usted

está imponiendo sus prioridades por encima de las mías", dijo y le apuntó a Soledad con el dedo y luego se señaló a sí mismo. "Mi derecho a ver a mi esposa está por encima de su derecho a mostrarme su propaganda".

Soledad apretó los labios y lo miró con rabia. "Sólo estoy siguiendo el procedimiento establecido, señor".

"¿Acaso el procedimiento de su clínica es aprovecharse de la gente desesperada? ¿Animarlos a gastarse los ahorros de toda la vida? ¿El procedimiento establecido es propiciar un secuestro?"

Soledad no dijo nada, pero volvió a mirar de reojo a Mónica y a Bruce, en busca de validación. Como no encontró ningún apoyo, dio media vuelta y dijo: "Síganme".

CUANDO SILVIA VIO que los Winters venían detrás de su yerno, la cara se le iluminó y se levantó para saludarlos. Estaba vestida con un conjunto de lino de manga corta color durazno, que combinaba perfectamente con las sandalias que llevaba puestas, y olía a loción Jean Naté. Claudia la abrazó como si fueran viejas amigas y dijo: "Soy Claudia, una amiga de Bruce y Mónica. A la orden".

Escondida tras los hombros de Bruce, Mónica observó a Will mientras se inclinaba sobre la cama de Ivette. Primero la miró atentamente, buscando algún signo de maltrato, le puso la palma de la mano sobre la frente durante unos segundos y luego le levantó los párpados para inspeccionar la esclerótica de los ojos. Ivette estaba conectada a una especie de monitor y Will se acercó para revisar lo que mostraban las distintas pantallas, aparentemente familiarizado con todas. Cuando se sintió satisfecho, besó a su esposa en los labios y le susurró algo al oído.

Mónica experimentó un perverso ataque de celos, pero enseguida sintió alivio al pensar que su creciente atracción hacia él no era más que un tonto capricho privado. La escena le sirvió para recordarle de manera contundente, lo cual le hacía mucha falta, que Will Lucero todavía le pertenecía a esa mujer inmóvil y silenciosa. Aunque cuando le había dado el masaje Mónica había sentido la cantidad de estrés y soledad que agobiaban a Will, él seguía siendo un esposo devoto y leal. Mónica reconoció enseguida la paradoja de su admiración por él. Ahí no había ningún dilema ético. Ella estaba completamente a salvo, porque si Will llegaba a abandonar alguna vez su heroica pose, también perdería parte de ese brillo que lo hacía tan interesante. Lo que lo hacía tan atractivo era precisamente su devoción por Ivette, de manera que la atracción que Mónica sentía por él seguiría siendo para siempre un enamoramiento motivado por la luna llena, pasajero y secreto. Nada más.

DURANTE LA VISITA, Mónica detectó en la voz de Silvia una alegría tensa y fingida que resultaba inquietante. "Mónica", dijo Silvia y le acarició el brazo de una manera maternal, "la fisioterapeuta renunció y en el momento no tienen a nadie que les dé masajes a los pacientes". Juntó las manos. "¿Crees que podrías darle un masaje a mi Ivette aunque sea sólo una vez, querida?"

"Mónica no vino aquí a trabajar, Silvia", dijo Will con tono cortante. "Lo que estás pidiendo es totalmente inapropiado".

Mónica se sorprendió al decidir en ese preciso momento que tendría que hacer caso omiso de su previa incomodidad con la idea. Este era un panorama totalmente nuevo y la tarea de propiciar la paz entre Will y Silvia se había convertido de repente en una prioridad. "Sería un placer, Silvia".

Soledad dio un paso adelante, todavía tratando de finalizar su presentación. "En la Clínica Caracol pensamos que el masaje y la estimulación sensorial son los compañeros ideales de la terapia con medicinas y en unos pocos días tendremos una nueva fisioterapeuta. Siento mucho que no tengamos una ahora".

Claudia se paró junto a la cama de Ivette y tomó una de sus manos flácidas. "Te voy a llamar la Bella Durmiente, porque pareces salida de un cuento de hadas". Levantó la vista hacia las otras cinco personas que rodeaban la cama. "¿Alguien revisó que esta princesa no tenga una manzana envenenada en la garganta?"

Silvia se rió y sacudió la cabeza con tristeza.

"Mi Ivette. Era tan hermosa".

Mónica sintió un escalofrío por dentro, pues en el fondo de su corazón creía que Ivette había escuchado el comentario de su madre, en tiempo pasado. "Todavía eres muy hermosa, Ivette", dijo Mónica, animada por una extraña combinación de culpa e instinto protector entretejiéndose en su vientre. Puso una mano sobre la de Ivette y luego levantó la vista y miró a Claudia. "La doncella de la manzana envenenada era Blanca Nieves".

"Bueno, ahora vamos a la playa", dijo Bruce y jaló a Claudia y a Mónica hacia la puerta. Luego las miró con seriedad, tratando sin mucha sutileza de decirles que era hora de dejar que Will y su suegra se quedaran solos, para librar un capítulo más de la batalla por el control del destino de Ivette.

MÓNICA, BRUCE Y CLAUDIA CREDO se dirigieron hacia la parte posterior de la clínica, a la playa de Negrarena. En el camino vieron que la piscina de mosaicos marroquíes había sido restaurada y ostentaba otra vez su antigua gloria. Una brisa ligera agitó la superficie del agua, que brilló de manera invitadora, en medio del calor de la tarde. Luego atravesaron las viejas rejas que separaban la casa de la playa y Mónica recordó fugazmente la imagen de los esbeltos brazos de Alma abriendo esas mismas rejas y volviéndose luego a mirar hacia atrás, como si esperara que alguien la llamara desde la puerta de su paraíso.

La imagen de Alma se evaporó ante la presencia de una plataforma de cemento recientemente añadida, que al parecer servía para sacar a los pacientes a asolearse y tenía una rampa especial para sillas de ruedas. Mónica se puso las manos en las caderas y dijo entre dientes: "¿Cuál es el sentido de tener una terraza para recibir el sol, si todos los pacientes de aquí están en coma? No lo entiendo".

"Supongo que creen que aquí no hay excusa para tener las piernas 'cheles' ", dijo Bruce y señaló sus propias piernas blancas como la leche.

Después de unos pocos momentos en Negrarena, Mónica ya no pudo contener su alegría por más tiempo. Cuando se levantó la primera ola monstruosa y se estrelló contra la playa, sintió que la recorría una oleada de electricidad. Fue como si los líquidos de su cuerpo se levantaran para imitar el movimiento del agua y se lanzaran en picada, salpicando sus entrañas con un estremecimiento que sabía a sal. Se quitó los zapatos y salió corriendo por la playa. La arena infernalmente caliente la hizo saltar y tuvo que regresar para ponerse otra vez las sandalias. Abrió los brazos, mientras corría al encuentro del océano y tuvo la delirante sensación de que las olas la recordaban. Saltaron hacia ella, lamiéndole las piernas y atrayéndola hacia el agua, hasta que Mónica se desplomó sobre sus rodillas y dejó que el agua fresca y espumosa rodeara sus muslos y empapara su vestido. Una ola más grande rugió y se dirigió hacia ella y Mónica decidió ir a su encuentro y empaparse por completo. La contracorriente de la ola la envolvió por la espalda y la atrajo hacia ella como un amante decidido.

Mónica metió los dedos entre la arena negra y viscosa, que parecía barro facial. Se hizo una mascarilla, imaginándose que era como una pintura de guerra y, cuando llegó la siguiente ola, se agachó para lavarse. Cuando se pasó las puntas de los dedos por la cara, la piel se sentía lisa, como la superficie de una piedra de río.

A lo lejos, Mónica vio la figura de una mujer que se paseaba por la playa acompañada de un perro. Iba caminando en sentido contrario y revisaba las pozas de marea con un palo. Mónica pensó que la mujer le recordaba a Alma. Luego levantó la vista más allá y vio una cantidad de casas que habían aparecido donde antes sólo había árboles y vegetación silvestre.

Cuando Mónica dio media vuelta, Bruce y Claudia charlaban animadamente y parecían envueltos en el capullo de su propia conversación. De repente Mónica deseó estar a solas con su padre. Quería compartir con él un pequeño recuerdo que había encontrado en la arena.

Alma le había enseñado a meter los brazos en la arena mojada y negra, minutos después de un temblor volcánico, para sentir el pulso vital de la tierra y oír las ondulaciones secretas y distantes de su inmenso corazón. Mónica quería contárselo a Bruce porque no lo había hecho en esa época, y porque tenía la sensación de que su padre todavía no entendía lo mágico que era dejarse llevar por Alma, y cómo el mundo natural se volvía poderoso y asombroso a través de los ojos de su madre.

DESPUÉS DE OTRA HORA con Silvia, Soledad y el médico de turno, Will accedió a darles exactamente una semana para mostrar alguna prueba de que se estaba produciendo una mejoría.

"...Lo cual, por supuesto, es imposible", les dijo Bruce a Mónica y a Claudia. "Will se imagina que así va a poder apaciguar a Silvia, pero la estrategia de Silvia es usar esa semana para convencerlo de que les dé más tiempo".

Cuando los tres salieron de la habitación, Will parecía exhausto. Miró a Mónica, sacudió la cabeza y dijo: "Se niega a darme la información sobre el servicio de ambulancia aéreo para transportar a Ivette de regreso a casa. Yo podría recurrir a algunas medidas legales, pero eso sólo tomaría más tiempo, así que decidí ceder un poco y les di una semana". Se sobó los ojos y Mónica notó que los tenía rojos por la falta de sueño. Luego se pasó la mano por el pelo y el movimiento hizo que le quedara parado, lo cual le dio una apariencia increíblemente juvenil; parecía un adolescente despeinado. "Sólo espero estar equivocado acerca de este lugar", dijo con voz suave, casi susurrando.

Afuera los estaba esperando el motorista de Claudia, para llevarlos de regreso a San Salvador; ya llevaba varias horas esperando. Claudia se había tomado el día libre, pero tenía que regresar a la ciudad. "¿Quién viene conmigo y quién se quiere quedar?" preguntó.

Silvia ya estaba instalada en la clínica y el resto del grupo decidió quedarse en una rústica posada que estaba a menos de un kilómetro por la carretera. Soledad accedió a mandar un motorista que los recogería al otro día por la mañana. Había localizado a la misteriosa Leticia Ramos y tenían cita con ella por la tarde. Mónica se sentía cada vez más excitada.

Bruce, Will y Claudia estaban despidiéndose en la oficina y Bruce estaba tomando algunas notas para su artículo, cuando Mónica decidió salir a la recepción para echarles otra mirada a las conchas.

Siempre se sorprendía al contemplar el sentido de individualidad y destreza artística que manifestaban los creadores de las conchas. Uno podía entender por qué se esforzaban tanto por construir esas casas tan hermosas; cuando estaban desnudos, eran lastimosamente feos. También estaban desamparados. La criatura que habita dentro de un murex chileno, por ejemplo, construye unas torres elaboradas y altísimas con la intención de que su fortaleza les parezca impenetrable a sus depredadores. Pero en el proceso, su trabajo alcanza la elegancia y la excelencia de una diminuta catedral renacentista, que subvierte totalmente el objetivo de su estrategia. En el fondo de la exhibición había una pantalla de seda iluminada desde atrás, que tenía un texto en letra cursiva, parte de un ensayo del poeta francés Paul Valéry sobre la naturaleza y las conchas de mar:

La naturaleza ha preservado sus cuidadosos métodos, la inflexión en la cual envuelve sus cambios de ritmo, dirección o función fisiológica. Ella sabe cómo terminar una planta, cómo abrir unos orificios nasales, una boca, una vulva, cómo crear la órbita de unos ojos; cuando tiene que diseñar el pabellón de un oído, piensa de repente en una caracola y cuanto más alerta es la especie, más intricado lo modela.

Cuando iba hacia la puerta, Mónica vio los catálogos de conchas que la recepcionista había apilado descuidadamente sobre la mesita de la recepción. Se sentó en un sofá de madera y mimbre y ojeó el catálogo de una tienda de Bruselas que vendía desde insectos extraños y prehistóricos, atrapados en camas de barro antiguo petrificadas, hasta la tibia de un Neandertal y, por supuesto, conchas, tanto recientes como fosilizadas.

La recepcionista entró a la sala y dijo: "Puede llevárselos si quiere, yo sólo necesito el último número para hacer el pedido. Nunca había visto a nadie que los mirara ni de reojo y mucho menos a alguien que se entusiasmara tanto como usted. Ahí sólo están acumulando polvo. Tengo unos cuantos más en el fondo, si los quiere. Cada tantos meses nos llegan nuevas listas de precios".

Mónica sonrió y le dio las gracias. "Olvidé traer algo para leer durante los momentos de ocio del viaje".

"Pero ¿qué puede ser más aburrido que leer catálogos de conchas?" dijo la joven. "Tal vez en su posada haya una televisión. A las ocho están dando una novela realmente buena. *Amor salvaje*". Abrió mucho los ojos. "Esta noche vamos a saber si el hijo que espera la heroína es del capataz de la hacienda o de su afeminado marido, al cual no soporta".

Mónica levantó una ceja. "Puedo decirle quién es el papá sin necesidad de ver ni un solo capítulo".

"Usted no sabe de lo que se pierde", dijo la mujer y entró a un cuarto que había detrás de la recepción. Minutos después salió con ocho catálogos más.

Esa noche, Bruce se fue a dormir a las nueve y media, mientras que Will y Mónica se instalaron en dos sillas sucias, en una tienda llamada La Lunita. La encargada de la posada les había advertido que no era prudente que "gente tan elegante" como ellos anduviera deambulando por ahí sola, en las horas de la noche. La tienda estaba sólo a dos cuadras. "Compren lo que necesitan y regresen", les dijo y levantó un dedo. "Es peligroso".

"¿Elegante?" repitió Will a manera de eco y se miró los pantalones de dril y la camiseta comprada en una rebaja.

Mónica encogió los hombros. Metió los pulgares por debajo de las tirantas de su overol de pantalón corto. "Lo que quiso decir fue: ustedes no parecen ser de por aquí".

"Ah...", dijo Will y volvió a bajar la mirada, pero esta vez la enfocó en las sandalias de caucho y velcro. Movió los dedos de los pies. "Gracias a Dios no lo soy".

"Mi padre nos mataría si supiera que andamos deambulando por este pueblito perdido, en medio de la noche, en busca de una cerveza". Levantó la botella de vidrio oscuro de la cerveza local, una Pilsener, y dijo: "¡Salud!"

Will también levantó su botella y golpearon el fondo de la una contra la otra. "Me alegra que tu papá se haya ido a acostar. Es bastante agradable estar contigo así", dijo y la miró a los ojos.

Mónica levantó otra vez la botella y volvió a brindar, luego volteó la cabeza hacia un lado y sonrió de oreja a oreja. "Entonces, brindemos por una nueva amistad". Retiró la botella y le dio dos sorbos largos a la cerveza, para no tener que mirarlo.

"Me siento como si estuviera en el Tercer Mundo, pero en un buen sentido", dijo Will. "Ese es un concepto nuevo para mí, ¿sabes? Claro que es rústico y vimos muchos barrios miserables y gente pobre en el camino hasta aquí, pero hay algo especial acerca de Negrarena. No puedo decir claramente de qué se trata, es como si hubiese algo en el aire".

"Tal vez sólo necesitabas un cambio de ambiente".

Will levantó una ceja. "Puede ser. Estoy tan relajado en este momento que sencillamente no sé qué hacer". Movió los brazos y los hombros y después rotó la cabeza. "Aunque tengo el cuello tenso".

Mónica levantó una mano. "A mí no me mires. Estoy de vacaciones".

Will le hizo señas a la encargada de la tienda para que les trajera dos cervezas más. Mónica se recostó en la silla y miró alrededor de la tienda, llena de todos esos productos de comida que no veía hacía años. Había algo especial esta noche, como si tuviera los sentidos más aguzados, la vista más penetrante. Tal vez eran los densos olores de la playa, las sombras de la noche, el hecho de estar en El Salvador, todo eso era muy embriagador. Will tenía razón acerca de este lugar. Mónica sentía que todo su cuerpo hervía.

Cuando levantó la vista, se sorprendió al ver que Will la estaba observando, con la cabeza un poco ladeada. Una sonrisa fugaz cruzó por los labios de Will, mientras la miraba con ojos intensos y penetrantes, que le transmitieron toda su admiración sin decir una palabra, como si fuera un paquete que aterrizó en su regazo, caliente y lleno de vida. Cuando Mónica por fin se dio cuenta de lo que estaba pasando entre ellos y lo que aún sin palabras acababan de intercambiar, llevaba un rato mirándolo fijamente, estudiando su cara. En ese momento casi pudo oír el rugido que producía esa cosa que acababa de surgir entre ellos.

Mónica desvió la mirada. Se llevó la mano a la frente, tratando de cubrirse los ojos y sintió que le ardía la piel de la cara y el cuello. "Tal vez deberíamos regresar", dijo y miró a su alrededor.

"Ay, vamos, quedémonos un rato más. Estoy disfrutando de

la compañía", dijo e hizo un gesto con la mano hacia el establecimiento totalmente vacío. "Y estoy seguro de que tú tampoco estás muerta de ganas de regresar a esa decrépita posada, donde los cangrejos te miran desde la ducha".

Mónica sonrió pues le divertía la manera en que Will acababa de referirse a las criaturas que habían rodeado toda su infancia. "Supongo que ya conociste a los *caballeros*. ¿No te parece un nombre muy curioso para un cangrejo? Solía conocer su nombre en latín, pero, en todo caso, yo te advertí que esto era bastante rústico".

Will abrió mucho los ojos. "Yo solía decir que algo rústico era acampar en una playa en Rhode Island, donde a uno le sirven a un pariente lejano del caballero, pero con mantequilla derretida y anillos de cebolla".

Mónica se rió entre dientes y comenzó a quitar la etiqueta de la botella de cerveza, que tenía el dibujo de un as de corazones con borde dorado. Hubo un momento de silencio entre ellos y Mónica podía sentir que Will la estaba mirando fijamente otra vez. "Recuerdo una vez que vi cómo un caballero se subió a la espalda de mi mamá, mientras ella estaba dormida en la playa", dijo Mónica con cautela. "Ella dijo algo en medio del sueño y el cangrejo se asustó y salió corriendo. Nunca lo voy a olvidar, porque mamá me reveló ese día algo que yo no debía saber".

Will se inclinó hacia delante. "¿Qué?"

Mónica respiró profundo y soltó el aire lentamente, tratando de decidir si debía abrir la boca. Le dio un sorbo a la cerveza y miró a Will a la cara. Aunque estaban a media luz, alcanzó a ver en el rostro de Will una seguridad y una madurez que no estaba acostumbrada a ver en hombres menores de cincuenta años: ese instinto paternal de ofrecer protección, de identificar los problemas desde la raíz y tratar de arreglarlos.

Tomó una servilleta y comenzó a doblarla en triángulos cada vez más pequeños hasta que finalmente habló: "Ese día mi madre confirmó mis sospechas de que estaba enredada con un hombre casado. Aparte del día en que mi padre me dijo que ella se había ahogado, ese fue el momento más triste de mi vida".

"¿Cuántos años tenías?"

"Doce".

"Esa es una carga muy grande para una niña. Supuestamente la mayor parte de los chicos se sienten responsables por el matrimonio de sus padres".

"Exacto". Mónica asintió con la cabeza. "Y no sé por qué, pero mi padre siempre es muy evasivo con todo lo que tiene que ver con mi mamá, con su muerte y nuestra vida aquí". Movió la mano hacia atrás, hacia la playa. "Marcy me contó que papá se puso furioso con ella por haberme dado el boleto aéreo. Tuvieron una pelea terrible por eso. Pero cuando le pregunto de frente cuál es el problema, él me evade". Mónica arrojó la servilleta al centro de la mesa y se quedó observándola, como cuando uno arroja un palo a una hoguera y se queda esperando a que se queme. Entrecerró los ojos. "He llegado a la conclusión de que él tiene miedo de que yo averigüe algo acerca de mi madre que me haga daño". Levantó la vista y miró a Will. "Pero ¿qué puede ser peor que saber que ella tenía un amante?"

Will fijó la vista en las baldosas sucias del suelo. "¿Algo acerca de su muerte?"

Mónica encogió los hombros y levantó los ojos hacia las vigas de madera del establecimiento.

"Creo que esta conversación exige un cigarro", dijo Will. "¿Te molesta que fume? Nos vamos a quedar aquí un buen rato".

"¿De dónde vas a sacar un puro?"

Will levantó un dedo y llamó a la tendera. Un par de minutos después la mujer regresó con dos cigarros dominicanos y dijo que siempre mantenía una reserva de cigarros para uno de los médicos de la clínica, que venía a la tienda de vez en cuando. Les cortó las puntas y les entregó los cigarros, junto con una caja de fósforos. Will se puso los dos cigarros en la boca, los encendió y luego le pasó uno a Mónica. Cuando ella agarró el cigarro con los labios, sintió la humedad que él había dejado en la punta y eso le pareció un desprevenido intercambio íntimo. Luego cerró los ojos, mientras que el humo le subía por la cara.

"Muy bien", dijo Will y se acomodó en la silla. Le dio una chupada al cigarro, echó la cabeza hacia atrás y botó el humo hacia arriba. "Háblame de los días que antecedieron a la desaparición de tu madre, llévame hasta el momento en que cayó la primera ficha que tumbó todas las demás. Comienza contándome lo que desayunaste esa mañana". Le apuntó con el cigarro. "Y apuesto a que todavía recuerdas ese detalle".

Mónica cerró los ojos tras el velo de humo que salía de su propia boca. Pensó que era interesante que el pasado de su familia se estuviese enlazando de alguna manera con la vida de Will.

En una húmeda mañana de junio de 1985, Bruce estaba en su estudio, escribiendo de manera frenética en su máquina de escribir eléctrica. En ese entonces era corresponsal de la Associated Press y estaba cubriendo la noticia de la masacre de la Zona Rosa: trece personas, entre las que había cuatro marines norteamericanos, habían sido asesinadas a sangre fría en la animada zona de restaurantes y bares elegantes de San Salvador. Las fotos diseminadas por el escritorio de Bruce mostraban cuerpos ensangrentados, tirados al pie de un café. Alguien había cubierto la cara de las víctimas con las servilletas de lino de un restaurante. Minutos más tarde, Mónica oyó a su padre gritando por el teléfono: "Por supuesto que los asesinos no eran verdaderos militares; eran comunistas vestidos con ropa de uso privativo del ejército".

Entretanto, Mónica observaba su pastoso cereal importado Cap'n Crunch, sin podérselo comer. Ella sabía que no era el momento apropiado para hablar con su papá acerca de su mamá y Max, pero el hecho de haber visto las fotos a color que había sobre el escritorio de su padre había disparado algo en ella, de repente se había dado cuenta de que Max y sus amigos formaban parte de aquello. Todo ese discurso acerca de la justicia social y la igualdad entre los ciudadanos no coincidía con esas horripilantes fotos: la viejita que estaba vendiendo rosas minutos antes del tiroteo yacía ahora muerta, junto al hombre que estaba esperando a su motorista. Todas las víctimas habían salpicado la acera con la misma sangre roja. ¿Qué más prueba de igualdad querían?

Todo el mundo estaba anestesiado y embotado por la violencia. De hecho, Mónica estaba segura de que los testigos que habían salido del restaurante mexicano que estaba al otro lado de la calle habían regresado después de un rato para llenarse de chimichangas y margaritas. Pero después de ver las fotos de la escena del crimen, el embotamiento de Mónica se desvaneció de repente. Se sentía sucia por haber estado expuesta a eso; por el hecho de conocer gente que creía que sus ideas eran tan importantes que estaban por encima del derecho a la vida de los demás. Si la filosofía de su madre era cierta y el océano terminaba reclamando toda la suciedad para purificarla, entonces El Salvador estaba necesitando una inundación de proporciones bíblicas. En el centro de la ciudad había trece personas muertas. No pasaría mucho tiempo antes de que sucediera algo terrible y Alma estuviera en el centro mismo de los acontecimientos.

Esa semana en la escuela, algunos de los amigos de Mónica habían expresado su asombro por el hecho de que los padres de Mónica no tuvieran guardaespaldas armados, como todas las otras familias de dinero. "Tu mamá *is crazy*", le había dicho una compañera de la Escuela Americana. "Uno de estos días la van a secuestrar los guerrilleros". Entre los adolescentes de la Escuela Americana estaba de moda ufanarse de que sus padres eran tan ricos que los podían secuestrar. "Yo me avergonzaría si fuera tú", le dijo a Mónica una compañera de curso. "Me preocuparía que la gente pensara que no podemos pagarnos unos guardaespaldas".

Si sólo supieran que Mami y yo un día les preparamos pescado a una centena de guerrilleros, pensó Mónica.

Mónica encontró la respuesta a los problemas de su familia en la parte posterior de la caja del cereal Cap'n Crunch, que siempre ofrecía tatuajes provisionales si uno presentaba tres boletos de compra. Ese era el cereal que le compraba su abuela Winters, cuando iba a visitarla a Connecticut. La abuela Winters tenía dos habitaciones extras en su casa, un lugar perfecto para empezar una nueva vida. En ese instante Mónica decidió que tenían que marcharse de El Salvador. Era hora de huir.

Mónica regresó al estudio de su padre y se acercó al escritorio, justo cuando él sacaba una hoja de la máquina de escribir. "Listo", dijo Bruce. "Tengo que correr a la oficina para enviar esto. ¿Quieres acompañarme?"

Se subieron a su camioneta Toyota roja. Bruce le pasó el cinturón de seguridad por encima de las piernas y lo abrochó. Luego salieron y tomaron la carretera. Bruce seguía parloteando acerca de la masacre, pero de pronto Mónica lo interrumpió y dijo: "Papá, tenemos que irnos a vivir a Connecticut".

El tono de su voz era tan sombrío que hizo que Bruce dejara de mirar la carretera y se volteara a verla. Disminuyó la velocidad y metió el cambio, mientras bajaban las empinadas calles de la colonia Escalón. "¿Qué sucede?" preguntó y miró de reojo hacia la calle, para seguir mirando a su hija con una expresión de profunda preocupación en el rostro. Mónica se quedó callada, mientras combatía el nudo que sentía en la garganta.

"¿Tienes algún problema en la escuela?" preguntó Bruce.

Mónica negó con la cabeza.

"¿Es un chico?" dijo, casi aliviado, pero ella volvió a negar con la cabeza.

"No quiero que mamá y tú se separen y tengo miedo de que a mamá le pase algo malo", se apresuró a decir Mónica.

"¿Acaso tu mamá dijo que quería divorciarse?"

"No", respondió Mónica, mientras jugueteaba con las hebras de su falda.

"Entonces no te preocupes. Tu mamá y yo estamos bien".

"No, no lo están", dijo Mónica, mientras miraba por la ventana hacia la sucesión de casas escondidas tras muros coronados por guirnaldas de alambre electrificado, algunas de las cuales tenían vigilantes armados en la puerta. Otras estaban protegidas de formas más sutiles, desde garitas que parecían las torres de un castillo y se escondían tras el follaje de los almendros que daban a la calle.

Como si un vómito hirviente brotara desde algún lugar secreto de sus entrañas, Mónica añadió: "Mamá está con Maximiliano, papá. Mamá *está* con Maximiliano", repitió, con la esperanza de que él hubiese entendido.

Bruce dio un profundo suspiro, le pitó a alguien y apretó el acelerador. Estaban llegando al borde del lote de una misteriosa y gigantesca mansión, que ostentaba una extraña construcción: un palacio renacentista italiano por el lado norte y un palacio chino, cuya fachada jugaba con el rojo y el blanco, por el sur. Bruce se estacionó a la entrada de la mansión, frente a las enormes rejas. Apagó el motor. El sol entró por el panorámico con la fuerza opresiva de una manta de lana. De repente apareció un perro hambriento y negro, que se sentó junto a la puerta de Bruce, a olfatear el aire.

"¿Estás segura de lo que estás diciendo, Mónica?" preguntó Bruce. Parecía estar furioso.

Mónica clavó la mirada en sus sandalias y comenzó a llorar. Luego levantó los ojos y miró a su padre. "Ellos me han llevado a algunos paseos", dijo y se cubrió la cara con las manos, con la esperanza de que su padre no quisiera entrar en detalles. Después de un rato, se volteó a mirarlo.

Bruce estaba inmóvil, con la mirada fija en un punto perdido, y por un momento Mónica se preguntó si la habría escuchado. Se estaba mordiendo el labio con fuerza. Se veían gotitas de sudor entre los vellos rubios de sus brazos. La punta de la nariz se le había puesto roja y los ojos parecían vidriosos. Si se le aguaron, logró ocultar las lágrimas. "Por Dios", fue lo único que dijo. Afuera, el perro negro comenzó a arañar en la puerta de Bruce y luego dio la vuelta y comenzó a gemir y arañar del lado de Mónica.

"Tenemos que irnos de aquí, papá. La esposa de Max nos está siguiendo a mí y a mi mamá". Mónica sintió que algo se levantaba en el fondo de sus entrañas. Abrió la puerta de la camioneta, se inclinó y vomitó, dejando un charco de líquido amarillo, mezclado con cereal Cap'n Crunch. Casi enseguida, el perro dio un salto y lamió el vómito con entusiasmo.

"MI PADRE ENTREGÓ su reporte y luego me llevó a casa", le dijo Mónica a Will. "Después se encerró en su habitación durante varias horas, mientras que yo me moría de pánico. Pensaba que estaba enojado conmigo. Cuando salió, estaba borracho. Fue la primera y única vez que lo vi así durante la infancia. Por fin fue capaz de abrazarme y decirme que había hecho lo correcto. Le hice prometerme que no hablaría con nadie sobre mi confesión".

"La parte que no entiendo", dijo Will, "es qué era lo que tu madre vio en los comunistas". Se inclinó para acariciar un perro negro, sucio y esquelético que había entrado a la tienda y los miraba con ojos hambrientos y suplicantes.

"Ten cuidado con ese perro", dijo Mónica. "Estoy segura de que no está vacunado". Luego continuó: "Max era el hijo de Francisca, la nana que nos había cuidado a mí y a mi madre de niñas. Mami y Max estuvieron enamorados durante toda la infancia, pero, desde luego, cualquier relación amorosa entre ellos estaba estrictamente prohibida. Con el tiempo se convirtió en una especie de historia como la de Romeo y Julieta. Cuando mi madre se sintió lo suficientemente fuerte como para desafiar el código social de la familia, ya estaba casada con mi padre y Maximiliano estaba con alguien. Obviamente nunca hablaba de ella y yo sólo la vi una vez muy rápidamente, en un supermercado. Mi mamá le decía 'la bruja'. Yo le tenía miedo, pero también sentía pena por ella".

"Me pregunto", dijo Will, "qué habría pasado si los hubiesen dejado en paz. Si después de un tiempo habrían terminado alejándose y perdiendo el interés, en especial teniendo en cuenta que venían de mundos muy distintos. Es la atracción de la fruta prohibida... ¿Y cómo es que el chico pobre de nuestra historia llegó a ser médico?"

Mónica encogió los hombros. "En primer lugar, asistió a un programa de dudosa acreditación en El Salvador, el cual expide diplomas de médico en menos tiempo del que toma obtener un diploma de pregrado en los Estados Unidos. Mi abuelo se lo pagó... más como una manera de ganar poder e influencia sobre Max que como un gesto altruista. El abuelo debe haber sentido que Max ya había conquistado a mi madre y quería ponerle punto final a eso. Aunque con ese diploma no podía montar un elegante consultorio en San Salvador, sí podía poner un letrero de médico en su puerta, recetar medicinas y ejercer la medicina general como un humilde médico de pueblo. Con el tiempo Max terminó dedicando su práctica médica exclusivamente a la atención de los revolucionarios. Aunque eso no era precisamente lo que mi abuelo tenía en mente".

"Ya vamos a cerrar, señorita", les advirtió la tendera. Mónica le pidió que los dejara quedarse otros quince minutos para poder terminar la historia.

"En todo caso, después de mi confesión, mi madre llamó para decirme que el *Conus* que se había ido a ver probablemente no era un *furiosus*, pero que creía que de todas maneras valía la pena examinarlo. Lo había puesto en un platón lleno de agua de mar y tenía la intención de llevarlo al laboratorio de la universidad. Pero no estaba segura de cuándo podría hacerlo porque

Max le había pedido que lo ayudara con algunos campesinos que necesitaban atención médica. Así que iban hacia El Trovador, una finca en la costa, que no estaba lejos de Negrarena. Mamá me pidió que la cubriera y le dijera a mi padre que había viajado a Guatemala por unos cuantos días. Pero en lugar de eso, yo le conté la verdad a mi papá. Y después de un tiempo el sentimiento de rabia fue reemplazado por la preocupación".

"¿Tu abuela estaba viva?"

"Sí. Pero yo le rogué a mi padre que no le contara lo que estaba ocurriendo. Quería que el asunto quedara entre nosotros, porque temía que mi abuela tuviera una reacción desproporcionada".

Will estiró el brazo por encima de la mesa y le apretó la mano. "Lamento todo lo que ocurrió".

Mónica asintió con la cabeza y retiró la mano con suavidad.

Will bajó la mirada y apagó el cigarro en un cenicero de plástico que había sobre la mesa.

"Termina tu historia", dijo y miró de reojo un reloj que colgaba de la pared. "En cinco minutos nos van a echar de aquí".

"No hay mucho más que contar. Logré que me dejaran quedarme en casa, sin ir al colegio, durante varias semanas. Me quedé con mi abuela en la casa de la playa. Supongo que las dos estábamos en una especie de retiros personales, tratando de asimilar lo que estaba ocurriendo. Ella siempre estaba rodeada de gente, siempre tan importante, tan imponente, tan dueña de sí misma. Sin embargo, durante las semanas que siguieron a la desaparición de mi mamá, la abuela estuvo totalmente dopada con tranquilizantes y dormía la mayor parte del día. Después de un tiempo mi papá me dijo que debería prepararme para la posibilidad de que mi madre nunca regresara. Un testigo dijo que la vieron internarse en el mar y por eso lo único que pudimos concluir era que se había ahogado. Cuando llegó el otoño, ya estaba matriculada en la escuela secundaria en Connecticut".

"¿Qué pasó con la abuela Borrero?"

"¿La abuela? Nos visitó unas cuantas veces en Connecticut, pero mi papá nunca quiso que regresáramos a El Salvador. Murió hace ocho años".

"Y entonces, ¿quién se quedó con todo el dinero de tu familia?" preguntó Will.

Mónica le hizo una mueca, miró a su alrededor y dijo: "Sshh. Recuerda dónde estás".

Will se tapó la boca con la mano. Mónica también bajó la voz. "La respuesta corta es Jorge, mi tío abuelo. Jorge era el único de los hermanos Borrero que quedaba vivo en ese momento. En su testamento y última voluntad, mi abuela le dejó todo a mi mamá, suponiendo que algún día ella me pasaría todo a mí. Pero siete años después de que mamá desapareció, tío Jorge logró que mi madre fuera declarada legalmente muerta. Para entonces mi abuela había desarrollado Alzheimer y no podía hacer ningún ajuste en su testamento. De alguna manera, tío Jorge se quedó hasta con el último centavo".

"Suena como si tu abuela no estuviera totalmente convencida de la muerte de tu madre, de lo contrario habría corregido el testamento para incluirte a ti".

Mónica golpeó la mesa con una mano. "Eso fue lo que todo el mundo dijo. Que ella estaba negando los hechos". Se quedó callada y miró a lo lejos. "Pero yo la vi sufrir por su pérdida. Eso no era teatro".

"Es posible que ella estuviera sufriendo por la muerte de la relación y no de la persona".

"La teoría de mi padre es que, al ser el albacea de mi abuela, Jorge pudo manipular el proceso legal en su favor". Mónica miró de reojo el reloj de la pared. "Esa es mi historia y el tiempo se nos acabó". Se levantó y Will le pagó a la encargada de la tienda. Luego salieron a la calle mal iluminada y comenzaron a caminar hacia la posada.

En la calle estaban pendientes de cualquier señal de peligro, y Mónica le pidió a Will que caminaran por la acera más iluminada. Will deslizó las manos entre los bolsillos, pero luego se detuvo.

"¿Qué pasa?"

Will miró a su alrededor, cruzó los brazos frente a él y se quedó mirando el piso de tierra pisada. "Mmmmmj".

Mónica esperó, mientras que él cambió de posición y comenzó a jalarse el labio inferior, antes de volverse hacia ella y decir: "¿Alguna vez te has preguntado si... tu padre...?" Dejó la frase sin terminar.

Mónica ladeó la cabeza. "¿Si en un ataque de celos, mi padre les informó a los militares acerca del paradero de Max?"

Will encogió los hombros. "¿Alguna vez te cruzó por la mente?"

"Claro que sí, años después. Pero sinceramente no creo que lo haya hecho. Él amaba a mamá y sabía que era peligroso que ella estuviera cerca de Max. En el fondo del corazón sé que papá nunca sería capaz de causarle ningún daño, sencillamente no lo haría".

Cuando terminó de hablar, sintió que un par de ojos la observaban por la espalda. El corazón se le paralizó y dio un salto, cuando vio la figura negra que tenía detrás, cuyos ojos brillaban con la pálida luz de la luna.

Un segundo después, soltó la carcajada y se puso la mano sobre el corazón, cuando vio que era el perro de la tienda. "Ay, eso es de mala suerte".

"¿Qué es de mala suerte?" preguntó Will, en el instante que vio también la sombra y dando un brinco le puso los brazos sobre los hombros con gesto protector.

"El Cadejo nos está siguiendo".

"¿Conoces a este perro?"

"No, es una leyenda. Si un perro negro te sigue, puede ser el temido Cadejo. Es parte del folclor local: hay una mujer loca que se llama La Siguanaba, que mata a los hombres que encuentra cerca de los ríos y tiene un hijo que es una especie de espanto". Mónica levantó la vista hacia los techos de teja de barro de las casas y el pañete descascarado que dejaba asomar los ladrillos de adobe. Se rascó la cabeza, tratando de recordar. "También hay un vagón fantasma. El Cadejo anuncia una tragedia, o la produce, no recuerdo bien".

Will dio un paso hacia el perro. "¡Shuuu! Vete a casa, perrito".

"¿Shu?" dijo Mónica y entornó los ojos. "Él no entiende inglés, Will".

Will trató de lanzarle una patada al aire y el perro bajó la cabeza, pero no se movió. "Entonces, ¿cómo espantas un perro en español?"

Mónica recogió una piedra y la levantó hacia la luz. "Le tiras una piedra pequeña y luego dices 'shht'. Así: shht". Zapateó con fuerza y le arrojó la piedra al perro, pero este la atrapó con la boca, la probó y luego la dejó en la acera.

Will levantó el puño. "¡Caramba, realmente lo asustaste!"

"Los chuchos son duros. No los asusta sino el hambre". Se puso las manos en las caderas. "Si este perro es el legendario Cadejo, tiene poderes diabólicos. Se nos puede adelantar a llegar hasta la posada subiéndose por el frente de esa casa y apareciendo al otro lado, como una lagartija".

Will se revisó los bolsillos. "Me gustaría tener algo que darle, me da tanta pena".

Caminaron rápido a través de las calles oscuras y, cuando pasaron la entrada de la posada, Will agarró a Mónica del hombro, le dio la vuelta y dijo: "Oye".

Mónica sintió pánico de que quisiera besarla, sólo por la forma como dijo "Oye". Se quedó mirando sus chancletas, ladeó la cabeza y acercó un oído, pero sin voltear la cabeza. "¿Qué?"

"Espero no haberte ofendido por lo que sugerí acerca de tu papá... Estaba jugando al detective aficionado, pero me siento mal por haberlo dicho. Es tu vida, por amor de Dios, no una novela policíaca. Fue una estupidez y me disculpo".

Mónica levantó la mirada y sonrió, aliviada. "Ya te lo dije. Yo misma consideré alguna vez esa posibilidad. Pero estoy segura de que eso no fue lo que pasó. Aunque es una conclusión totalmente lógica".

La encargada de la posada estaba despierta y angustiada y los regañó como una madre, por regresar tan tarde a pesar de sus advertencias. Mónica le agradeció la preocupación y le dio las buenas noches. Luego se acercó a Will, le dio lo que se suponía que sería un abrazo rápido y dijo: "Buenas noches". Pero él no la dejó ir y la jaló hacia él, poniéndole un brazo alrededor de la cintura y el otro alrededor de los hombros.

"Me alegra que me hayas contado esa historia", dijo. "Me siento como si te conociera desde hace mucho tiempo".

Y cuando la dejó ir, tenía la cara roja y la estaba mirando de una manera tan abierta y seria que Mónica se sintió mareada. ¡Qué fácil sería acercar un poco más la cara a la de Will! Sólo tendrían que acercarse unos cuantos centímetros y cambiarían para siempre el curso de su incipiente amistad. Era el viaje más largo que sus labios harían jamás. ¿Qué desconocido peligro podría surgir si ella se atrevía a levantar la mirada, con esos ojos que gritaban claramente la verdad acerca de su enamoramiento?

"La próxima vez", dijo Mónica y apuntó un dedo hacia el centro del corazón de Will, "será tu turno. Pediremos cigarros otra vez y tú podrás contarme una larga historia acerca de tu vida con Ivette".

Si la intención era lanzar un baldazo de agua fría, funcionó. Will dio un paso atrás, asintió con la cabeza y sonrió fugazmente. "Buenas noches, Mónica Winters Borrero", dijo. "Nos vemos mañana".

Mónica dio media vuelta y atravesó el corredor hasta su habitación. Podía sentir cómo la mirada de Will descendía por sus vértebras dorsales como dedos que se deslizaran sobre las teclas de su columna vertebral. Luego oyó cómo se desvanecían los pasos de Will, mientras desaparecía por otro corredor.

Cuando entró a su habitación, se dirigió a la ventana. Jaló con fuerza la manija de metal que abría las persianas de vidrio. Afuera, el mismo perro negro de la tienda estaba observándola desde la calle, con la lengua afuera y sus terroríficos ojos brillando como monedas de metal. Mónica sintió que la piel se le ponía de gallina, así que cerró las cortinas, pues no quería pensar más en el mítico Cadejo, el precursor de la desgracia.

Ivette Lucero recordaba encontrarse en un bote que estaba saliendo de un canal. Era un día nublado, un poco frío. El agua gris se veía salpicada de boyas rojas y blancas. Un aviso enorme decía: PROHIBIDO DESPERTAR. Ivette leyó el aviso en voz alta varias veces y se preguntó si eso querría decir que debía abandonar toda esperanza. Sin embargo, estaba en un canal y eso implicaba la posibilidad de escape.

Su marido estaba parado junto al timón y se veía bronceado y apuesto. Le mandó un beso y la luz del sol hizo brillar su argolla de matrimonio. Un perro anaranjado se movía por la cubierta con excitación. A Ivette le dio un escalofrío por el frío y la humedad del aire. Se frotó los brazos, se puso de pie y atravesó el bote, bajó por la escalera y fue a buscar una sudadera, mientras se rascaba unas picaduras de mosquito que tenía en la parte de atrás de las piernas. Su madre estaba sentada en la cocina. Levantó la vista y trató de esconder algo, pero era demasiado tarde. Ivette ya había visto una parte del tejido verde claro y amarillo que tenía en el regazo. Su madre estaba tejiendo una manta para bebé. Ivette movió el dedo indicando que no y su madre se rió con sentimiento de culpa y fingió estar interesada en el periódico que estaba sobre la mesa. "Prometiste que no nos presionarías para que tuviéramos un bebé, ¿recuerdas?"

Ivette experimentó por esas dos personas una sensación de parentesco sin emoción, algo como ese sentimiento de curiosidad agradable pero sin mucho interés que se puede sentir cuando uno ve fotografías viejas en las que aparecen parientes que murieron hace mucho y uno nunca conoció. La emoción provino de descubrir que había aparecido una nueva tira de imágenes junto al magro inventario de su cabeza; en esa pantalla que había estado totalmente dormida y estancada desde que podía recordar, había aparecido un episodio totalmente nuevo, que ella nunca había visto.

Nuevamente, Ivette sintió que una aguja entraba en su columna. La burbuja del recuerdo del bote estalló de manera ruidosa y el esfuerzo que tuvo que hacer para comprimirse antes de la avalancha de nieve mental la dejó enterrada en medio de una sofocante nostalgia.

Esta vez, mientras comenzaba a sentir rabia debido al dolor, Ivette se preguntó si la estarían esperando más recuerdos. En ese caso, sería un intercambio justo. Mientras que el dolor caía sobre ella como una cascada, Ivette se encogió como un ovillo. Se agazapó como un niño que se comprime en un feto, luego se volvió un embrión del tamaño de una pepita de pimienta, que se descompuso en un cigoto y luego no fue más que serpentinas de ADN y una cola.

Descubrió que cuanto menos de ella quedara, menor era el dolor que podían causarle.

El canto de un gallo despertó a Will Lucero mucho antes del amanecer. El gallo alborotó a un perro y empezó una competencia de aullidos y quiquiriquís que se extendió durante horas enteras. Will metió la cabeza entre dos almohadas, pero era imposible tratar de dormir con todo el ruido que había afuera. Cuando el sol comenzó a iluminar los bordes de las polvorientas cortinas de la ventana de su habitación de alquiler, ya llevaba dos horas despierto, pero no estaba molesto en lo absoluto. Tan pronto puso los pies sobre el fresco piso de baldosín, tuvo la sensación de que estaba despertando a un mundo diferente del que había dejado cuando se fue a dormir la noche anterior. En algún momento de la noche se había despertado y le había puesto palabras a los sentimientos absurdamente prematuros que se habían apoderado de él durante la última semana.

Me estoy enamorando.

Cuando estas tres palabras tomaron forma en su cabeza, atravesaron la habitación como una fila de luciérnagas, zumbando y haciendo ruido con su misteriosa luz. Su llegada lo dejó asombrado y no pudo hacer otra cosa que repetirlas una y otra vez, mientras observaba su despliegue secreto de fuego y magia.

Era lo más cercano al poderoso "flechazo" sobre el que recordaba haber leído en *El padrino*: Michael Corleone ve por primera vez a Apollonia durante un viaje a Sicilia y, de repente, como si le hubiese caído un rayo cegador, queda convertido en un hombre tan enamorado que no puede recordar ni su propio nombre. Aunque esta no era exactamente la misma situación, pensó Will. Había llegado por primera vez a la oficina de Mónica a finales de mayo, lo que significaba que la conocía desde hacía poco más de un mes. Sin embargo, podía reconocer la parte de verdad que había en la ficción. Eso de enamorarse realmente lo manda a uno a otra dimensión. La prueba era que le parecía divertido, incluso hasta encantador, el hecho de despertarse con el canto de un gallo de campo, dos horas antes del amanecer.

Observó su cara en el espejo, mientras se cepillaba los dientes y después se enjuagaba la boca con agua de botella. El nuevo estado de su corazón no parecía para nada una deslealtad con Ivette. Desde hacía algún tiempo había comenzado a pensar que el alma de Ivette ya estaba en el siguiente estadio, esperando por él. Además creía que era Ivette quien le había mandado este regalo, porque veía que a él todavía le quedaba mucho tiempo en la tierra.

Will levantó la vista hacia las tejas de barro del techo. "Ivette", moduló con los labios. "Gracias, mi amor".

Silvia no lo veía de esa manera, claro, pero Will decidió no preocuparse; no había necesidad de pensar en eso a estas alturas. Por ahora sólo quería disfrutar de la sensación de estar totalmente prendado, similar a lo que se siente cuando uno se mete en una tina caliente durante un frío día de invierno.

Will se puso sus sandalias, tomó la afeitadora, la crema de afeitar, el jabón y la toalla y atravesó el corredor hasta la ducha comunal. Adentro no había luz eléctrica, pero la luz del sol entraba por los huecos del muro de ladrillo que subía hasta el techo y dejaba algunos espacios para ventilación. La ducha tenía una sola llave y una sola temperatura del agua: helada. En ese momento Will recordó la sugerencia de la encargada de que se ducharan en la tarde, pues su manera de calentar el agua helada que salía del pozo era bombearla hasta una enorme cisterna que había afuera y estaba pintada de negro para absorber el calor del sol durante el día. Pero él era una criatura de costumbres, así que metió una pierna debajo del chorro, hizo una mueca y se obligó a meterse totalmente debajo. La piel de los brazos y el pecho se le erizó. Casi grita al sentir las agujas de agua rebotando contra su pecho y se jabonó y enjuagó en un tiempo récord.

Mientras se duchaba, se preguntó si Mónica habría pensado en él cuando puso la cabeza en la almohada la noche anterior. Sintió que se calentaba un poco allá abajo, al recordar cómo la había abrazado durante un momento al despedirse. Will se sorprendió por la rapidez de la reacción de su cuerpo ante el recuerdo, considerando que estaba parado debajo de un chorro de agua helada.

Después de secarse con una toalla, el aire caliente y cargado de sal se llevó la sensación de frío. Una nube cruzó por su alegre humor matutino, cuando pensó en las dificultades que podría enfrentar este nuevo comienzo: Mónica no se sentía cómoda con las circunstancias de Will; eso lo había dejado bastante claro anoche. Sin embargo, Will comprendía que había ingresado a un intoxicante espacio de infinitas posibilidades que normalmente era privilegio de la juventud, en donde algunos aspectos del futuro todavía podían ser influenciados por la astucia, la imaginación y la suerte.

LA POSADA ERA una construcción cuadrada, al estilo de las viejas casas coloniales españolas, y tenía un frondoso patio en el centro. Las habitaciones estaban alrededor del patio y daban sobre un corredor amueblado con sillas de mimbre y mecedoras, todas un poco desvencijadas. Will encontró a Bruce sentado en el corredor, tomando café y hablando con un anciano. Los dos estaban mirando al jardín, que resonaba con los extraños cantos, trinos y ruidos de los pájaros tropicales, las ranas y los insectos.

No había muchos huéspedes en la posada. En el comedor Will consiguió una taza de café y una tajada quesadilla, un delicioso pan dulce cubierto de semillas de ajonjolí. Pensó en el día que le esperaba: más reuniones con el personal de la Clínica Caracol. Tenía que llamar al trabajo. Se había marchado en el punto culminante del proyecto victoriano de Mystic y aunque su padre y su hermano le habían dicho que no se preocupara, tenía serias dudas sobre su capacidad para manejar las finanzas de la compañía en su ausencia.

A pesar de la tensión ocasionada por la situación de Ivette y la clínica, el viaje era como unas inesperadas vacaciones mentales. El Salvador le parecía un país bonito, al menos estaba impresionado con la belleza natural que había visto en el trayecto desde la capital: los imponentes volcanes, la frondosa vegetación de las montañas y la pureza oscura y desolada de Negrarena. Le sorprendía la cantidad de comercio que se veía en la capital. Su único punto de referencia era Puerto Rico, pues no había estado en ningún otro lugar de América Latina. A pesar de que Puerto Rico era parte de los Estados Unidos, los dos lugares se parecían en las sólidas construcciones de concreto de los barrios de clase media, en las rejas de hierro que había en las ventanas, en los muros y las portadas y el espeso follaje que se mecía con la brisa tropical. Pero ni siquiera los puertorriqueños más ricos tenían siempre sirvientas que vivían en la casa, lo cual era muy común entre los salvadoreños de clase media. "Aquí hasta las muchachas del servicio tienen muchacha", había dicho Bruce. "Tener una muchacha que viva en la casa de uno y trabaje tiempo completo, seis días a la semana, cuesta cerca de ciento veinte dólares al mes. Yo pago casi lo mismo en Connecticut por que alguien venga a hacer el aseo una vez a la semana".

La parte para la que Will no estaba preparado era la impresionante pobreza que se veía por todas partes: niños corriendo desnudos por la calle, pequeñas chozas de adobe y madera, o las ocasionales barriadas de casas hechas de hojalata y cartón. En la calle había hombres descalzos que vendían enormes bultos de carbón o leña que llevaban sobre los hombros, como Atlas sosteniendo el mundo. Y a pesar de los avisos que anunciaban marcas americanas, el lugar tenía un cierto carácter natural: la sensación de que sus orígenes estaban más cerca de la superficie, menos diluidos por el mundo exterior, que estaban más puros. Tal vez en la medida en que la mayor parte de la población no podía adquirir bienes importados, la cultura se había mantenido menos contaminada.

Will se sentó con su café y su pan caliente en una mecedora, junto a Bruce y el anciano. El viejo, que venía de Venezuela, tenía un bigote blanco que no cuadraba con sus espesas cejas negras. Dijo que su nieto estaba en Caracol, pero que no había respondido al tratamiento. Decía que había visto a dos pacientes que se habían levantado y habían salido caminando con sus familiares. Apuntó hacia la cara de Will con un dedo, se acercó bastante y dijo, en español: "Tu esposa puede regresar. Prepárate".

"¿Prepararme?"

El hombre asintió con la cabeza. "No va a ser la misma persona, ¿sabías?" Luego empujó el pulgar entre el índice y el dedo medio, como imitando el movimiento de una inyección. "El veneno actúa sobre el estupor cerebral como unos cables de inducción sobre la batería descargada de un auto", dijo y se señaló la cabeza.

"Una batería tiene que estar en cierto estado para aceptar la carga", contestó Will.

"Exacto", dijo el hombre. "Ese es el factor que se desconoce: ¿a esa persona todavía le quedará alguna capacidad? Y luego, ¿qué va a suceder cuando el cerebro reciba la carga? Uno de los pacientes se fue de Caracol convertido en un absoluto lunático, amarrado a una silla de ruedas hasta el cuello. Al venir aquí estás aumentando las posibilidades de un despertar, pero abandonando la posibilidad de que se produzca un despertar lento y natural. La persona queda alterada por el choque que recibe su capacidad de estar consciente".

Mónica apareció en el corredor justo cuando Will estaba recordando lo que ella le había dicho en Connecticut: *Sentí algo cuando le di el masaje, Will. Sentí vida.* Will sintió un pequeño escalofrío que lo recorrió de arriba abajo y se preguntó si habría sido tan obvio, pues notó que Bruce lo miró de manera extraña. Mientras que Mónica se aproximaba, Will se puso de pie y los dos hombres mayores siguieron su ejemplo enseguida.

"¿Todos ustedes oyeron el escándalo que hicieron el gallo y el perro esta mañana?" preguntó Mónica. Llevaba un vestido amarillo descubierto, ajustado en el torso, que le caía casi hasta los tobillos, y un collar blanco de conchitas en el cuello. Tenía el pelo recogido detrás de la cabeza y unos cuantos rizos se habían escapado y le colgaban en la base de la nuca. No llevaba nada de maquillaje, excepto un poco de brillo en los labios. A su paso dejaba un aroma a acetona y las uñas de sus manos y sus pies relucían con un fresco color rosa pálido. Los ojos se le veían hoy un poco más oscuros, verdes y con manchas, como la piel de un aguacate. Will entrelazó las manos detrás de la cabeza y se atrevió a lanzarle una mirada larga y llena de deseo, mientras que Bruce lo observaba fijamente. Mónica era la imagen más refrescante que había visto en la vida: limpia, sencilla y hermosa. Su presencia emanaba frescura y gozo sensual: la imagen de una cascada en medio de un día caliente y sofocante.

Los hombres mayores gruñeron al oír la referencia a los animales, y el anciano dijo que había tenido la intención de buscar un machete para cortarle la cabeza al gallo, pero que no había tenido suerte porque estaba tan oscuro que era imposible encontrar cualquier cosa. Mónica se rió y besó a su padre en la mejilla. Luego levantó la vista. "¿Y tú, amigo mío?" le dijo a Will.

"Hoy me desperté como si fuera un hombre nuevo", dijo. "Vamos. Te mostraré dónde tienen el café". Mientras que Mónica lo seguía hasta el comedor, Will se preguntó si lo que sentía subir y bajar por su cuerpo y detenerse en algún lugar en el centro era realmente la mirada de Mónica, o sólo su propio recuerdo de lo que había sentido al mirarla anoche.

Para revivir la sensación de intimidad y camaradería de anoche, Will pensó que lo mejor sería retomar la conversación en el punto en que la habían dejado. "¿Y qué hay de la esposa de Maximiliano?" le susurró a Mónica, mientras que una muchacha ponía otra bandeja de pan de quesadilla sobre la mesa del comedor.

Mónica lo miró, sorprendida. "¿Qué pasa con ella?"

"Dijiste que tenía mujer. ¿Qué sucedió con ella?"

"¿Podemos hablar de eso después de que me tome mi café? Cuéntame cómo va Ivette".

Will se sirvió otra taza de café y le dio un sorbo, luego le pasó a Mónica un juego de cubiertos. "¿Y qué te hace pensar que yo quiero hablar sobre el cautiverio de Ivette antes de tomarme mi café?"

Mónica golpeó suavemente la taza de Will con su taza vacía, para hacerlas sonar. "Esa es tu segunda taza". Will notó que Mónica examinaba con cuidado el interior de la taza y luego tomó una servilleta y la limpió, antes de permitir que él le sirviera el café.

"¿Por qué hiciste eso?"

"Había pedacitos de insectos", dijo sonriéndose. "Bienvenido a la selva".

* * *

Bruce y Will se fueron para Caracol a las ocho, pero Mónica decidió quedarse en la posada toda la mañana. Un motorista vendría a recogerla alrededor de las once. Mónica sintió una oleada de alivio al tener un poco de tiempo para ella misma, después de toda la excitación de los últimos días.

Se sentía satisfecha por la actitud contenida que había mantenido la noche anterior y resolvió tratar de evitar estar a solas con Will. Pensó en Ivette y trató de imaginarse cómo habría sido la vida de Ivette con Will. ¿Serían felices? Mónica no estaba segura, pero suponía que debían haber sido felices, aunque de una manera normal, no extraordinaria. Silvia le había mostrado algunas fotografías que tenía por ahí para tratar de ayudar a Ivette a recordar su propia vida. Mónica pudo ver que Ivette realmente era muy bonita y muy sociable. Incluso había visto unas cuantas fotos de sus antiguos novios. "Will entiende", había dicho Silvia. "El hecho de mostrarle estas fotos le puede ayudar a reconstruir su pasado". Pero una de las fotos del montón había hecho que Silvia frunciera el ceño, una en la que Ivette estaba tomada de la mano de un cazador alto y de pelo oscuro, que sostenía un faisán muerto en la otra mano. Silvia había golpeado la superficie de la foto y había dicho: "Pero, ¿por qué querría ella recordarte a ti?" Y había vuelto a poner la foto entre el montón.

Mónica pensó que sería un privilegio ser testigo de la improbable recuperación de Ivette, presenciar cómo la imposibilidad se convertía en milagro, observar cómo el vacío del dolor se llenaba de alivio, gratitud, asombro y amor. Sería un regalo para todos ellos, una señal de que Dios no era cruel ni pasivo, que Él también ponía de su parte. Al sentirse atraída hacia Will, Mónica podía entender la belleza y la luz a las cuales regresaría esta chica. Eso le permitiría celebrar el milagro con más fuerza. Will era de Ivette y Mónica no quería codiciar a alguien que pertenecía a otra persona, en especial alguien tan impotente como Ivette.

Se sentó en una de las mecedoras del corredor, a escuchar el canto de los pájaros del patio, mientras ojeaba un diario local. Pensó que tenía que llamar al trabajo y también a Paige, Marcy y Kevin. Estaba a punto de levantarse para averiguar qué necesitaba para usar un teléfono público, cuando recordó los catálogos de conchas. Tenía ganas de tomar más café, así que fue hasta su habitación a buscar los catálogos y luego se sentó otra vez en la mecedora, mientras ojeaba perezosamente las páginas que todavía no había visto, deteniéndose solamente cuando se encontraba con nuevos descubrimientos de moluscos y entrevistas con biólogos marinos.

Lo que llamó su atención acerca del *Hexaplex bulbosa*, o múrex hinchado, fue que había sido descubierto en Costa Rica. La mayor parte de los nuevos descubrimientos tenían lugar en aguas de los océanos Índico y Pacífico; los descubrimientos hechos en Centroamérica eran más escasos. Este caracol tenía bandas rosadas y un cuerpo inusualmente hinchado, con un pie largo y enormes espinas con bordes dentados. Mónica lo estudió durante un momento y revisó rápidamente el texto que había debajo y estaba en una letra horriblemente pequeña. Estaba a punto de pasar la página, cuando una palabra atrajo su atención como una puntilla que estuviera clavada en medio de la hoja. Cuando reaccionó, ya le había dado vuelta a la página, así que se devolvió enseguida, mientras se preguntaba si no habría sido producto de su imaginación. Si la página se hubiera pegado a las otras, Mónica habría dejado las cosas así, pero no, ahí estaba, al final del párrafo. El nombre del investigador que lo había descubierto.

"Borrero".

Mónica sacudió la cabeza. ¿Qué posibilidades había? Y en Centroamérica.

El protocolo científico no obligaba a incluir el nombre de pila del investigador, así que el catálogo no ofrecía más información. ¿Acaso uno de sus primos lejanos se había dejado inspirar por la colección de su madre en Caracol? Ciertamente eso era posible. Pero llegar a descubrir una nueva especie de molusco era la labor de alguien muy ambicioso. Si Bruce insistía en mantener en secreto sus nexos con la familia Borrero, entonces Mónica tendría que investigar por su lado. No era tan difícil, teniendo en cuenta que estaba pensando llamar a Paige, que coincidentemente era una investigadora extraordinaria. Paige trabajaba en la oficina de desarrollo de la Universidad de Connecticut, buscando financiación para proyectos, y tenía acceso a todo un universo de revistas, bases de datos y archivos comerciales y académicos que no estaban abiertos al público. Mónica volvió a mirar la foto del molusco. Había sido encontrado en una expedición de investigación cerca de la costa panameña, en aguas de Costa Rica, en 1999.

Borrero.

Mónica decidió no tomarse la otra taza de café y corrió a buscar un teléfono.

LA CARA DE LETICIA RAMOS le pareció ligeramente conocida. Debía estar en sus cincuenta y era una mujer bajita y regordeta, con el pelo canoso agarrado en una moña. Cuando sonreía, enseñaba una fila de dientes blancos como de laboratorio, tan perfectos como las teclas de un piano, que relumbraban contra su piel morena. Bruce y Will estaban sentados en los dos asientos que tenía frente al escritorio. Bruce había terminado de entrevistarla. Mónica sintió la tensión que había en el aire cuando se paró en la puerta. "¿Puedo entrar?" preguntó.

Will se levantó y le ofreció el asiento. Mónica aceptó y se sentó, mientras que un miembro del personal traía otro y luego regresaba con una bandeja con tazas de café para todos. "Espero no estar interrumpiendo", dijo Mónica. "Parecía como si estuvieran terminando".

"Así es", se apresuró a decir Leticia. Will le lanzó a Mónica una mirada que sugería lo contrario. Will llevó la conversación hacia temas de reglamentación y responsabilidad, mientras que Mónica, que se sentó a observar la escena en silencio, notaba las manchas de sudor que se iban formando en la ropa de Leticia Ramos, bajo los brazos. Mónica estudió la cara de la mujer. Estaba segura de que la había visto antes. Pero ¿dónde? Estaba relacionada de alguna manera con los Borrero, pero no era de la familia, de eso estaba segura. ¿Acaso estaría vinculada a la familia a través de una relación conyugal? ¿Sería la segunda esposa de alguien? ¿O la ex esposa?

"Cuando quieran", dijo una voz desde el corredor.

Los hombres se pusieron de pie. "Esta es mi hija, la Dra. Fernanda Méndez", dijo Leticia. "Ella es el cerebro detrás de esta clínica".

Así que *sí había* una Fernanda de carne y hueso detrás del viejo alias. Mónica se volvió y miró hacia atrás. Le tomó menos de un segundo entender quiénes eran estas mujeres. Fernanda tenía más o menos su edad y se parecía mucho a Leticia, excepto por una cosa: los inolvidables ojos anaranjados de Maximiliano Campos.

Mónica se levantó y extendió la mano. "Mucho gusto, yo soy Mónica, la hija de él", dijo y señaló a Bruce. "Su cara me resulta familiar", se atrevió a decir Mónica. "¿Por casualidad fue a la escuela en un pueblito llamado El Farolito?"

La mujer sonrió y dejó ver una fila de dientes diminutos y manchados de café, que eran demasiado pequeños para su boca. "Así es, yo viví en El Farolito", dijo y guardó silencio, esperando la reacción de Mónica.

"Viví con mi tía durante un tiempo y estuve matriculada en la escuela de El Farolito unos cuantos meses", mintió Mónica. "Yo era muy callada, así que probablemente usted no me recuerda, pero nunca olvido una cara". Mónica no se atrevió a mirar a su padre, para no tener que enfrentar la mirada de desaprobación.

"¿Recuerda quién era su profesora?" preguntó Fernanda.

"Ay, Dios, no me acuerdo".

"Bueno, entonces tendremos que reencontrarnos mientras está aquí", dijo Fernanda. "Podemos hablar sobre los viejos tiempos". Entornó los ojos al decir esto último y luego hizo una pausa y ladeó la cabeza. "Me sorprende que yo no la recuerde. El Farolito es un pueblito pobre, perdido en la mitad de la nada. Alguien como usted, con esos ojos tan verdes, habría llamado mucho la atención".

Mónica se rió entre dientes, pero no dijo nada. Bruce le lanzó una mirada de advertencia, se levantó y se dirigió hacia la puerta.

"¿Qué relación tienen ustedes dos con los Borrero?" preguntó Will de manera desprevenida, mientras metía las manos en los bolsillos y le daba a Mónica un golpecito casi imperceptible en el zapato, en señal de complicidad.

A Fernanda se le hincharon de orgullo el pecho y la voz. "Mi abuela fue la nana de varios Borrero, entre ellos Alma Borrero. Y después cuidó a Magnolia Borrero, en sus últimos años".

"La abuela paterna", aclaró Leticia.

"Sí y doña Magnolia Borrero le dejó a mi abuela una buena suma de dinero con la que me pagó la universidad. Así que mi madre y yo tenemos vínculos muy cercanos con la familia. Mi padre fue la primera persona que me habló del potencial del veneno de los caracoles", dijo Fernanda, con las manos en las caderas, mientras le brillaban esos ojos anaranjados. "Los Borrero ya eran unos importantes coleccionistas de conchas marinas y además tenían las instalaciones, el capital y el interés de hacer un estudio del veneno. Fue una unión ideal".

"Y hablando de uniones...", dijo su madre con cierto sonsonete y sonrió de oreja a oreja. Mónica no pudo evitar pensar que era una lástima que Fernanda no hubiese heredado esos dientes tan fabulosos.

Fernanda le hizo un gesto de descalificación a su madre, con cara de sentirse incómoda, pero Leticia insistió. "Fernanda está comprometida con uno de los sobrinos de doña Borrero", dijo con orgullo. "Él es químico".

"¡Felicitaciones!" dijeron todos y Fernanda se sonrió con aire de modestia.

De repente Mónica notó el soberbio anillo de compromiso que Fernanda tenía en su dedo regordete. Con un diamante de tres quilates, ya era bastante grande para estándares americanos, pero para estándares salvadoreños era como una pieza de museo.

"¡Qué interesante!" fue lo único que logró decir Mónica. "¿Y su abuela todavía vive?"

"Sí, aunque está muy viejita", dijo Fernanda. "Trabaja en la planta de lácteos Borr-Lac, que no está lejos de aquí. Está tan vieja que realmente no tiene ninguna función, pero ella detesta estar sin oficio. Así que los Borrero la mantienen en la nómina debido a que es una reliquia familiar".

De repente Fernanda juntó las manos e hizo un ruido que señaló que ya estaba bien de charla y tenía cosas más importantes que hacer. "Entonces, Sr. Winters, Sr. Lucero, ¿sobre qué quieren que hablemos hoy?"

"Quiero que hablemos sobre aptitud y competencia", dijo Will e imitó de manera burlona el gesto autoritario que ella acababa de hacer. "Quiero que me convenza de que usted sí sabe lo que está haciendo".

Fernanda apretó los labios y asintió con la cabeza. Luego señaló el corredor. "Mi oficina está al fondo del corredor, a mano derecha", dijo y le hizo una seña a Will. "Por favor, sigan por ahí". Todos salieron al corredor. Will y Bruce entraron a la oficina y Fernanda los siguió y cerró la puerta.

Mónica y Leticia Ramos se quedaron solas en el corredor. Leticia se volvió lentamente hacia Mónica, con la cabeza hacia un lado, como si alguien la estuviera llamando desde lejos. Parpadeó dos veces y luego sonrió de manera extraña, con una sonrisa fría que sólo dejaba ver los dientes. "Encantada de conocerla... Mónica... Winters", dijo. Y al oír la manera como pronunció su nombre, con ese tono lento de sorpresa, Mónica entendió, sin lugar a dudas, que la esposa de Maximiliano Campos acababa de recordar exactamente quién era ella.

EL ENCUENTRO DEJÓ a Mónica muy perturbada. Se preguntaba si Bruce habría establecido la relación de las dos mujeres con Max o si realmente estaba tan distraído como parecía mientras tomaba notas apresuradas. Leticia Ramos, el único miembro del personal de Caracol que podría recordar a Alma cuando estaba viva, había reconocido el parecido entre madre e hija. Con seguridad ella se lo diría a alguien y la noticia les llegaría a los tíos Borrero, los mismos que habían sacado a Mónica del testamento. Pero ¿qué importaba? Después de que Bruce saliera de la oficina de la Dra. Méndez, seguramente ya tendría todo el material que necesitaba para escribir su reporte. Y, de todas maneras, los dos regresarían a casa en pocos días. Además, Mónica no había venido a reclamar una parte del imperio ni a desacreditar el programa. Al menos todos tenían una cosa en común: todos querían que el programa con el veneno de los caracoles funcionara.

Mónica suspiró. Tal vez, sólo tal vez, toda la historia del dinero tenía dos caras; tal vez había habido un malentendido en algún punto. Pero, según Bruce, los Borrero la habían borrado de la familia. No, sin duda los Borrero se sentirían amenazados por su presencia en El Salvador. Mónica decidió no contarle a Bruce sobre su experiencia con Leticia. Eso sólo lo pondría más nervioso de lo que estaba.

Así que la vieja nana Francisca todavía andaba por ahí, pensó Mónica, con una mezcla de nostalgia y alegría. Francisca había terminado tan agotada después de criar diablillos como Alma, Max y otros de los Borrero que, cuando le llegó el turno de criar a la pequeña Mónica, siempre tan tranquila, se portó como una especie de abuela cariñosa pero cansada. Mónica pensó que definitivamente le gustaría hacerle una visita.

Se dirigió a la recepción y miró el reloj. Tres de la tarde. A esta hora Paige ya debía haber pasado toda la hora de almuerzo desenterrando información acerca del caracol costarricense. Mónica se imaginaba que quien había registrado al molusco debía ser el prometido de Fernanda, el químico. ¿Cuál de sus primos sería? se preguntó. La doctora no había mencionado el nombre. Mónica revisó el inventario de sus primos segundos Borrero, pero no tenía ningún recuerdo muy claro, sólo una visión borrosa de un puñado de chiquillos de colegio. ¿Rodolfo? No, demasiado joven. ¿Alejandro? Marco, tal vez. Se preguntó qué habría cambiado en el orgulloso código de comportamiento de los Borrero para permitir que este muchacho se casara con una persona de una posición social tan distinta. Tal vez sólo era otra manifestación de la manera como se repite la historia, tal vez este primo era el rebelde de esta generación y Fernanda era el nuevo Max.

Al mirar los ojos tan conocidos de Fernanda, Mónica había tenido la sensación de estarse sumergiendo en el pasado, de estarse acercando rápidamente a algo; como cuando uno está montado en la montaña rusa de un parque de diversiones y no sabe dónde va a estar al minuto siguiente.

En la recepción de la Clínica Caracol, frente a la exhibición de conchas marinas, había un teléfono público. Mónica miró el reloj y sacó la tarjeta telefónica de la cartera.

"POR FAVOR, ¿podría hablar con Paige Norton, en la oficina de Investigación para el Desarrollo?"

"Mónica".

"¿Aló? ¿Aló? ¿Aló?"

"¿Aló? Paige, ¿puedes oírme?"

"¿Mónica? Casi no te oigo".

"¿Mejor ahora?"

"Sí, hola. Escucha, tengo una reunión en unos segundos, así que no puedo hablar mucho, pero la buena noticia es que lo encontré. El caracol fue registrado en la Asociación de Conquiliología de América en 1999, a nombre de alguien llamado Alma Borrero, que coincidentemente también es miembro actual de la Asociación y tiene su cuota al día, pagada hasta el próximo mes".

Mónica se mordió el labio inferior.

"¿Todavía estás ahí?"

"Sí".

"Como eso no tenía ningún sentido, llamé a la Asociación de Conquiliología. Resulta que esta tal Alma Borrero escribió un artículo que va a aparecer en el próximo número de su revista y que describe los efectos adversos de las conotoxinas biofarmacéuticas sobre el sistema nervioso humano. Me enviaron un resumen y dice algo acerca de que el tratamiento causa agresión extrema en los estudios de prueba con ratones".

Mónica estaba sentada en una banca acolchada que había cerca del teléfono público. Mientras escuchaba, jugaba nerviosamente con la tarjeta telefónica, dándole vueltas entre los dedos. Hizo tanta presión sobre los bordes de la tarjeta plástica que se dejó una línea blanca en las yemas del pulgar y el índice. Mientras apretaba más, susurró: "No hay nadie más en la familia Borrero que se llame Alma. En todo caso, ningún adulto".

"¿Podría ser un nombre de casada?" preguntó Paige. "¿Qué tal si alguien está usando el nombre como seudónimo? O tal vez se trata de alguien que no está emparentado contigo... ¿Borrero es un apellido común? ¿Como López o Martínez?"

"En lo absoluto", dijo Mónica, mientras recogía los pies descalzos debajo de su vestido amarillo.

"Me tengo que ir, amiga. Pero me quedaré un rato esta noche y yo misma buscaré el nombre. Tengo curiosidad por ver qué otra información encuentro sobre esta persona".

Mónica colgó y fue a sentarse en uno de los sofás de la recepción. Sacó el catálogo de su bolso. Lo abrió sobre las piernas y fue directamente a la página donde aparecía el *Hexaplex bulbosa*, cuya esquina había doblado. Esa sencilla cochita se había convertido de repente en una cajita de secretos calcificada. Se quedó ahí durante un momento, tratando de aclarar la mente, de entender este extraño acertijo y de calmar sus nervios cada vez más agitados. Para acabar de completar, Paige había encontrado que había una controversia acerca del uso de las conotoxinas en humanos, un descubrimiento que ni siquiera su padre había logrado hacer, o que deliberadamente había olvidado mencionar.

A pesar del aire caliente que la rodeaba, Mónica sintió un escalofrío que le subía por los brazos. Sintió la presencia de miles de conchas marinas que, enrolladas alrededor del eje de su propio pasado misterioso, brillaban bajo la suave luz de las vitrinas de la recepción. Volteó la cabeza y sintió como si algo, o alguien, estuviera acercándose; como el viento que sopla a lo lejos entre los árboles murmurando: *nunca encontraron su cadáver*.

El catálogo se le resbaló de las piernas y aterrizó bocabajo sobre el piso de baldosas. Mónica no lo recogió, sino que se quedó totalmente inmóvil, con la espalda recta. Sus ojos verdes parpadearon al observar con incredulidad las vitrinas de vidrio, donde sintió como si todos esos labios rosado pálido hubiesen abandonado de repente su estado de calcificación para enrollarse alrededor de esas palabras, antes de regresar a su reino de silencio y misterio. Se quedó así durante un largo rato, hasta que Will apareció, se sentó junto a ella, la agarró de la mano y le preguntó si todo estaba bien.

MÓNICA HABÍA ACCEDIDO a darle un masaje a Ivette y a otros tres pacientes a las cinco de la tarde. Como la cabeza no dejaba de darle vueltas, agradeció la oportunidad de darle oficio a sus manos. Ella era de las que creía en que la tarea más difícil siempre hay que hacerla primero, así que decidió comenzar con Ivette.

Los ojos de Ivette habían dejado de moverse de un lado a otro, pero ahora eran las manos las que mantenían un extraño movimiento casi constante, como si estuviera escarbando. La piel parecía haber tomado una coloración amarillenta y tenía los labios secos y tiesos. Will mojó una toalla en una taza de agua y le humedeció los labios. Mónica le ofreció su protector de labios favorito y más tarde lo botó en la papelera del baño, como si se hubiese contaminado del aciago destino de Ivette.

"¿Puedo ayudar con el masaje?" preguntó Will, mientras trataba de apaciguar una de las frenéticas manos de Ivette.

"Claro", dijo Mónica. "Sube los pies de la cama a un pie de altura". Después de elevar la piernas de su esposa, Will tomó entre sus manos uno de los diminutos pies, tal como había hecho el día del primer masaje.

"Mira esas manos", dijo. "No dejan de escarbar. ¿Cómo puedo hacer para que se relajen?"

"Podemos masajearle las manos al mismo tiempo. El hecho de que a uno le masajeen las dos manos, o los dos pies, simultáneamente produce una sensación muy agradable". Mónica señaló hacia la mesita de noche. "Toma un poco de crema".

Aparentemente funcionó, pues las manos de Ivette se quedaron quietas casi de inmediato. Poco después, Mónica regresó a la conversación con Fernanda Méndez y a lo que Paige había dicho por teléfono. Mónica estaba trabajando sobre el dedo meñique de Ivette, cuando Will dijo: "Relájate, amor" y, por un momento, Mónica pensó que estaba hablándole a ella. Cuando se dio cuenta de su error, sintió que el estómago se le revolvía. Como si pudiera leer lo que estaba pasando por la cabeza de Mónica, Ivette retiró abruptamente la mano de la de Mónica y volteó lentamente la cabeza hacia Will.

Will fijó los ojos en algo que estaba detrás de Mónica.

Mónica dio media vuelta y vio un ventilador eléctrico que estaba sobre una cómoda y que oscilaba sin hacer ruido, moviendo el aire sobre ellos. Mónica se volvió otra vez hacia Will y dijo: "Ya sé lo que estás pensando y no, no fue el aire frío. Will, yo creo que ella quiso alejarse de mí".

Will negó con la cabeza. "Si pudiera hacer eso, entonces podría levantarse de esa cama y preparar un emparedado de jamón. Estás cansada, Mónica, puedo verlo en tus ojos. ¿Por qué no duermes un poco?"

Mónica se sobó los ojos. "Tengo otros tres pacientes. Ahora, quítate de mi camino". Will se sentó en una silla al otro lado de la habitación y abrió un periódico. Después de un rato, salió.

Poco después de que se fue, los dedos de Ivette volvieron a comenzar su incesante movimiento de excavación. Mónica le estaba masajeando la parte delantera de un muslo, perdida otra vez en sus pensamientos, cuando una mano delgada y blanca como un papel se cerró sobre su muñeca y luego la apretó con fuerza. Mónica reaccionó como si se hubiese quemado: gritó y quitó rápidamente el brazo. Se frotó la muñeca, mientras inspeccionaba la cara de Ivette, buscando algún signo de vida. Pero nada. Sus ojos cafés parecían tan vacíos como los de una muñeca.

Mónica estaba tan enervada que acortó el masaje. Evadió a Will, empacó sus cosas y le dijo a la enfermera de turno que no se sentía bien y que dejaría el resto de los masajes para los dos días siguientes. Encontró al motorista y regresó a la posada. Se acostó y se durmió casi enseguida, sin soñar nada.

"VAYAMOS OTRA VEZ a esa tiendita", dijo Will, cuando se paró afuera de la puerta de Mónica, dos horas después. "Quiero una cerveza".

"Gracias, pero no". Mónica abrió un poco la puerta. "Estoy

cansada, tuve que arrastrarme hasta aquí desde la clínica. Tal vez mi papá quiera ir".

"La compañía de tu papá no me hace tan feliz como la tuya".

Mónica encogió los hombros. "Es hora de acostarse. Ver un poco de televisión".

"No hay televisión en las habitaciones, sólo ese minúsculo televisor en blanco y negro que hay en el comedor y ya hay cinco mujeres pegadas a la pantalla viendo la estúpida telenovela".

"Entonces, ¿qué quieres de mí? ¿Que te dé un libro de colorear y unos colores?"

Will miró el reloj. "Son las ocho de la noche. ¿Qué se supone que debo hacer durante las próximas dos horas?"

"Comienza un diario". Mónica se tapó la boca y bostezó. "¿O preferirías estudiarte uno de los catálogos de conchas?"

Will la agarró de la muñeca. "Ponte zapatos, vas a venir conmigo".

"¿Perdón?"

"Tú eres la originaria en este aburrido pueblo. Si no me vas a llevar a bailar, entonces lo mínimo que puedes hacer es invitarme a una cerveza".

Mónica respiró profundo y le lanzó una intensa mirada a Will, con la esperanza de transmitirle todas las razones por las cuales no deberían estar a solas. Pero no funcionó, porque él sólo se quedó mirándola, con las cejas levantadas en señal de ansiedad.

"Está bien, una cerveza". Miró el reloj y fingió que bostezaba. "Ojalá que la historia de tu vida no tome más de una hora".

MÓNICA PENSÓ que si podía mantener el control de la conversación, podría hacer que la noche fuera agradable y estuviera libre de momentos incómodos y comprometedores. "Enton-ces, ¿dónde conociste a Ivette?" comenzó Mónica. "Me pareció oír que Silvia dijo que ella trabajaba para ti".

Will le dio un sorbo largo a su cerveza y se acomodó en la silla del modo en que lo hacen algunos hombres cuando están a punto de contar una historia larga. "Yo tenía diecinueve años", comenzó. "Abandoné la carrera de ingeniería en la universidad y comencé a trabajar como jefe de departamento en una tienda grande. Ivette trabajaba para mí medio tiempo. Estaba comen-zando su primer año de universidad en una institución local y, cuando comenzamos a salir, me empezó a acosar para que re-gresara a mis estudios. Y la cosa funcionó, porque al semestre siguiente yo estaba de vuelta, pero esta vez en el programa de administración de negocios. Mis padres estaban felices, ella era inteligente, bonita, amable y una buena influencia para mí. Y el hecho de que fuera descendiente de puertorriqueños era como una cereza inmensa en la punta del helado".

"¿Crees que eso tiene importancia?" preguntó Mónica.

"Hasta cierto punto. Es más fácil entenderse entre La-tinos".

"¿Y cuándo decidiste casarte? ¿Fue amor a primera vista?"

Will se rió. "Pareces como el coro de *Grease*".

" 'Tell me more, tell me more' ", cantó Mónica.

"Primero necesito un cigarro", dijo Will y se levantó. "¿Tú también quieres?"

Mónica negó con la cabeza. "Esta noche no, gracias".

Cuando se sentó nuevamente, con el último cigarro de la tienda entre los labios, volvió a adoptar la posición de contar un cuento largo y le dio una buena chupada al cigarro.

"Entonces, ¿cómo supiste que Ivette era la elegida?" pre-guntó Mónica.

Will levantó la vista lentamente. A juzgar por su expresión, Mónica se dio cuenta de que estaba a punto de confesar algo, aun antes de comenzar a hablar. Volteó la cabeza por un momento, botó el humo y dijo: "Lo increíble es que casi rompo el compromiso".

ESTABAN EN INVIERNO y Will había ido a visitar a un amigo que tenía un resfriado y estaba atrapado en su habitación del dormitorio de UConn, la Universidad de Connecticut. El amigo era el tipo de chico que prefería morirse antes que consultar a un médico y su novia lo había dejado hacía unos pocos días. Will estaba preocupado por él, así que decidió subir hasta el campus de la universidad después de una tormenta de nieve, desafiando las calles congeladas y peligrosas. La tarde estaba triste y oscura, pero de todas maneras Will atravesó los caminos llenos de nieve con sus botas de construcción, mientras los dedos se le congelaban de frío. Cuando llegó al dormitorio, la habitación de su amigo estaba vacía. Will dio una vuelta, revisó el baño y preguntó por él, pero nadie sabía dónde estaba. Media hora después, estaba a punto de darse por vencido. Cuando iba de salida, alcanzó a ver con el rabillo del ojo, a través de la ventana del corredor principal, el campo que había en la parte trasera del edificio. Se detuvo cuando vio la silueta de su amigo, al cual reconoció gracias a la chaqueta de nieve, parado en medio de una capa de nieve que subía cerca de cuarenta centímetros. El amigo acababa de cavar un corazón gigante entre la nieve y dentro del corazón había escrito, con letras del tamaño de una persona: "Te quiero, Alison". Estaba mirando hacia arriba y ocasionalmente lanzaba pelotas de nieve a una ventana de los pisos superiores. Aparentemente su gesto había sido ignorado por la desagradecida Alison. Una hora después, Will logró arrastrarlo hasta la enfermería, pero lo que lo aquejaba era algo mucho más serio que la amenaza de un resfrío.

Más tarde esa noche, Will soñó con aquel corazón tallado en la nieve. En su sueño se veía llenando el corazón con palabras para Ivette. Estaba tratando de escribir "Te amo", pero las letras se desorganizaban para expresar un sentimiento mucho menos halagador: "Me ato".

Will se despertó con un terrible sentimiento de duda que le pesaba en el pecho y preguntándose por primera vez si lo que sentía por Ivette sería algo distinto al verdadero amor. Tal vez, sólo tal vez, lo que él pensaba que era amor no era más que complacencia y comodidad. Preocupado, se tomó el día libre y se montó en un ferry que iba a Block Island, donde su hermano Eddie estaba pasando el fin de semana con su esposa. Will los encontró en su cabaña y les contó lo que había ocurrido. Con los puños apretados, se reprendía por no ser el tipo de hombre que se arriesgaría a pescar una neumonía por Ivette. "Tal vez el amor debería impulsarte a hacer locuras como esa".

Eddie y su esposa le aseguraron que, más que la demostración de un amor maduro, las payasadas de su amigo eran una manera de llamar la atención. Cuando se terminó el fin de semana, lo tenían convencido de que el gesto de su amigo no era una manifestación de pasión sino de inmadurez. Un año después, Will e Ivette estaban casados.

MÓNICA PENSÓ que Will ya había terminado su historia, pero de repente lo vio acercando más su asiento hacia el de ella, para continuar: "Cerca de un año después de la boda, comencé a trabajar con mi padre y con Eddie. Parecía sensato esperar un tiempo para tener hijos. Pero luego de cinco años, le dije a Ivette que estaba listo y que podía dejar de tomar la píldora cuando quisiera".

Por alguna razón que ella misma no comprendió, Mónica sintió la necesidad de desviar la mirada.

"Ivette tenía una amiga que estuvo a punto de morir al dar

a luz, así que se sentía muy atemorizada por la idea de tener hijos". Will bajó la cabeza por un momento. "¿Sabes, Mónica? Quisiera que hubiésemos tenido un hijo, porque así tendría una parte de ella". Will no la miró mientras decía esto, pero debido a la manera en que parpadeó, Mónica se dio cuenta de que se le aguaron los ojos.

"Dios, lo lamento", dijo Mónica. Y como no supo qué otra cosa decir, le hizo señas a la tendera. "Por favor. Necesito otra cerveza".

A MEDIANOCHE, cuando la tienda cerró, todavía estaban conversando. Mónica le contó hasta el último detalle del día: que Leticia la había reconocido, su conversación con Paige, lo que había encontrado en el catálogo de especímenes, la supuesta controversia que rodeaba el tratamiento con conotoxinas y que Paige había descubierto, y la inquietud que le causaba el hecho de que el nombre de Alma anduviera dando vueltas por ahí. Mónica le dijo a Will que había decidido ir a visitar a Francisca, la antigua nana de los Borrero. Francisca, la madre de Maximiliano Campos, había cuidado a Alma y a Mónica con cariño y paciencia durante varias décadas. También era la abuela de la Dra. Fernanda Méndez y podría brindarle una información que nadie más tenía.

"A Ivette le van a hacer unos análisis mañana por la mañana y ellos quieren que Silvia y yo no estemos por ahí", dijo Will. "Los motoristas de la clínica me dijeron que podían llevarme a donde quisiera si les daba algo de dinero. Te propongo que nos levantemos un poquito tarde mañana y vayamos a la planta Borr-Lac a eso de las diez".

Cuando el plan quedó decidido, las preguntas definidas y las teorías suficientemente discutidas, Will y Mónica se quedaron un rato en silencio. Will miró hacia la puerta, hacia el cielo lleno de estrellas y sonrió. "Ella sabe lo que está haciendo".

Mónica lo miró con desconcierto.

"Ivette. Ella planeó todo esto, este tortuoso camino que trazamos mientras seguíamos un rastro de migajas de pan y que nos trajo hasta este remoto lugar", dijo, mientras seguía mirando hacia el cielo. Luego señaló hacia arriba. "Allá es donde está la verdadera Ivette, ¿sabes?"

Mónica levantó la mirada hacia donde él estaba señalando, como si realmente pudiera ver la figura de una mujer joven flotando sobre la costa salvadoreña.

"Todo tiene una razón, Mónica, y tengo el presentimiento de que estamos a punto de averiguar por qué estamos aquí", dijo Will, luego puso la cerveza sobre la mesa y le lanzó una intensa mirada que expresaba claramente sus sentimientos. En ese momento Mónica entendió que lo que estaba pasando bajo la superficie era más profundo que una simple atracción física, tal vez era algo que estaba más allá de la admiración.

¿Cómo había sucedido esto? ¿Quién se suponía que estaba a cargo de vigilar que la leche no hirviera y se desbordara? Mónica creyó haber tenido cuidado.

Así que desvió la mirada y dijo, con tono de indiferencia: "Kevin y yo decidimos que vamos a ofrecer una fiesta en honor tuyo y de Ivette". Aplastó un mosquito con las manos y sonrió. "Después de que Oprah entreviste a Ivette". Luego fingió otro bostezo y esta vez trató de ser más convincente. Entrelazó los dedos y se estiró. "Hora de regresar. Estoy cansada".

Mientras iban de regreso a la posada, le dijo a Will que se alegraba de haber encontrado en él a un verdadero amigo. Se aseguró de repetir tres veces la palabra "amigo" y, cuando se desearon las buenas noches, se despidió sólo con la mano.

Después de acostarse esa noche y a pesar de sentirse más cansada de lo razonable, Mónica no pudo dormir. Aparte del maremágnum de emociones que le producía el hecho de estar en su país, estaba la presencia de Will y esa inquietante manera en que los dos estaban derivando hacia una cierta intimidad. La fría y aterradora manera en que Ivette le había agarrado la muñeca ese día le había servido para recordarle de quién era Will todavía.

Mónica quería ir a ver a Francisca Campos sola, pero Will insistió en que debía ir acompañada. Silvia no tenía nada que hacer por la mañana y a Mónica le preocupaba quedar mal con ella por excluirla del paseo. Will dijo que no había problema; había oído a alguien diciendo que iba a haber un festival religioso en un pueblo cercano que tenía el encantador nombre de El Delirio. Will le dijo a Mónica que invitara a Silvia, pero le advirtió que se asegurara de mencionar que las calles de El Delirio eran de piedra. "A Silvia le duelen mucho las rodillas", dijo Will. "Así que no querrá ir".

Sintiéndose casi como si estuviera haciendo una pilatuna, pero muy excitada por la idea de visitar a su vieja nana, Mónica hizo lo que Will le dijo. Le describió a Silvia lo que uno podía esperar de un festival típico de un pueblo salvadoreño: "Danzas folclóricas, música de marimba, pinturas elaboradas con aserrín en la plaza central y la imagen de un santo poco conocido, que por lo general estaba demasiado maquillado y desfilaba por las calles".

"Vayan ustedes, chicos", dijo Silvia, mientras se sobaba las rodillas. "Y no olviden pedirle a ese santo desconocido por nuestra Ivette". Sonrió con picardía y levantó las manos. "Uno nunca sabe".

Mónica sintió un ataque de culpa, pero luego recordó que uno de los objetivos de este viaje era saber más acerca de la clínica y el tratamiento que Ivette estaba recibiendo.

Bruce estaba trabajando en su computador en una oficina desocupada de la clínica, así que Mónica y Will se escaparon por la recepción y se montaron a una camioneta, con un motorista que los llevaría hasta la planta Borr-Lac y los traería de regreso por una suma equivalente a tres dólares.

EN LA RECEPCIÓN de Borr-Lac, Mónica dijo que quería hablar con Francisca Campos. Una supervisora de piso le dio a cada uno una redecilla para que se cubriera la cabeza y los llevó a través de la planta que el bisabuelo de Mónica había construido con sus dos hermanos en 1918.

Mónica se rió mucho al ver a Will con la redecilla puesta, pues hacía que le resaltaran las orejas.

"Tú tampoco te ves muy bien, señorita mesera".

La leche era transportada por tubos de plástico transparentes que pasaban de un tanque a otro, grandes ductos mamarios que alimentaban a todo el país. El olor de la leche recién ordeñada, espesa y llena de almizcle, hizo que a Mónica se le aguaran los ojos. El olor la llevó de regreso a la mañana en que el abuelo la había llevado a ver cómo ordeñaban las vacas, mucho antes de que existieran esas sofisticadas máquinas. Recordaba haber visto a los trabajadores subiendo a un camión las cantinas de aluminio llenas de leche y todavía calientes por el calor del cuerpo de las vacas. Ahora todo había cambiado, las instalaciones de la planta eran modernas e inmaculadas, incluso tenían aire acondicionado.

"Francisca está muy vieja", les advirtió la supervisora, mientras Will y Mónica la seguían a lo largo de un muro de bloques de queso empacados al vacío. "Normalmente no dejo entrar a la gente hasta aquí, pero a Francisca le cuesta mucho trabajo caminar. Es una especie de reliquia y por eso los jefes la dejan trabajar aquí. No es que haga mucho, porque tiene cataratas, pero no se quiere retirar. Aquí está... Doña Francisca, tiene visita".

Francisca se había encogido hasta convertirse en una viejita arrugada como una uva pasa. Tenía un lunar lleno de pelos grises en la barbilla. Apretó los labios mientras trataba de identificar sus caras y comenzó a tratar de levantarse de la silla. "Por favor, no se pare", dijo Mónica y se arrodilló frente a ella. "¿Se acuerda de mí? Yo era una niñita cuando usted me cuidó".

Francisca movió los labios y dijo algo entre dientes. Luego negó con la cabeza.

"Soy Mónica. La hija de la niña Alma".

La mujer abrió mucho los ojos. "Dios mío", dijo y se puso una mano en el corazón. "Así que es cierto que regresó".

"¿Conoce a estas personas?" preguntó la supervisora.

"Claro que sí", respondió Francisca, como si fuera la pregunta más estúpida que hubiese oído en la vida. Sonrió y estiró los brazos. "Mi niña. No la reconocí así, convertida en una mujer. ¿Este es su marido? ¡Qué guapo!"

Se abrazaron y Mónica sintió horror al ver que Francisca seguía refiriéndose a Will como si fuera su esposo, a pesar de que los dos insistieron en que eran sólo amigos. Peor aún, Francisca llamó a todo el mundo que estaba por ahí y les presentó a Mónica como "la heredera legítima", de Borr-Lac.

Mónica miró a Will, que guardaba silencio pero se mantenía cerca, mientras lo absorbía todo. Conocieron a todos los trabajadores de la división de quesos cremosos y trataron de explicar donde quedaba Connecticut, cuya mención provocaba miradas de desconcierto hasta que mencionaron que estaba cerca de "Nueva York". Después de un rato Mónica pidió que la dejaran sola con Francisca. Volvió a abrazar a la anciana y le dijo lo mucho que significaba volver a verla. "Usted fue como una mamá para mí", dijo Mónica, con la voz llena de emoción. "Ahora que mi abuela y mi madre ya no están, y no tenemos ninguna relación con los Borrero, usted es la única figura materna que me queda. La he extrañado todos estos años".

La viejita jaló a Mónica de las manos hasta que Mónica se sentó a su lado. Juntó las manos y cerró los ojos. Aunque estaba hablando entre dientes, por el ritmo de su retahíla Mónica entendió que le estaba rezando a la Virgen: "Virgen santa, purísima, ilumíname el camino". La anciana siguió rezando en silencio durante un rato y, sin saber qué hacer, Mónica se puso a rascarse una picadura de mosquito que tenía en la parte posterior del codo. Will se marchó cuando lo invitaron a probar una crema agria recién hecha.

Cuando Francisca abrió los ojos envejecidos, tomó la mano de Mónica y dijo: "Quiere saber sobre su mamá. Esa es la razón por la que está aquí".

Mónica miró el cielo raso y pensó: *Así que sí hay algo que saber*. "Sí", susurró y luego tuvo que gritar, porque se dio cuenta de que la viejita no le había oído. "Cuénteme".

Francisca asintió con la cabeza. "La Virgen Santa me ha dado permiso de hablar". La viejita se llevó las manos al cuello de su vestido floreado de poliéster y sacó un pañuelo. Se secó el sudor del labio superior y esos ojos viejos y lechosos. "Cielito", comenzó a decir, usando un apelativo cariñoso que solía usar cuando Mónica era niña. "Yo estoy de acuerdo con la Virgen, creo que ya es hora". Movió las encías como si estuviera masticando y se quedó mirando el pañuelo, luego agarró la mano de Mónica con una fuerza inusitada. "A estas alturas probablemente ya sabe usted que Alma no está muerta, ¿cierto?" De pronto se le iluminaron los ojos. "Ella sobrevivió a ese terrible episodio en El Trovador, donde los militares mataron a mi Maximiliano. Alma vino a verme antes de marcharse hacia Honduras, porque quería contarme cómo había muerto mi hijo y quién lo había matado".

Mónica sintió como si flotara encima de toda la escena y estuviera viendo su propia cara, enmarcada por la banda elástica de esa ridícula redecilla para el pelo, y las manchas de sudor que comenzaban a aparecer debajo de las mangas de su blusa. Incluso vio a Will, cuando se le acercaba desde atrás, y antes de que él se arrodillara frente a ella supo que la expresión de su cara indicaba que se daba cuenta de que estaba pasando algo monumental y que en este preciso momento el corazón de Mónica estaba sufriendo una reconfiguración molecular.

"Alma viene a verme a veces, cuando está en medio de algún proyecto de investigación, viviendo en una horrible embarcación desde la que recoge muestras de criaturas marinas". Francisca suspiró y se secó otra vez la cara. "Después de que mi Maximiliano y los demás murieron, quedó traumatizada", dijo y se apuntó hacia la sien con un dedo huesudo. "Yo traté de convencerla de que huir era un error, que luego lo iba a lamentar, pero ella no me escuchó".

Will preguntó: "¿Estás bien?"

Mónica asintió con la cabeza, pero enseguida la asaltó un incontrolable temblor febril. "Mi madre realmente debe odiarme", dijo, a sabiendas de que sonaba como una niña y que la palabra "odio" era un término demasiado apresurado y facilista. Sin embargo, el abandono era igual de solitario e infinito y horrible. El hecho de que su madre estuviera viva era algo que estaba en el plano de lo irreal. Después de eso, ya nada tenía sentido.

"Ella no la odia", dijo Francisca y durante un segundo Mónica no entendió de qué estaba hablando, pues ya se sentía mentalmente muy lejos de sus propias palabras. "Yo tampoco lo entiendo", dijo la anciana con voz ronca. "Pero creo que Alma ya debe estar lista para darle una explicación. Ya ha vivido lo suficiente como para lamentar las consecuencias de su decisión".

"¿Dónde está?" susurró Mónica y miró a su alrededor, como si Alma fuera a salir de repente desde atrás de uno de esos tanques llenos de crema de leche.

"Dónde está una persona físicamente es menos importante que dónde está aquí", dijo Francisca y se señaló el corazón. "Tiene que estar lista para recorrer una gran distancia emocional si quiere verla. Porque físicamente no está lejos".

"¿Acaso tiene alguna enfermedad mental o algo así?" preguntó Mónica.

"No, nada de eso. Sólo que ella es una de esas personas que son muy buenas para mirar hacia delante pero no hacia atrás. La mayoría de las personas de por aquí no somos así. Por eso algunos piensan que es demasiado fría".

"Yo no me esperaba nada de esto", dijo Mónica y sacudió la cabeza con incredulidad, mientras se tapaba la boca con la mano.

Francisca la miró con cara de angustia. "¿Acaso no sabía que estaba viva? Yo creí que había venido aquí porque lo sabía y quería averiguar dónde estaba".

"No, no lo sabía, Francisca", dijo Mónica. "Siempre había pensado que había cosas que no cuadraban, pero nunca me imaginé que estuviera viva. ¿Dónde está ella ahora?"

Los ojos de Francisca se ensombrecieron, mientras movía otra vez las mandíbulas como si estuviera masticando. "Su madre está tratando de hacer que cierren la clínica de mi nieta", dijo con tono de desaliento. "Todo este asunto es muy incómodo para mí. No quiero quedar en el medio. Las quiero mucho a las dos".

A Mónica se le ocurrió en ese momento que así la anciana fuera consciente de ello o no, en el fondo tenía un poderoso motivo para desenmascarar a Alma. Para la mayoría de la gente, los lazos de sangre todavía estaban por encima de la lealtad hacia los patrones y los benefactores.

"Entonces, ¿ella está aquí, en El Salvador?"

"Está en un barco explorador en alta mar, en este lado de Centroamérica. Todas las semanas vienen al puerto a buscar provisiones y atracan en una pequeña estación que pertenece a la nueva escuela de ciencias marinas de la universidad".

Así que mantienen una relación muy cercana, pensó Mónica. ¿De qué otra manera sería posible que una anciana analfabeta supiera que la Universidad Nacional tenía una nueva escuela de ciencias marinas, o que Alma estaba en un barco explorador y no en otro tipo de embarcación?

Will se aclaró la garganta y dijo: "Estamos en El Salvador porque mi esposa está recibiendo tratamiento en la Clínica Caracol... ¿Sabe usted por qué Alma quiere cerrar la clínica?" preguntó Will en un español con acento puertorriqueño.

Francisca encogió los hombros. "Ella dice que los estudios del veneno todavía son demasiado incipientes y que no debería usarse en seres humanos". De repente la anciana pareció entusiasmarse y dijo: "Fernanda se va a casar con su primo Marco. Son socios en el negocio".

Haciendo caso omiso del último comentario, Will dijo: "¿Alma cree que el tratamiento con el veneno del caracol cónico es peligroso? Por Dios, mi esposa va a recibir otra dosis en dos días".

La viejita sacudió la cabeza y entrecerró un ojo. "Me pregunto si no será que Alma está envidiosa. Ella siempre quiso encontrar esos conos".

Todos se miraron durante un momento.

"Ella tiene razón en eso", le dijo Mónica a Will en inglés. Will estaba pálido de la preocupación.

Francisca respiró profundo y luego soltó el aire. "Marco es un Borrero y en El Salvador, usted sabe que un Borrero siempre consigue lo que quiere. Eso no ha cambiado. Y en El Salvador, Alma está muerta. Ella no existe. Tendría que decidir existir".

"¿Por qué creía que yo sabía, Francisca?" preguntó Mónica.

Francisca sonrió. "Porque usted es su hija y es inteligente. Yo sabía que tarde o temprano lo descubriría. Hace muchos años le dije a Alma que si algún día usted venía a buscarla, yo le diría todo lo que sé". Señaló hacia arriba. "Sólo tenía que confirmar con la Virgen para asegurarme de que era lo correcto".

"Entonces, ¿por qué lo hizo, Francisca? ¿Por qué?"

Francisca negó con su vieja cabeza y la piel que le colgaba debajo de la quijada siguió vibrando, aun cuando ella dejó la cabeza quieta. "Eso se lo debe decir ella, cielito".

"¿Dónde está la estación marítima, y cómo puedo averiguar cuándo viene el barco a cargar provisiones?" preguntó Mónica.

"¿Qué día es hoy?"

"Lunes".

"Viene los miércoles", contestó Francisca. "A mediodía".

EN EL ASIENTO trasero de la camioneta, Mónica apoyó la cabeza contra el borde del espaldar, con las manos sobre el estómago y los ojos bien cerrados. Will se deslizó en el puesto de al lado. Levantó la cabeza de Mónica y la apoyó sobre su hombro. Luego puso su mano sobre la frente de Mónica, como si estuviera revisando que no tuviera fiebre. Volvió a preguntarle si estaba bien. Mientras el motorista tomaba la carretera que los llevaría de regreso a la clínica, Mónica repitió las palabras de la anciana: *Alma vino a verme antes de marcharse a Honduras.* Se volvió hacia Will y dijo: "¿Qué demonios se supone que debo hacer?"

Will abrió desmesuradamente los ojos. Luego miró por el panorámico de la camioneta hacia la imponente presencia de un volcán lejano. "Tal como lo veo, sólo hay una cosa que puedes hacer, Mónica. Encontrar a tu madre... y preguntárselo tú misma".

Este estúpido mosquito debe pensar que estoy sorda, pensó Ivette. *No hay mosquitos así en Connecticut. ¿Dónde demonios estoy?* El insecto enterró el aguijón en su cuello. Lo que siguió fue una piquiña feroz, y una picazón tan intensa que la hizo desear poder rascarse con un rastrillo. La picazón iba aumentando de manera enloquecedora; una tortura que estaba sólo a un paso de una explosión de alivio, el único obstáculo era su incapacidad para rascarse.

Ivette sabía que su madre estaba en la habitación gracias a su perfume. ¿Acaso Silvia era la única persona en el planeta que todavía usaba Jean Naté? Ivette se concentró en tratar de levantar la mano para aplastar al vampiresco insecto que todavía estaba volando a su alrededor, tratando de picarla por segunda vez. *Algo está pasando*, pensó. *Puedo mover los dedos de las manos y los pies.*

A lo lejos oía el océano; las olas de la marea alta eran salvajes y violentas y le resultaban totalmente desconocidas. Pero el sonido estaba demasiado lejos como para distraerla, aunque fuera por un segundo, de la enervante picazón que sentía en la piel.

Ivette sabía que alguien volvería a meterle una aguja en la columna vertebral. Pero ahora se sometía voluntariamente a ese delirio a cambio de la recompensa de poder pensar más claramente y estar más alerta. Entre el último paquete de recuerdos había encontrado la clave que la conectaba al mundo exterior. Había encontrado ese tesoro entre una montaña de recuerdos inútiles. Era un recuerdo horrible e impresionante, y había sido difícil recrearlo, pero era valioso porque era el último segmento de su vida antes de esto. Ivette reconoció que ese recuerdo era la llave que la liberaría de su prisión.

ME PREGUNTO *si reconocería el auto*, pensó Ivette por tercera vez, mientras se dirigía a casa en su Mustang. El sol estaba calentando con fuerza y el aire olía a estiércol y flores silvestres, pero esta vez no estaba disfrutando tanto del viaje como cuando había ido hacia el centro. Agarró el forro esponjoso del volante, mientras bajaba por Cider Mill Lane y dejaba atrás un viejo granero rojo, asentado sobre un cojín de pasto verde. Una señal amarilla en forma de triángulo advertía la presencia de una curva peligrosa más adelante. Ivette apretó un poco el freno. En la radio estaba sonando la canción "Cruel Summer" y le subió el volumen todo lo que pudo, pensando que era la canción perfecta para el estado de ánimo en que se encontraba en ese momento. El auto dio la curva a lo largo de un muro de piedra que rodeaba un potrero lleno de Holsteins. No fue tan difícil. Volvió a acelerar.

Un poco más adelante Ivette alcanzó a ver un cardenal macho que estaba posado en una cerca de madera. Parecía una gota de sangre contra el resplandeciente verde oscuro de los bosques que había detrás. Cuando el auto se fue aproximando, el pájaro decidió levantar el vuelo para ir hasta el otro lado de la carretera. Tan pronto se despegaron de la cerca de madera sus pequeñas garras, los reflejos de Ivette calcularon la velocidad y la distancia que había entre el parabrisas y el pájaro y su pie saltó y pisó el pedal del freno.

La llanta se resbaló sobre un montón de arena, mientras que la parte trasera del vehículo coleó en dirección opuesta. Un segundo después, la parte delantera del carro se deslizó en dirección al pájaro. Se oyó un golpe seco y sobre el panorámico apareció un reguero de sangre y plumas rojas. Ivette gritó y su pie izquierdo se levantó instintivamente para ayudar al derecho a frenar el auto. Cuando trató de bombear los frenos con los dos pies, se dio cuenta, aunque ya era demasiado tarde, que estaba pisando el acelerador. El auto se abalanzó hacia delante y se trepó sobre el terraplén. Luego se estrelló contra algo que había al frente y ella salió volando. Un instante después descubrió, con absoluto horror, que estaba tan distraída que había olvidado abrocharse el cinturón de seguridad.

Todo estaba oscuro. Ivette sintió que comenzaba a entrarle agua por las fosas nasales, ¿o tal vez le estaba escurriendo sangre? No lo sabía. Trató de gritar el nombre de alguien, pero era inútil, no podía recordar a quién podía llamar o hacia dónde se dirigía. Se estaba deslizando, ahogándose o desmayándose.

¿Hace cuánto había tenido lugar ese accidente? se preguntó Ivette. ¿Cuánto tiempo llevaba tratando de recuperar la memoria? Eso realmente no importaba ahora, porque ya casi estaba del otro lado. Averiguaría más detalles después, cuando llegara a su destino final.

ASÍ COMO LAS ALAS ROJAS del cardenal la habían enviado a la oscuridad, las alas quebradizas del mosquito la estaban transportando de regreso a un mundo de olores y sonidos. ¿Por qué tenía tanta prisa? Esa era la pieza que todavía le faltaba encontrar y tenía curiosidad por hallarla. Tenía la impresión de que estaba molesta o que estaba huyendo. Así que cuando la aguja se deslizó por entre las vértebras, ella se apresuró a encogerse y simplificarse, como había hecho antes. Pero se estaba volviendo cada vez más difícil, pues se sentía cada vez más inflada y sólida, con todos los recuerdos que había recuperado.

Ivette decidió que era hora de prepararse para la inevitable expulsión hacia el mundo exterior. Miró a su alrededor, hacia la celda que había habitado durante tanto tiempo. Escribió su nombre en el suelo de tierra con las uñas rotas. No tenía idea de qué día era, o qué hora, o qué año, así que sólo escribió "Cruel Summer", al lado de su nombre. Tal vez alguien lo hallara y así sabría que había esperanzas de escapar. Entretanto, se dedicó a la tarea urgente de olvidar este lugar.

ESA NOCHE, una tormenta azotó la costa. El agua estaba encrespada en tensas nubes que se sacudían como los intestinos de un animal enorme. Cuando estalló el primer trueno y atravesó los huesos de todo el mundo, Ivette se envolvió entre sus brazos, se acurrucó y comenzó a temblar. Will estaba parado en la puerta, hablando con una enfermera. Caminó hasta la cama y fue como si ella hubiese hablado y le hubiese dicho: *Ven a la cama, cariño. Abrázame, tengo miedo.*

Al comienzo sólo le agarró la mano y se inclinó, susurrándole que todo estaba bien. Ella agitó la cabeza como si dijera: *No, no está bien*. Will se acostó en la cama junto a ella y la abrazó. "Está bien, mi amor. Sólo es un trueno". El siguiente estallido la hizo estremecerse y Will la abrazó con más fuerza.

Una mujer entró al cuarto y Will se apresuró a levantarse de la cama. Explicó que su esposa siempre le había tenido miedo a los truenos. Conocía todos los argumentos médicos acerca de que era imposible que Ivette respondiera al sonido de los truenos, pero sabía que la reverberación podía activar sus instintos naturales.

"Mónica", oyó Ivette que decía Will. "Mónica" y "Mónica" y "Mónica". Pronunciaba el nombre con una mezcla de intimidad y urgencia, como si estuviera hablando con alguien que conocía desde hacía mucho tiempo.

Ivette apretó los dientes hasta que le dolió la mandíbula y los dientes se movieron en sus encías rosadas. Will estaría muy sorprendido cuando ella saliera de esta parálisis mental que no la dejaba moverse ni hablar ni recordar los sucesos de su vida en el orden correcto. En este momento no podría afirmar con certeza si Will estaba acostado a su lado hacía sólo unos minutos, o estaba recordando algo que había ocurrido en el pasado lejano. Sin embargo, estaba flotando justo debajo de la superficie y miraba hacia arriba. El mundo parecía distorsionado y revuelto, como si lo estuviera mirando a través de un vidrio empañado y resplandeciente.

AL VER A WILL consolando a Ivette, Mónica tuvo ganas de salir corriendo hacia la tormenta para purificarse de una vez por todas de ese perverso deseo que la impulsaba. Se sentía sucia y por segunda vez en la vida experimentó una extraña combinación de tristeza y alivio, al pensar que las cosas no iban a funcionar con Will. Mónica se reprendió por olvidar que el corazón no es un guía confiable, sus consejos siempre van a estar a favor del amor. *Ámalo*, le decía su corazón. *Pero no tanto que no puedas devolverlo a su dueña.*

Mientras observaba desde una ventana la tormenta que azotaba Negrarena, Mónica decidió que si no podía evitar enamorarse de Will durante su estadía en El Salvador, ciertamente podría ponerle punto final a todo eso cuando regresaran a casa. Entretanto, se prometió no caer en la tentación con Will en un momento de debilidad. Recordó la manera como Ivette le había agarrado la muñeca con sus manos huesudas y eso la hizo estremecer. No le había contado a nadie sobre ese incidente y nunca lo haría. Después de todo, Ivette era una mujer con un daño cerebral severo, que no se podía comunicar. Mónica había oído hablar cientos de veces sobre todos los actos involuntarios y sin sentido que eran típicos de esta enfermedad. En realidad, lo que la había conmovido tanto no era el gesto de Ivette sino la reacción que provocó en su propia conciencia.

Bruce estaba en la recepción de la clínica cuando oyó que llegaba una camioneta. Se acercó a una ventana de vidrios de colores para mirar hacia fuera y suspiró con alivio cuando vio a su hija. Silvia le había dicho que se habían ido a ver las fiestas de un pueblito cercano, pero por una variedad de razones, a Bruce no le gustaba la idea de que esos dos anduvieran solos por El Salvador. Will apenas podía quitarle los ojos de encima a Mónica y ella había estado muy cautelosa últimamente. A pesar de lo mucho que le agradaba y hasta admiraba a Will Lucero, no quería que su hija terminara atrapada en una relación sin futuro. Tal vez se estaba apresurando a preocuparse por la posibilidad de que surgiera un romance entre esos dos, pero suponía que, como padre, tenía derecho a hacerlo. La carga emocional y financiera de Will era sencillamente inaceptable.

Bruce miró el reloj. Llevaban cuatro horas fuera. No era tanto tiempo en realidad, pero Bruce bien sabía que uno podía cambiar el curso de una vida en menos de cinco minutos. Bruce frunció el ceño cuando entraron.

"Hola, papi", dijo Mónica y pareció asombrada de encontrárselo en la recepción. (¿Cuándo fue la última vez que le dijo "papi"? se preguntó Bruce) "Siento no haberme despedido antes de irme... Sencillamente sentimos que teníamos que salir de aquí", dijo Mónica y entrelazó los dedos alrededor de su cuello. "Will le va a decir a Silvia que se aliste para salir a cenar. El motorista nos llevará a algún lugar donde podamos comer y luego nos dejará en la posada y traerá a Silvia hasta aquí. ¿Te suena bien?"

Bruce asintió con la cabeza y su estado de ánimo mejoró al oír que hablaban de comida. "Estoy cansado de comer pupusas todas las noches. Oí que hay un buen sitio de mariscos un poco más adelante".

"Vuelvo en veinte minutos", gritó Will, mientras desaparecía en dirección de las habitaciones.

Bruce se volvió hacia su hija y dijo: "Entonces, ¿dónde era el festival?"

Mónica lo miró largamente, lo agarró del brazo y le dio un tirón para que salieran. "Tenemos que hablar", susurró. "Vamos a la playa".

Se quitaron los zapatos y los dejaron en el patio para asolearse, que estaba vacío, y se dirigieron hacia el extenso tramo de playa, que también estaba desierto. Bruce sintió que las entrañas se le comprimían, así que respiró profundo para tratar de relajarse. Movió la cabeza hacia uno y otro lado y el cuello le crujió mientras trataba de aliviar la tensión. "Me está haciendo falta un masaje de cuello", dijo, tratando de buscar una excusa para demorar una discusión que instintivamente ya se estaba temiendo. "Tienes a tu papá muy olvidado".

"Entonces, siéntate", dijo Mónica.

Las palabras no habían terminado de salir de su boca, cuando Bruce se dejó caer en la arena y se quitó la camisa. Luego bajó la cabeza en espera del masaje. Como siempre le sucedía, cuando Mónica comenzó a trabajar en su cuello Bruce se maravilló de ver el talento que su hija tenía para el masaje. Realmente tenía el don de proporcionar alivio. Al pulsar los apretados músculos del cuello, se sentía como si estuviera tocando las cuerdas de una guitarra: había dolor, luego alivio y luego una especie de flujo de sangre que inundaba el área y hacía desaparecer la tensión. Dolor, alivio, flujo de sangre. ¡Ah, Mónica era una artista!

"Me alegra tanto haberte enviado a la universidad a estudiar fisioterapia", dijo entre dientes. "Valió la pena".

Diez minutos después, cuando había logrado relajar la tensión de los adoloridos músculos de su padre, Mónica dijo: "Ahora acuéstate sobre la arena". Él obedeció. Ella se sentó junto a él, con las piernas dobladas. Estaba mirando hacia el agua. Bruce estaba esperando un poquito más de masaje, tal vez al cuero cabelludo o algo especial para los hombros. Pero después de un momento, levantó la vista y vio que Mónica tenía los ojos cerrados.

"¿Eso es todo?"

"Sí, eso es todo".

"Entonces, ¿qué es lo que querías decirme?"

Mónica abrió los ojos. Apretó los labios y se miró las manos durante un momento, antes de hablar. "No estábamos en ningún festival de pueblo, papá. Fui a visitar a Francisca Campos". Respiró profundo y luego añadió, con voz suave: "Mamá no está muerta". Levantó la vista y miró a Bruce. Los dos se quedaron mirándose durante un momento. "¿Tú lo sabías?"

Bruce desvió la mirada, sin tener la menor idea de las palabras que deberían salir de su boca. Se alegró de estar bocabajo. "No", dijo finalmente. "No sé nada de eso".

"Le pedí a Paige que investigara un poco acerca del descubrimiento de un molusco, un pequeño murex no muy interesante que fue encontrado a las afueras de las costas de Costa Rica, el año pasado. Decía que había sido descubierto por 'Borrero'. Paige siguió el rastro de los registros profesionales y encontró una tal Alma Borrero, nacida en 1949, que ahora es bióloga marina y trabaja para la Universidad de Costa Rica. Francisca sólo lo confirmó, mamá está viva".

Bruce se sentó y dijo: "Eso es ridículo", aunque la idea ya comenzaba a penetrar en sus huesos, salpicando a todas partes. La primera vez que él estuvo en Negrarena, Alma le dijo que ella odiaba y añoraba al mismo tiempo todo ese mundo de sus padres, marcado por el dinero. Había dicho que le gustaría empezar de nuevo en otro lado, un lugar donde ella no fuera una Borrero y donde no se esperara que fuera alguien que no era y nunca sería. Y si Francisca había dicho que Alma estaba viva, entonces era cierto.

"Papá, tú nunca enterraste a tu esposa".

Bruce respiró profundo. "No sé ni qué decir, Mónica. Lo único que puedo decir es que necesito pruebas. Además, ¿por qué...?" Dejó la frase sin terminar, pues el peso de las preguntas que seguían era demasiado grande. Bruce se incorporó y se sentó junto a Mónica, mientras miraba fijamente una casa que había a lo lejos, con un gigantesco techo inclinado. Un pajarito café con el pecho blanco aterrizó sobre la arena, a unos pocos metros de donde ellos estaban, y los miró, como si estuviera fascinado por su conversación.

"Si tú la hiciste huir porque, digamos, informaste a los militares de su paradero y el de Max..." Mónica se volvió hacia su padre y lo miró. Bruce se demoró un momento en darse cuenta de que en realidad era una pregunta y entonces sintió un malestar que le brotaba del estómago, una pequeña mancha redonda como una aceituna negra, que resplandecía y le ardía en las entrañas.

Bruce no tuvo la oportunidad de procesar su respuesta. Mónica se arrojó a sus brazos con ferocidad, en un gesto tan repentino e inesperado que lo dejó fuera de base y tuvo que apoyarse en un brazo para no caerse. Luego abrió los brazos, como las alas grandes y quebradas de un cuervo, delgados escudos que rodearon los hombros de su hija. "Yo no los entregué a los militares, Mónica", dijo. "Eso habría sido igual que asesinarlos".

Mónica hizo un hueco en la arena con el dedo. "Entonces ¿ella sencillamente nos abandonó?" Levantó la vista para mirarlo y Bruce vio que los ojos de su hija se llenaban de lágrimas, mientras le suplicaban que encontrara una excusa verosímil para el comportamiento de su madre.

"Si es cierto que está viva, entonces sí, Mónica, ella sencillamente nos abandonó".

El pajarito graznó como si quisiera participar de la conversación y siguió observándolos. "Entonces no nos amaba", susurró Mónica.

Bruce la agarró de los hombros y la miró a los ojos, que se parecían tanto a los suyos. "Te amaba a ti".

"Pero no lo suficiente", dijo Mónica y trató de sonreír. Se secó las lágrimas y se puso de pie, luego cruzó los brazos. Will apareció a lo lejos. "Aquí estamos", gritó Mónica y luego se volvió hacia Bruce. "Will lo sabe. Y ahora está interesado en encontrar a mamá porque Francisca nos dijo que mamá está tratando de clausurar Caracol". Señaló con un dedo detrás de ella, hacia la casa. "Estoy comenzando a pensar que toda la gente que está en esa clínica está en grave peligro".

EL RESTAURANTE estaba en un segundo piso, montado sobre pilotes en una ensenada del mar. Era de estilo rústico, con mesas de madera y bancas. Unas moscas enormes y negras volaban en una mesa que acababan de desocupar, alrededor de las coloridas canastas plásticas en que servían la comida. La única decoración del lugar era un mapa de El Salvador, pintado a mano sobre la pared del fondo.

Will, Mónica y Bruce picotearon su pargo a la parrilla. Will envolvió la cabeza del pescado con una servilleta, bromeando que no podía "operar cuando el paciente lo estaba observando". Silvia, por otra parte, comió con el apetito delicado y metódico de un gato, levantando el esqueleto del pescado como quien levanta el separador de una cubeta de hielo.

"En la última semana dos pacientes despertaron del coma", anunció Silvia con entusiasmo. "En el primer caso el éxito es dudoso, pues se trata de una mujer joven que ya estaba respondiendo a la música y las voces cuando ingresó. Pero el otro estuvo inconsciente durante un año".

"¿Cómo estuvo el tratamiento esta mañana?" preguntó Bruce.

"Increíble", dijo Silvia sonriendo y abrió mucho los ojos. "Ivette subió dos puntos en la escala de Glasgow".

Will puso el tenedor sobre el plato y se aclaró la voz. "Vamos a suspender el tratamiento y a comenzar los arreglos para llevarla a casa. Tengo razones para creer que..."

"No vamos a suspender nada", dijo Silvia y soltó una risita fingida. "No voy a prestarle atención a ningún rumor. El tratamiento está funcionando". Puso el dedo índice sobre la mesa con fuerza. "Funcionando, funcionando, funcionando".

"Un hombre que está alojado en la pensión nos dijo que un paciente se despertó totalmente loco", dijo Will con la cara roja como un tomate. "¿Eso es lo que quieres? ¿Cambiar un estado de alteración por otro? Es mejor dejar que su cuerpo siga su proceso de reconstrucción natural. Ese lugar está comenzando a asustarme de verdad".

"Hoy no oímos cosas muy buenas sobre la clínica", dijo Mónica y miró a Silvia. "Tal vez sea prudente esperar un poco hasta que sepamos más".

"¿Y ustedes cuánto tiempo piensan que yo puedo darme el lujo de estar aquí?" replicó Silvia con rabia. "En mi casa las cuentas se están acumulando. Es ahora o nunca". Dejó el tenedor sobre el plato y miró a Will de manera desafiante. "No voy a dar ni un paso atrás".

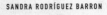

Will cerró los ojos y desvió la mirada, aparentemente mientras contaba hasta diez para calmarse. Después de diez segundos, se volvió y miró a su suegra. "Silvia, tú no eres la que decide".

Bruce y Mónica se miraron con preocupación.

"Yo tengo los boletos aéreos", dijo Silvia con voz suave. "A menos de que tengas cinco mil dólares en el bolsillo..."

"Estamos jugando con la salud de Ivette", dijo Will. "La Dra. Méndez está jugando con la vida de la gente. Si el programa fracasa, ellos no tendrán que asumir ninguna consecuencia, ninguna responsabilidad. Los pacientes se mueren o enloquecen, pero la Dra. Méndez no tiene que preocuparse porque la demanden en este país, porque lo que está haciendo no es ilegal. Y el hecho de no tener que asumir ninguna consecuencia hace que tenga la libertad y la capacidad de tomar riesgos médicos altísimos, con el fin de obtener grandes recompensas".

Silvia le dio un sorbo a su botella de agua y evadió la mirada de Will.

Hubo un momento de silencio y Mónica se imaginó que todos estaban demasiado agotados emocionalmente para seguir discutiendo. "¿Ya contrataron a una nueva fisioterapeuta?" preguntó, tratando de dirigir la conversación hacia otro tema.

"Todavía no, querida", dijo Silvia y le dio unos golpecitos en la mano. "Dios te recompensará por tu esfuerzo. No necesitan que les des masajes todos los días. Cada dos días está bien. Y si realmente te sientes muy cansada, puedes masajear sólo a Ivette". Silvia miró de reojo a Will o, mejor, su cuello, y dijo: "Ivette se da cuenta cuando tú estás en la habitación. Tal vez deberías pasar las noches con ella en Caracol. Yo podría quedarme en la posada con Mónica. Will, puedes dormir en mi cama". Luego agregó en voz baja: "Estoy segura de que Ivette agradecería un poco de atención de parte de su marido". Y diciendo eso, le quitó la cabeza al pargo y regresó a ocuparse de su delicada carne blanca.

Bruce miró a Will, que miraba con enojo hacia el agua y parecía atrapado.

Sin levantar la vista, Silvia dijo: "Entonces, ¿hacemos el cambio esta noche?"

Mónica miró furtivamente a Will durante un segundo y luego volvió a concentrarse en la tarea de revolver su Cola Champán con una pajilla.

"Tal vez mañana por la noche", dijo Will entre dientes.

"Es una gran idea, Silvia", dijo Bruce, que súbitamente reconoció las bondades de ese plan. "No sé por qué no se nos ocurrió antes".

DESPUÉS DE LA CENA, Mónica se sentó en el corredor de la posada con su padre, frente al patio. "Leticia era la esposa de Maximiliano", dijo Mónica. "¿Te diste cuenta de eso?"

"No", dijo Bruce y de repente dejó de mecerse en su silla. "Nunca conocí a la esposa de Maximiliano".

Mónica levantó la mano. "Pero ¿acaso no estabas escuchando? La Dra. Méndez dijo que su abuela era la nana, es decir, Francisca".

"No establecí la relación".

Mónica sacudió la cabeza. "Eres un periodista con varios premios. Una de dos: o estás mintiendo, o es que el alemán ya viene por ti".

"¿Cuál alemán?"

"Alzheimer".

Bruce miró a su hija de reojo. "Muy bien, señorita detective, entonces ¿por qué la madre y la hija que todavía no se ha casado tienen apellidos distintos?"

Mónica encogió los hombros. "No lo sé. Porque es el apellido de casada. Porque Max y ella no estaban casados. Porque se divorció. Porque enviudó. Elige la explicación que quieras".

Bruce dejó de mecerse. "¿Considerarías la posibilidad de no

ir a averiguar por tu madre?" Se inclinó hacia delante y aplastó una cucaracha con el zapato, luego la tiró lejos.

"¿Sinceramente crees que es justo pedirme eso? Ponte en mi lugar".

Bruce respiró profundo, se llevó los dedos a la boca y comenzó a jalarse suavemente el labio inferior. "Entonces supongo que hay algo que debes saber".

Por fin, pensó Mónica. *Suéltalo*.

Bruce volvió a tomar aire. "El día que me contaste sobre tu madre y Max", dijo, mientras observaba el jardín, "yo estaba furioso y confundido... Así que... ese día sí le conté a una persona dónde estaban Alma y Max".

Mónica se volvió hacia su padre y miró su perfil. "¿A quién?"

Bruce tomó aire y lo soltó. "A doña Magnolia".

"Le contaste a la abuela", dijo Mónica sin mostrar ninguna emoción y se recostó en la silla. "Eso explica todo el resto".

"Siempre me pregunté si ella les avisó a sus amigos en las altas esferas del ejército dónde podían encontrar a Max".

"Claro que lo hizo, papá", dijo Mónica. "Ella estaba decidida a separarlos. Estaba furiosa con los dos".

Bruce se puso las manos sobre las piernas. "Esta tarde en la playa, tenías razón sobre una cosa, Mónica. Yo estaba furioso y muerto de celos. Así que me vengué contándoselo a la persona más poderosa que conocía".

"La abuela".

"La abuela", repitió Bruce con voz suave. "Me imaginé que no haría nada que pudiera hacerle daño a Alma, que sólo la castigaría de alguna manera, que le pondría fin a su desagradable comportamiento".

"Francisca dijo que varias personas murieron junto con Max", dijo Mónica. "¿Qué fue lo que sucedió realmente en El Trovador, papá? ¿Qué?"

"No lo sé. Tengo dolor de cabeza". Bruce se puso la mano sobre los ojos. "Ya ni siquiera sé qué pensar".

"¿Vas a venir conmigo cuando atraque su barco?" preguntó Mónica. "Tendríamos que quedarnos unos cuantos días más".

Bruce dejó caer la mano sobre el regazo. "No quiero ir, pero no quiero que vayas sola. Lo pensaré durante la noche".

Mónica asintió y luego vio que Will venía por el corredor. Lo saludó sin sonreír. Para nadie era una sorpresa que él no quisiera aceptar la idea de Silvia de que deberían cambiar de hospedaje.

"Te estás volviendo un poco demasiado amiga de él", dijo Bruce en voz baja. Esas palabras se convirtieron al final en una sonrisa forzada, cuando Will llegó hasta ellos. Acababa de bañarse, pero Mónica pudo ver que ya tenía gotas de sudor sobre el labio superior y la frente.

"¿Qué opinas sobre lo que sucedió hoy en la planta, Will?" preguntó Bruce. La pregunta sorprendió a Mónica, teniendo en cuenta que Bruce normalmente evitaba el tema de Alma a toda costa. Tal vez su padre también sentía hacia Will una especie de amistad que iba y venía.

Will sacudió la cabeza y estaba a punto de decir algo, cuando se contuvo y se sentó al lado de Bruce. "Tengo que admitir que animé a Mónica a seguir sus sospechas porque eso me convenía, Bruce. Espero que entiendas que estoy muy, pero muy preocupado por Ivette. Si es cierto que tu esposa sabe algo acerca de los tratamientos de Caracol..." De repente arrugó la frente. "¿Esposa? ¿Ex esposa?"

"Esposa", dijo Mónica. "Técnicamente, todavía están casados".

"Tengo un certificado que dice que ella desapareció y se presume que está muerta" dijo Bruce. "Digamos 'ex esposa'". Se pasó la mano por la incipiente barba y se jaló una chivera imaginaria. "En cuanto a Ivette y el tratamiento, no te culpo por mirar el programa con escepticismo. Ustedes dos van un paso delante de mi propia investigación; seguramente yo me habría encontrado más tarde con las publicaciones de Alma sobre el tema. Sólo que no sé cómo las habría tomado".

Will se inclinó hacia delante, entrelazó las manos y apoyó los codos en las rodillas. "Y un buen día, ella sencillamente se fue", dijo Will, como si Mónica y Bruce estuvieran escuchando la historia por primera vez. "Se separó de su propia hija", susurró y sacudió la cabeza. "Una mujer inteligente y hermosa, que venía de una poderosa familia y habría podido contratar diez niñeras de tiempo completo si quería... y, sin embargo, lo abandonó todo. No lo entiendo".

Mónica se miró las manos, esos dedos que una vez fueron pequeños y regordetes y olían a inocencia, unas manos que se habían vuelto fuertes y competentes, con la habilidad de producir alivio. Las volteó y observó sus uñas alargadas, pintadas de un color rosa pálido como las conchas. Sus manos, que reposaban una sobre la otra, de manera tierna y descansada, como si se estuviera consolando mutuamente.

Mónica se preguntó qué clase de mujer podía abandonar esos brazos que la llamaban todas las mañanas desde una cuna. Y cómo podía soportar ver a su hija de doce años diciéndole adiós por última vez desde la ventana de una habitación. Cuando sintió que se la aguaban los ojos, respiró profundo. Luego se aclaró la garganta y se enderezó. Esbozó una sonrisa fingida y miró su reloj. "Son las nueve. ¿Alguien tiene ganas de caminar hasta la tienda conmigo? Necesito un trago de algo fuerte".

"EL AGUARDIENTE", dijo Mónica, mientras levantaba un vasito lleno de Tic Tac, el licor popular de El Salvador, "se fabrica con caña de azúcar fermentada. Es popular en el campo porque pega duro y es barato".

Bruce acompañó a Mónica y a Will hasta la tienda para comprar el licor, pero se quejó durante todo el camino de que la gente decente no tomaba aguardiente.

"Estamos lejos de la civilización", dijo Mónica. "Si quieres que bebamos algo sofisticado, entonces muéstrame un lugar donde pueda comprar una buena botella de vodka. Necesito algo para relajarme".

"Teniendo en cuenta los sucesos del día y el hecho de que en este pueblito no hay trago sino aguardiente, yo creo que el aguardiente es perfecto", dijo Will. "Ahora bien, ¿cómo se toma: puro, en las rocas, con Coca Cola?"

Bruce hizo una mueca, pero levantó su vasito de plástico. "En las rocas, supongo", dijo. A las once, después de varios tragos de Tic Tac, ya no podía mantenerse despierto. Tenía la intención de permanecer levantado todo el tiempo que Mónica y Will quisieran seguir charlando, sobre todo para impedir que se quedaran solos. Pero a las once y media ya no pudo más y se fue a dormir. Los dejó sentados en una mesita de cemento en el centro del patio, rodeados por la luz de la luna y las hojas de los cocoteros y oliendo a repelente y a aguardiente.

Will se tomó otro trago de aguardiente, tosió y dijo: "No hay duda de que sabe horrible, pero me siento como si mi abuela acabara de arroparme con una cobija calientita".

Mónica trazó una línea desde su cuello hasta el estómago. "Uno siente cómo le quema todo mientras va bajando... Pásame esa botella, ¿quieres? Me voy a tomar otro".

Will retiró la botella y la puso detrás de él, sobre el suelo. "Creo que un masaje puede ser mejor ayuda", dijo, mientras le quitaba de la mano el vasito de plástico y lo ponía sobre la mesa. Se puso de pie, caminó alrededor de la mesa y vino a sentarse en la banca, junto a ella. "Date la vuelta", dijo y señaló la vegetación. Antes de que ella pudiera moverse, la agarró de los hombros y le dio la vuelta sobre la banca. Enterró sus pulgares entre las paletas de los hombros y comenzó a darle un masaje. Incluso con todo el aguardiente que se había tomado, Mónica todavía estaba tan tensa que Will apenas pudo entrar en su cuello. "Relájate", dijo. "Sigue tu propio consejo y olvídate de todo".

Will comenzó a trabajar en los nudos de tensión, mientras notaba una larga barra de tensión que bajaba por la espalda de Mónica. Ella se quitó cuando él hizo presión con los pulgares en ese lugar. Will trabajó un rato en silencio y luego dejó caer las manos sobre las piernas. Los oídos le zumbaban con las palpitaciones de su sangre, mientras exploraba la geografía de los huesos y los músculos de la espalda de Mónica.

"Mónica", susurró Will y dejó que sus labios le rozaran la piel aterciopelada del lóbulo de la oreja. "Estoy necesitando de toda mi fuerza para no darte la vuelta y besarte".

Mónica giró la cintura para mirarlo. Will dejó de respirar con la esperanza de que ella le estuviese ofreciendo la boca. Pero lo que vio en sus ojos fue cansancio y melancolía. "No podemos hacerle eso a Ivette", dijo y desvió la mirada.

Will dejó caer la frente sobre los hombros de Mónica durante un segundo. Quería decirle que estaba seguro de que no era una coincidencia que se hubiesen conocido. Pero eso parecía demasiado en este momento, así que sólo siguió respirando pausadamente y se recostó contra Mónica, mientras escuchaba los ruidos de los insectos en la oscuridad.

"Puedo desearlo, ¿o no?" susurró Will y se inclinó para ver el perfil de Mónica. Le quitó de la cara un mechón de pelo.

"Es lo único que podemos hacer, Will".

Will deslizó la cara contra el cuello de Mónica y respiró profundo, como si quisiera absorber todas las palabras que ella no había dicho. Luego abrió los labios y pasó la punta de la lengua por una parte del cuello. Sintió el sabor de la sal en la piel y percibió las palpitaciones de la vena yugular, pulsando suavemente debajo de su boca. Se deleitó al sentir que se aceleraba. Mónica tomó aire, pero no se movió.

"Entonces no te voy a besar", susurró, mientras hundía la cara entre el pelo de Mónica. Luego le pasó las manos por la cintura. Cuando sus dedos se encontraron en el centro, los entrelazó y la jaló hacia él. Luego, a pesar de sus buenas intenciones, se inclinó un poco hacia delante, sólo lo suficiente para hacerle saber que su cuerpo también estaba enamorado de ella.

EL MIÉRCOLES salieron de la posada a las nueve de la mañana. Una llamada de Bruce a San Salvador trajo a Claudia Credo desde el otro lado del país, para acompañarlos hasta la estación marítima a esperar la llegada del barco explorador. Bruce, Claudia y Will se sentaron en la banca delantera de la camioneta de pasajeros, mientras que Mónica se acomodó en la banca trasera. Había dormido muy poco durante la noche, pero por fin cerró los ojos cuando el sol de la mañana comenzó a calentar la parte de atrás de la camioneta. Dormir no era muy fácil, pues continuamente se deslizaba sobre el forro de vinilo del asiento, cada vez que el motorista frenaba y aceleraba, para evitar las carretas de bueyes y las vacas atravesadas en la carretera. Will se quejó y le ordenó al motorista que disminuyera la velocidad. "No quiero terminar muerto en medio de una polvorienta carretera rural de El Salvador", dijo. "Sin ánimo de ofender". El motorista sólo se rió y siguió conduciendo despacio por unos pocos minutos, antes de retomar su errático ritmo.

Mónica tenía la boca seca, le ardían los ojos y le dolía la cabeza. Claudia iba charlando animadamente en la banca delantera. "Había oído el rumor de que Alma andaba por ahí. Y no es una cosa tan extraña en El Salvador, mucha gente desapareció durante el caos y reapareció después de la guerra".

"Eso me imagino", dijo Will.

"Espero que las investigaciones de Alma puedan aclarar un poco el panorama para que tomes una decisión", le dijo Claudia a Will, mientras hacía la señal de la cruz y juntaba las manos. "Es muy bueno que alguien esté trabajando para desacreditar cualquier empresa que pueda ser irresponsable".

"Durante todo este viaje, Silvia y yo no hemos hecho más que discutir", dijo Will. "Me siento mal por eso, pero he desconfiado de esta clínica todo el tiempo, y en cambio ella... está tan empecinada en su idea. Ya tomé la decisión de adoptar medidas más drásticas. Realmente necesito saber cuál fue la compañía aérea que transportó a Ivette hasta aquí. Luego podré ver si encuentro alguna manera de llevármela. Al menos en los Estados Unidos tengo la ley de mi lado".

"Yo te puedo ayudar", dijo Claudia. "Pensemos un poco en la manera de hacerlo". Levantó un dedo. "Mientras nos tomamos un café caliente". Aparentemente Claudia había llevado un termo y Mónica la oyó servir café en tazas de plástico. El olor del café le produjo náuseas, mientras seguía acostada en la banca trasera. Justo cuando estaba a punto de volverse a dormir, oyó que Claudia decía: "Recuérdame decirle a Mónica que su novio ha estado llamando a mi casa sin parar, durante toda la semana, tratando de localizarla. Le dije que era bienvenido en mi casa si quería venir. Pero primero tiene que mostrar un precioso anillo de compromiso". Claudia se rió y Mónica aguzó el oído para oír quién respondía, pero nadie dijo nada.

En ese momento Mónica se dio cuenta de que, desde hacía varios días, se había olvidado por completo de llamar a Kevin. Luego recordó la escena que había tenido lugar entre Will y ella hacía dos noches. Continuamente revisaba su mente para ver si todavía estaba ahí y sintió una secreta alegría al recordar la sensación del aliento tibio de Will sobre su cuello. Eso era lo que siempre había querido tener en la vida, la sensación de que cada momento juntos era como un pequeño núcleo de felicidad, algo que valía la pena guardar en la cápsula del recuerdo, que valía la pena recordar una y otra vez, tras la superficie de los párpados. El hecho de que no tuvieran ningún futuro juntos no le restaba nada de encanto a ese regalo. Mónica podía disfrutar de la presencia de Will en su vida; pero sabía que tenían que asumir las consecuencias de esa relación imposible.

De otra manera, se estaría comportando exactamente como su madre.

Pero ¿qué hacer con ese impulso sexual que se levantaba de una manera tan predecible como las mareas? Ahora ella y Will habían comenzado a apoyarse moralmente el uno en el otro, en la medida en que sus objetivos se entrelazaban cada vez más. ¿Sería posible que estuviera realmente frente al amor? La idea de tener que cortar algo que ya latía y tenía alma era aterradora. Y el hecho de estar en un ambiente extraño tampoco ayudaba: El Salvador era un lugar donde cualquier cosa podía pasar, los abuelos se convertían en mangos y las niñas regalaban a sus bebés; las criaturas marinas inyectaban una sustancia curativa y los muertos reaparecían como por arte de magia. Comparativamente, el surgimiento del amor era un milagro insignificante.

Acostada en el asiento trasero, Mónica se tapó los ojos con el bolso de tela de Claudia para protegerse del sol. Eso aliviaba un poco el dolor de cabeza. Se preguntó qué tipo de matrimonio podrían formar Will e Ivette si ella salía del coma. Si Will se estaba enamorando, podría estar menos interesado en comenzar el arduo camino de construir un futuro con su esposa discapacitada. ¿Qué pasaría si el daño ya estaba hecho? Mónica recordó de repente los versos de un bolero que su abuelo solía tocar con la guitarra:

> *Si negaras mi presencia en tu vivir*
> *bastaría con abrazarte y conversar*
> *tanta vida yo te di*
> *que por fuerza tienes ya*
> *sabor a mí.*

Mónica estaba de acuerdo con la canción. El recuerdo sensorial del amor es permanente. El sabor de nuestro propio amor nos transforma y una vez que lo saboreamos, esa sensación de intimidad se graba en el corazón. *Sabor a mí*, pensó Mónica. *Ya dejé mi huella en ti, Will.*

Luego sus pensamientos volvieron a concentrarse en su madre, después otra vez en Will e Ivette y otra vez en su madre, en un círculo vicioso que la hacía sentir mareada. Pensó en lo extraño que era el hecho de que el futuro fuera un lugar en el cual su madre estaba viva. Se preguntó qué haría la gente cuando un ser querido sale de prisión después de una larga sentencia. Un ataque de nervios se apoderó de ella al darse cuenta de que vería a su madre resucitada en sólo unas horas. ¿Qué iba a decirle? Mónica había practicado toda la noche: podía portarse de manera natural, como quien se encuentra con un viejo amigo; o furiosa e indignada; o aliviada y dispuesta a perdonar. ¿O acaso debía pararse frente a su madre y simplemente esperar a oír y sentir y decir lo que se le ocurriera?

Will anunció que también quería tomar una siesta y Mónica lo sintió acostarse en la banca que estaba delante de ella. Después de unos minutos, algo rozó su piel y Mónica se quitó la tela de la cara para ver cómo la mano de Will aparecía por detrás del espaldar de la banca de adelante. Tenía el puño cerrado, como si le estuviera ofreciendo algo o pidiéndole que adivinara lo que tenía dentro. Mónica estiró la mano y le abrió los dedos, pero no había nada. Era un truco y él entrelazó los dedos con los de ella. Acarició el dorso de la mano de Mónica con el pulgar, sin que ella pudiera ver el resto de su cuerpo. Se había quitado la argolla de matrimonio y Mónica se quedó mirando la marca del anillo en su dedo. Le soltó la mano a la primera oportunidad y dio media vuelta. Oyó que él se movía y volvía a sentarse derecho, sintió los ojos de Will sobre su espalda. Cerró los ojos con fuerza y no respondió cuando él la llamó por su nombre.

Una hora después, a medio día, el motorista anunció que habían llegado.

Las monjas carmelitas estaban rezando al pie de la cama de
Ivette, cuando el túnel de la conciencia la expulsó finalmente
dentro del mundo. *Santa María, madre de Dios, ruega por noso-*
tros pecadores, ahora y en la hora de nuestra muerte, amén. El ritmo
armónico y repetitivo de las palabras creaba una especie de
trance. Cuando Ivette abrió los ojos, estaba mirando la parte
trasera de sus hábitos cafés de algodón. Tenía la visión borrosa
y los ojos secos y planos, como si alguien hubiera estado
haciendo presión sobre sus órbitas oculares durante mucho
tiempo. Al comienzo no se dio cuenta de que esas extremidades
huesudas que tenía a los lados eran sus propios brazos. Al otro
lado de la habitación, su madre estaba rezando con las monjas
sobre la cama de otra persona y de sus manos colgaba una tira
de perlitas, mientras repetía las palabras con ellas.

"¿Regresé?" trató de preguntar, pero nadie la oyó porque se
estaban moviendo hacia otra parte de la habitación. Se aclaró la
garganta y volteó los ojos hacia el extremo opuesto de la habitación, pero había una cortina que no dejaba ver nada.

"En este lugar pasó algo malo", dijo Ivette con una voz seca y ronca. "Puedo sentirlo en el cansancio del mar".

Su madre volteó la cara hacia ella lentamente. Luego flotó por el corredor central, con la cabeza ladeada. Se detuvo a los pies de la cama de Ivette.

"Te quiero, mamá", dijo Ivette.

La incredulidad de Silvia duró sólo dos parpadeos. Luego la cara se le llenó de emoción.

tercera PARTE

Mateo Jesús Peralta estaba montando cajas en un carrito de carga, cuando Bruce y Mónica subieron la rampa hasta la estación marítima. El pescador pelirrojo y medio ciego no reconoció a la Mónica Winters adulta, pero ella sí lo recordaba de las épocas en que buscaban caracoles cónicos con su madre, así que lo saludó por el nombre. El hombre le dijo que el barco explorador *Alta Mar* ya había atracado, para realizar un proyecto especial que tenía que ver con una escuela local. Claudia y Will esperaron dentro de la diminuta y austera estación marítima, sentados en sillas de plástico y tomándose unas gaseosas de uva que realmente no querían. Cuando padre e hija se marcharon solos hacia la playa arenosa, les desearon suerte y les dijeron adiós con la mano. En la playa había una multitud de chiquillos de escuela, reunidos alrededor de varias personas que llevaban trajes negros de buzo.

No fue difícil reconocer a Alma. Era la única mujer. Estaba rodeada de niños, arrodillada sobre una piscina inflable, con las palmas cubiertas de tortugas marinas recién nacidas, que parecían papas fritas con patas. Le estaba mostrando algo al miembro más pequeño del grupo, un chiquillo moreno que tenía muletas y una prótesis en una pierna. Bruce y Mónica se deslizaron entre el corrillo de maestros y colegas. Mónica se asomó desde la mitad del círculo, protegida por un hombre alto que estaba delante de ella.

La voz de Alma regresó a sus oídos como una oleada de espuma tibia. Todavía podía oír el ruido del mar en esa manera de hablar sutil pero efervescente. Alma tenía una careta de buceo sobre la frente y estaba descalza. Sus uñas pintadas de rojo brillaban sobre la arena color carbón, cuando le dio la vuelta a una de las tortugas bebés para señalar una parte de la anatomía inferior de la tortuga.

Mónica tomó aire lenta y silenciosamente. Pensaba que nunca podría llegar a entender a la mujer que estaba frente a ella, una mujer que podía embeberse en el movimiento de las tortugas bebés, sin darse cuenta de que su hija adulta la observaba desde una distancia de quince años.

Alma puso la tortuga al derecho y levantó la vista, mirando primero las caras que tenía en frente y luego más allá. Mónica se paró de lado instintivamente y se escondió detrás del hombre alto. El corazón golpeaba contra la caja de sus costillas.

De pronto se levantó una mano. "Discúlpeme, Dra. Borrero", dijo una voz conocida, con una entonación clara y distinta, como la de un actor de teatro. "Si los gatos tienen nueve vidas, ¿cuántas vidas tienen las criaturas del mar?" Todo el mundo se volteó a mirar. Mónica se horrorizó al ver que el que había hablado era su padre. Alma se quedó paralizada, como un pez que se hace el muerto y trata de camuflarse en el entorno. Bajó la vista lentamente y comenzó a devolver las tortugas al platón lleno de agua, una por una, mientras cada animalito hacía un ruido al zambullirse.

"Sólo una", dijo simplemente.

"Bueno, pero parece que usted, Dra. Borrero, tiene más de una", dijo Bruce en inglés. "Como un gato".

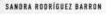

La gente se quedó en silencio, pero no porque entendieran lo que estaba pasando sino porque un hombre alto y de ojos verdes acababa de hablar en una lengua extranjera. Se quedaron mirándolo sin ningún recato. Alma se puso de pie y dio un paso adelante, hacia Bruce.

"Bruce Winters", dijo Alma. "Me encontraste".

Una niñita salió corriendo hacia los brazos de Alma y le enterró la cabeza en el abdomen. Alma se tambaleó y puso las manos sobre la cabecita llena de rizos negros. Mónica, que todavía estaba escondida, se vio a sí misma a los siete años, en la época en que el cuerpo de su madre era un trampolín que siempre la agarraba y la devolvía al mundo sana y salva. Mónica se imaginó que era esa niñita. Alma debe haber sentido algo, porque cuando levantó la vista de la cabecita rizada, la miró directamente, aunque Mónica seguía observándola con disimulo desde atrás del hombre alto.

"¿Mónica?" preguntó.

Mónica se mordió el labio y salió de detrás del hombre. Madre e hija se quedaron ahí, mirándose, parpadeando y esperando a ver qué iba a hacer la otra. La gente perdió el interés y comenzaron a hablar de nuevo. Por fin Alma dijo: "Acércate". Sin responder nada, Mónica dio un paso al frente y se arrojó a los brazos de su madre, al mismo tiempo que el dolor la invadía y la llenaba de rabia.

Alma habló primero. "Me alegra tanto verte", dijo de manera delicada, temerosa, como si estuviera hablando con un tigre de Bengala de trescientas libras. Respiró profundo y miró a Bruce. El aire entre ellos chisporroteó peligrosamente, cargado de tensión. Adivinando acertadamente su intención, Alma dijo: "Vamos a algún lugar donde podamos hablar".

LOS LLEVÓ a un pequeño parque que estaba cerca de un minizoológico, donde alguien estaba rehabilitando animales tropicales en corrales grandes y totalmente cerrados. Había lugares para sentarse y ella se sentó enseguida, mientras se quitaba la careta de buceo y se la ponía delicadamente en el regazo, como si fuera un sombrerito. Los largos rizos negros de su juventud habían desaparecido y ahora llevaba el cabello corto, con algunos mechones blancos. Tenía los ojos un poco arrugados, por tantos años de trabajar bajo el sol, y Mónica notó que ahora tenía un acento más fuerte, pero de resto se veía igual que antes. Mónica se sentó junto a ella y Bruce se sentó al frente. Mónica juntó los índices y los apretó contra su boca, mientras miraba fijamente el suelo.

"Bueno", dijo Bruce bruscamente y se levantó los pantalones hasta la rodilla. "Vinimos hasta aquí para confirmar con nuestros propios ojos que de verdad estás viva y bien y viviendo sin nosotros por tu propia voluntad".

"Pareces un alguacil".

"Muerta o viva, Alma", dijo Bruce y señaló hacia el hombro de Mónica con un tono gélido. "No tienes idea de lo que la hiciste pasar a esta niña. Ni idea".

De repente Mónica sintió un ataque de pánico; tenía miedo de que su padre comenzara a discutir con Alma antes de obtener las respuestas que querían o, peor aún, que al responderle, Alma volviera a romperle el corazón.

Alma entrecerró los ojos para mirarlo y luego bajó la vista por un momento, mientras que aparentemente pensaba en lo que iba a decir. "¿Por dónde quieren que empiece?" preguntó, con un tono similar al de Bruce. "Hay tanto que contar".

"Por donde creas que empezó, mamá", dijo Mónica. "Tengo veintisiete años. Puedo soportar lo que sea. Les prometo a los dos que puedo soportarlo". Miró a sus padres uno por uno. "Pongamos todas las cartas sobre la mesa. Todas". Trató de calmarse respirando profundamente y luego le contó a su madre una versión abreviada de lo que los había traído desde la habitación de hospital de Ivette Lucero hasta El Salvador, primero, y luego hasta Francisca y, por último, hasta el barco de Alma.

Después de oír la historia, Alma se puso las manos sobre la cara. Cerró los ojos durante un momento. "Es difícil hablar de esto", dijo. Detrás de ella, un mono araña comenzó a darle golpes a la cerca de su corral, mientras hacía muecas y gritaba y mostraba las encías rosadas y los dientes blanquísimos. Mónica se acordó de Leticia. Un chorrito de sudor se escurrió por la sien de Bruce, que estaba sentado inmóvil, con los ojos ocultos por un par de lentes oscuros.

"Todo comenzó cuando Mateo Jesús era pescador en el puerto La Libertad". Alma señaló hacia la estación donde habían visto al pescador medio ciego. "Fue ese último fin de semana, antes de... que todo se saliera de control. Ese último día, él me mandó avisar que había atrapado una variedad de conos que nunca había visto".

DOÑA MAGNOLIA MÁRMOL DE BORRERO se paseaba de un lado a otro de su habitación, arrojándole prendas de ropa sucia a su hija, mientras gritaba. "Oigo cómo la gente habla a nuestras espaldas, Alma. '¿Puedes creer que la hija de Magnolia está enredada con ese sucio comunista?' ¡Ah, qué chisme tan delicioso!"

"Somos socios en un proyecto humanitario", contestó Alma, mientras atrapaba la ropa y la dejaba caer sobre el piso de mármol. "Y además, ninguna de las chismosas de tus tés de sociedad vale ni una pizca del oxígeno que consumen".

"Al diablo con lo que *ellos* hacen. Estás enredada con Maximiliano y yo lo sé y tú lo sabes y todo el mundo lo sabe, incluso el gobierno. Es repulsivo, Alma Marina. Es un pecado mortal y es peligroso".

Alma recogió los calzones de seda de su madre, los brasieres, la ropa íntima y las toallas sucias y arrojó todo sobre el colchón de la cama con dosel. "Cuando encontremos el *furiosus*, ya no tendré necesidad de estar a solas con Max. El día que decida dejar de verlo, lo haré por mí". Se puso la mano en un lugar que estaba encima del corazón. "No lo haré por Mónica, ni por ti, ni por Bruce, ni por tus criminales amigos de los altos rangos militares, ni por ninguno de esos hipócritas que te importan tanto". Después de gritar la palabra "hipócritas", retomó el tono sereno. "Detesto vivir aquí. ¿Sabes qué? Detesto mi vida en El Salvador. Detesto mi aburrido matrimonio, detesto la superficialidad, la obsesión por todo lo material, la codicia, mientras que los campesinos no tienen qué comer".

"Maximiliano te ha convertido en alguien que no reconozco", dijo Magnolia, con las manos en las caderas. "¿Sabías que esos sucios comunistas anoche mataron ciento sesenta cabezas de ganado y doce terneros en la Hacienda del Bosque? Los Montenegro perdieron siete millones de colones".

Alma podía ver una vena azul que había brotado en la garganta de su madre. "Maximiliano es médico, madre. Él cura a los humanos, no mata vacas, así que no le eches la culpa".

Magnolia señaló a su hija con el dedo. "No te atrevas a decirme que estás de acuerdo con sus ideas políticas. Si este país cae en las garras del comunismo, todos vamos a arder en el infierno. Porque eso es lo que es el comunismo, Alma, una prisión sin ventanas. Y nuestro carcelero será algún demonio peludo que no se baña ni cree en Dios".

"Yo llevo dos días sin bañarme, imagínate", dijo Alma, al tiempo que levantaba el codo por encima de la cabeza y se olía la axila. "Debo ser comunista".

"Te gusta mortificarme, ¿cierto?"

"Y a ti te gusta ponerme un yugo como si fuera un animal", gritó Alma.

"Olvídate del cono. Ve a casa. Pórtate como una madre.

Como una esposa. ¡Pórtate como una mujer decente, por amor de Dios!"

Alma le dio la espalda a su madre. "Mateo Jesús dijo que este era especial. Voy a ir a verlo".

"Está bien, mañana por la mañana yo te acompaño. No hay nadie en todo el país, además de ti, que sepa más que yo sobre moluscos locales. Estaremos de regreso en San Salvador por la tarde".

"Ya no tengo quince años, madre".

Magnolia apuntó otra vez a la cara de Alma con el dedo. "Porque te vas a encontrar con Maximiliano, ¿no es así? Ramera engreída", dijo.

Alma sintió que algo sonó en su interior. Una especie de indignación elemental que no tenía nada que ver con Maximiliano ni la guerra del país, pero era parte de una guerra que había librado toda la vida con palabras, agujas de distintos tamaños que las provocaban a las dos a vivir en un constante estado de indignación. Alma agarró el montón de ropa que había en la cama y se lo arrojó a su madre. Rugió por la fuerza que le imprimió al movimiento. Luego dio media vuelta y salió corriendo, mientras que Magnolia le gritaba groserías e insultos desde el centro de la pila de ropa, que olía a su perfume francés.

En menos de cinco segundos, Alma bajó corriendo las inmensas escaleras de la casa de sus padres, hacia su auto. Ella sabía que iba a tener que enfriar un poco su romance, al menos hasta que uno y otro decidieran separarse definitivamente de sus respectivos cónyuges o decirse adiós. Alma amaba a Max con todo el corazón, pero la búsqueda del *furiosus* se había convertido en una triste excusa para cometer adulterio y por ahora los dos se sentían atados a sus familias por el sentido del deber y la obligación. Además, la esposa de Max, Leticia, la estaba acechando; le cortaba las llantas del auto y las seguía a ella y a

Mónica de tienda en tienda en el Metrocentro. Hacía sólo una semana, le había arrojado un bulto de harina de cebada en el supermercado, bañándola en un polvo rosado para que todos la vieran. No, su madre no conocía ni la mitad de la historia. Y ahora Leticia también había comenzado a buscar el cono y estaba tratando de ganarle la carrera, pensando que ese pequeño y esbelto trofeo podría devolverle el amor de Max. Alma sabía que era una locura. Pero así era su vida y, si ella podía encontrar el cono, copiar el veneno, producirlo de manera masiva y ofrecérselo a cualquiera que sufriera de dolor crónico, eso sería apenas un pequeño sacrificio. También habían hablado de vendérselo al mercado mundial y usar las ganancias para crear escuelas o construir viviendas y orfanatos, o para comprar tierra cultivable y repartirla entre los campesinos más pobres. Si su extraña alianza podía culminar en la realización de uno solo de sus sueños, entonces tal vez la princesa y el mendigo podrían aplastar las convenciones sociales como si fueran cadenas de papel y hacer que pasara algo bueno en El Salvador. Max y Alma, poniendo sus valiosas vidas al servicio de la humanidad. Y en ese momento, ¿qué podría decir la gente?

Alma y Maximiliano habían acordado encontrarse en el muelle de los pescadores en La Libertad, para echarle un vistazo al nuevo cono. Ella había inventado una historia para tranquilizar a Bruce, que estaba ocupado con la noticia de los asesinatos de la Zona Rosa. Había discutido con Max sobre eso, cuando Alma se quejó de que el violento ataque que había tenido lugar en la Zona Rosa y que había sido ejecutado por una célula comunista similar a la de Max, había sido un acto vergonzoso y sin sentido. Max había argumentado que los "gringos imperialistas" necesitaban "perder unos cuantos apéndices" para que pudieran entender que era hora de retirarse.

Normalmente Alma le habría dado a Mónica la oportunidad de estar presente cada vez que podían estar frente al hallazgo de un posible *Conus furiosus*. Pero la situación con Leticia se estaba tornando explosiva. Mientras Alma empacaba una maleta para una noche, trató de hacer a un lado la rabia y concentrarse en la posibilidad de que este cono fuera el correcto. Tenía en su colección un caparazón limpio y brillante de un *furiosus*, pero el animal vivo se vería diferente, pues todavía estaría cubierto por la membrana protectora del periostraco. Mateo Jesús era un pescador inteligente y confiable, que conocía bien las criaturas marinas. Como no tenía acceso a un teléfono, le había mandado la razón a través de un empleado del distribuidor de Borr-Lac.

LOS SÁBADOS por la mañana siempre había mucho movimiento en el puerto de La Libertad, lleno de lanchas amarradas a los lados del muelle. Alma miró a su alrededor pero no vio a Max, así que dio un paseo por el muelle, mientras aspiraba el fuerte olor del mar. La variedad de productos marinos era impresionante; una hilera de rayas, secas y saladas, colgaba de una cuerda como ropa recién lavada; los tiburones se apilaban uno encima de otro sobre barriles y las barracudas parecían brazos de pan con dientes siniestros. Alma regañó a los vendedores que estaban ofreciendo huevos de tortuga de mar, un bocadillo muy popular en las cafeterías de playa y en los hoteles. Algunos puestos ofrecían "cóctel de conchas", una especia de ceviche de moluscos crudos y, desde luego, cerveza helada.

En un puesto de baratijas, Alma le compró a Mónica un collar con un diente de tiburón engarzado en una cuerda, exactamente igual al que ella siempre llevaba puesto alrededor del cuello. Magnolia se puso furiosa cuando vio a su hija luciendo un diente de tiburón del tamaño de la cabeza de una flecha, colgado de una gargantilla que estaba diseñada para exhibir una cruz incrustada con zafiros y diamantes que ella le había regalado. *Eso representa mi escencia*, pensó Alma tocando el collar.

Alma les preguntó a los otros pescadores por Mateo Jesús y

lo encontró al final del muelle, vendiendo camarones y pulpo. Él la saludó con un gesto de la cabeza y luego sacó un platón rojo y lo puso sobre los camarones. Adentro había un cono de cerca de diez centímetros, medio sumergido entre arena gris oscura y agua. Mateo Jesús le pasó unas pinzas de metal que ella usó para darle la vuelta a la criatura. El pie dentado del gasterópodo se sacudió como si fuera una masa viva y furiosa y un arpón salió con tanta rapidez que ella tuvo que mirar a Mateo Jesús para confirmar que realmente había visto algo.

"Cuidado", le advirtió Mateo Jesús. "Yo sé que usted respeta a estas criaturas, pero tenga mucho cuidado con esta. Nunca había visto nada parecido".

"Lo tendré", dijo Alma. "Este amiguito parece letal. Es muy similar al *furiosus*, Mateo Jesús, pero es de un solo color y el *furiosus* invariablemente tiene al menos una machita roja hacia la parte superior. Pero eso puede ser una anormalidad, así que de todas maneras me lo voy a llevar. Lo mandaré a la universidad. Podemos extraerle el veneno para examinarlo, mientras lo mantenemos vivo en un tanque". Metió la mano entre el bolso y le entregó a Mateo Jesús cincuenta colones. Él la miró de una manera que la hizo meter otra vez la mano y sacar otros diez.

"Seguiré buscando, niña Alma".

"Pero recuerda, no le muestres nada a nadie más, a menos de que me llames antes".

"No se preocupe".

Alma recorrió el muelle sosteniendo el platón con las dos manos, mientras que el agua se sacudía y salpicaba. Vio a Max en el estacionamiento y él le ayudó a meter el platón en su Land Rover, en el suelo del puesto del pasajero, medio escondido debajo de la silla y amarrado con unos trapos para evitar que comenzara a bailar de un lado a otro. Max la besó y dijo: "Me necesitan otra vez en El Trovador. ¿Podrías ayudarme por una hora o dos?"

Alma recordó la furia de Magnolia y tuvo miedo de lo que

pudiera hacer su madre. Sin embargo, estaba segura de que no le diría nada a Bruce y tampoco sabría dónde encontrarla después de que se fueran del muelle. "Llamaré a casa y dejaré la razón con la muchacha. Pero le diré a Mónica lo que debe decirle a Bruce y dónde estoy realmente, en caso de que se presente una emergencia".

"Todavía creo que no es buena idea confiarle ese tipo de información a una niña. De hecho, siento pena por ella. ¿Por qué tienes que ser tan abierta con ella? Eso me hace sentir incómodo. Ella sabe exactamente lo que está pasando".

"Mónica puede lidiar con eso, Max. Además, no quiero que mi hija crezca pensando que todo el mundo vive como los Borrero. Gracias a la exposición, ha desarrollado empatía, sensibilidad, sabiduría y madurez. No es una chiquilla malcriada, como era yo cuando tenía su edad. Tú viste cómo quería adoptar a ese bebé y cómo me acusó de ser una rica hipócrita e insensible. Tuve que castigarla por la manera tan irrespetuosa como me habló, pero todo el tiempo estaba pensando: 'Bravo, Mónica. Estás luchando por tus valores' ".

Alma buscó un teléfono y le dijo a su hija que iba hacia El Trovador a ayudar a Max a atender a unos campesinos. Le pidió a Mónica que le dijera a su padre que había decidido hacer un viaje inesperado a Guatemala y que regresaría el lunes por la mañana. Se sentía culpable por enseñarle a Mónica a mentir, así que concentró su atención en la meta final. El *furiosus* todavía la estaba esperando.

MÁS TARDE ESE DÍA, cuando llegaron a la hacienda El Trovador, no había nadie, lo cual era extraño porque por lo general había un par de personas vigilando la entrada. "¿A quién estamos esperando?" preguntó Alma, pensando en prepararse para ayudar a Max con sus pacientes. Ella le había ayudado muchas veces antes, así que sabía qué hacer. Pronto llegarían los heridos y los enfermos, olorosos a caña de azúcar, naranjas o limones debajo de los cuales se habían escondido para burlar el puesto de control militar.

Pasó una hora antes de que oyeran un camión que se acercaba y vieran la nube de polvo que levantó al pasar por el portón abierto y acelerar hacia la casa de la playa. Max y Alma saludaron con la mano y corrieron al encuentro del camión.

Cuando el camión estaba a menos de cien metros, Maximiliano le puso de repente una mano a Alma en el pecho y casi la tumba. "Corre", gritó, con la voz llena de terror. "Militares".

Alma dio media vuelta y comenzó a correr detrás de él, sobre una mezcla de tierra y arena suelta. Con el cuerpo rebosando de adrenalina e impulsada por un terror ciego, corrió hasta que sintió que los pulmones le iban a estallar y las piernas eran de palo. Entretanto, el camión recortaba cada vez más la distancia que lo separaba de ellos. Si la atrapaban aquí, dirían que era una simpatizante, una colaboradora, una cómplice de los comunistas, y eso no les gustaba a los militares.

Maximiliano siguió corriendo en dirección al mar y, cuando Alma levantó la vista, de repente entendió lo que él estaba pensando. Anclada cerca de la playa había una pequeña embarcación de motor y Alma recordó que la noche anterior había sido usada para traer armas desde Nicaragua, de manera clandestina. Escapar por el mar, pensó Alma. Perfecto.

Y ahí fue cuando Max se separó y la dejó atrás. Alma pensó que él quería adelantarse para ir poniendo en marcha el motor y casi enseguida se alegró al oír el rugido de la máquina que cobraba vida. Gracias a Dios, pensó.

Pero luego el bote comenzó a escupir agua blanca y a alejarse.

Y Maximiliano la dejó.

Alma comenzó a saltar en la playa y a llamarlo a gritos. Podría haber saltado detrás de él, pero Max se agazapó en el fondo del bote, sin mirar hacia atrás, lo cual la dejó paralizada. Alma volteó la cabeza. Los soldados detuvieron el camión y se bajaron rápidamente.

Ella no podía creer que Maximiliano la hubiera abandonado. ¿Acaso pensaba que iba a estar bien porque, así le gustara admitirlo o no, en realidad ella era uno de ellos? ¿O acaso Maximiliano sólo era, en última instancia, otro cobarde tratando de salvar su pellejo?

Alma levantó las manos cuando vio que estaba rodeada. Uno de los hombres la agarró, mientras que los otros corrieron hacia el agua y le dispararon al bote con un arma que parecía un lanzagranadas portátil. El estallido la hizo tambalearse y se desplomó sobre las rodillas. Siguió una explosión y luego una lluvia de fragmentos incendiados voló sobre el agua, mientras que se levantaba un humo negro, como si hubiese habido una erupción. Sobre la superficie del agua sólo quedó una parte del cascarón, que parecía como una humeante balsa que se alejaba con la corriente.

Alma gritó y se dejó caer. Se cubrió la cara con las manos y se imaginó que podía recortar el tiempo como la cinta de una película, para que este momento nunca sucediera. Podría devolverse unas cuantas horas y decirle: *No, no vayamos al Trovador, diles a tus pacientes que nos encontremos más bien en tu casa*. Algo, cualquier cosa, menos esto. ¿Max muerto? Alma miró la balsa que se consumía en medio del fuego, flotando en dirección a Negrarena.

Los cuatro soldados se rieron y celebraron y felicitaron al que había disparado con una retahíla de groserías. Uno de los soldados levantó un dedo y calló a los otros. A lo lejos se oyó el ruido de otro camión. Ladearon la cabeza para oír mejor y luego sonrieron entre ellos y asintieron con la cabeza. "Más chusma comunista", dijo uno de ellos. "López, mete a la mujer en el auto. Chucho, a ti te toca manejar el camión cuando terminemos", dijo el líder y todos se acurrucaron y abrazaron las armas, mientras se dirigían a la casa.

El soldado que se había quedado con ella la hizo meterse en el puesto del pasajero del Land Rover. "¿Te gustaba el comunista?" preguntó, mientras se pasaba la lengua por los labios. Alma notó que la había tratado de tú, en lugar de hablarle de usted, el tratamiento más formal y respetuoso que usaba todo empleado que estaba consciente de su lugar, cuando se refería a un miembro de la clase alta del país.

Podría decirle quién era, pero no, pensó Alma con amargura, no podía usar el apellido de su familia para salir de esta situación. Nunca podría vivir con ella misma si decía: *¿Sabes con quién estás hablando?*

Como si le hubiese leído la mente, el soldado dijo: "Tu madre le dijo al general que Maximiliano Campos estaba aquí, en El Trovador".

"¿Mi madre los envió a buscarme?"

"A ti no" dijo y señaló hacia el agua. "A buscarlo a él".

Alma se tapó la cara y comenzó a llorar. Pero sus sollozos cesaron casi al tiempo que comenzaron. El soldado la estaba mirando, entrecerrando los ojos con placer al verla tan desesperada. No podía llorar frente a él. Así que dirigió los ojos al frente e ignoró la mirada de lujuria del soldado.

Mónica. Mónica era la única que sabía el verdadero paradero de Alma y la única que conocía la ubicación exacta de la hacienda El Trovador. Finalmente Mónica debía haber abierto la boca. Debía habérselo dicho a Bruce o a Magnolia, o a ambos, o uno se lo había contado al otro, no importaba. Maximiliano estaba muerto debido a eso. Max, a quien ella había conocido toda la vida; un chico que había crecido a su lado, subiéndose a los árboles, coleccionando insectos y montando a caballo en Negrarena. Un hombre que hacía sólo veinticuatro horas había despertado a su lado después de una perezosa siesta, acariciándole el cuerpo con la pluma de un quetzal. Max, su Max, alejándose, dejándola en manos del enemigo. ¿Qué habría pasado por la cabeza de Max en ese momento? ¿Acaso se imaginaba que ella estaba blindada gracias a su apellido? ¿Acaso todavía pensaba que ella era uno de ellos? Tal vez todo se reducía al puro instinto de supervivencia. La última era la única explicación con la que podía vivir, así que esa fue la que decidió creer.

Con la muerte de Max, Alma se sentía completamente sola en el mundo. No podía confiar en ninguno de los miembros de su familia, ni siquiera en su propia hija. Alma entendía que ella también los había traicionado, pero siempre había esperado que su traición produjera algo muy bueno con el tiempo. ¡Vaya error!

Miró por la ventanilla del auto. A lo lejos, los soldados estaban poniendo en fila a los campesinos enfermos que acababan de llegar en un camión lleno de caña de azúcar y entre los cuales había dos muchachos jóvenes y una mujer embarazada. "No", dijo con tono suplicante y volteó la cara, porque sabía lo que iba a pasar enseguida. Cerró los puños y rindió homenaje a los últimos momentos de esas seis personas sobre la tierra. Comenzó a temblar, mientras se enterraba las uñas en la piel y apretaba cada vez más los puños, hasta que las uñas cortaron la piel de sus palmas.

El tiempo parecía pasar muy despacio, aunque probablemente transcurrieron menos de cinco minutos antes de que ella escuchara los disparos de fusil. Los seis ecos fueron absorbidos y puestos en cuarentena en un lugar frío y anestesiado, que le permitiría conservarlos separados de todos sus otros recuerdos. Eso le permitiría almacenarlos de manera segura, hasta que tuviera el valor, años más tarde, de abrir esa caja y mirar lo que había dentro.

En el Land Rover, el soldado le puso una mano sobre la rodilla, mientras la miraba con lujuria y mostraba una fila de dientes dañados. Era demasiado arrogante para recordar de quién era hija. Alma bajó la mirada. Debajo de la silla se alcanzaba a ver el borde del platón. Mientras que el soldado se inclinó para agarrarle los senos, Alma estiró la mano que tenía más cerca de la puerta y agarró el cono con el dedo índice y el pulgar, teniendo cuidado de sostener la base lejos de su mano. El soldado tenía una horripilante sonrisa en el rostro, mientras le aplastaba los senos. Alma se volteó y se inclinó hacia él, para ponerle el caracol sobre las piernas con la mayor suavidad posible.

El caracol comenzó a explorar el extraño entorno de la tela de algodón de un uniforme del ejército. Exactamente cuatro segundos después, el soldado lanzó un grito. Estiró las piernas con rigidez y levantó la pelvis hasta pegarse contra el volante. Se llevó rápidamente la mano a la entrepierna, donde agarró al aparentemente inocuo caracol, y lo examinó, confundido, sin encontrar la relación entre el animal y la sensación de frío que ya se apoderaba de su abdomen. Alma recordó haber oído que la picadura de algunos conos se asemeja a la sensación de arrancar la carne de la superficie del hielo seco.

Alma se quitó las sandalias y se bajó del auto de un salto. Echó a correr por la arena, sin mirar hacia atrás, en dirección a la playa. Sabía suficiente sobre el efecto paralizante del veneno como para saber que el soldado estaría tan aturdido y aterrado que no podría hacer nada, mucho menos disparar un arma. Los otros soldados la vieron correr. Le gritaron e hicieron tiros al aire en señal de advertencia. Alma atravesó la playa desierta y luego se internó en una zona de piedras con las que se lastimó las plantas de los pies. Cuando se paró en el agua, sintió el ardor que le producía el contacto de la sal con la carne viva. Se sumergió entre el agua, impulsándose con los brazos y los pies, con cada gramo de energía que tenía, y poco a poco fue desplazándose hacia delante y hacia el fondo, cada vez entre aguas más profundas. Cuando había avanzado unos cuantos metros, se dio cuenta de que las corrientes eran exactamente iguales a las que esperaba encontrar. Se llenó los pulmones de aire y se sumergió, mientras calculaba cada movimiento de manera que pudiera aprovechar la fuerza del agua, y sin olvidar la dirección que le había visto tomar al bote en llamas. Se sumergió todavía más, con los ojos abiertos, y alcanzó a ver entre el agua los tiros que le disparaban desde la playa. Treinta centímetros más allá, un enorme pez loro estalló en pedazos.

Una fuerte contracorriente la arrastró lejos, a través del desolado paisaje de arena negra y plantas acuáticas oscilantes. Justo cuando sintió que se iba a desmayar, el agua la expulsó el tiempo suficiente para que volviera a llenarse los pulmones de aire y luego la volvió a jalar hacia abajo. La corriente la fue llevando de ese modo, subiéndola y bajándola, escondiéndola pero dejando que respirara, como una aguja que se entierra dentro de la tela y vuelve a salir, cerrando con sus puntadas una larga distancia.

ALMA SE DEJÓ ARRASTRAR por la corriente hasta Negrarena. La reja estaba cerrada, pues su madre estaba en San Salvador. Luego escaló el muro y se cortó las piernas y los codos con el alambre de púas, pero finalmente se dejó caer, sangrando y exhausta, entre una jauría de rottweilers. Los perros la saludaron con gemidos y lambetazos, pues todos eran hijos de una mascota que ella misma había traído al regresar de la universidad.

Entró a la casa sin que nadie la viera. Los cuidadores vivían en la parte delantera de la hacienda, pero era una propiedad muy grande y Alma logró acallar rápidamente a los perros, acariciándoles la barriga y hablándoles como si fueran niños. Fue cojeando hasta la casa y buscó una llave extra que mantenían escondida. Pasó la noche sola, en una de las habitaciones de huéspedes, curándose las cortadas con dedos temblorosos. Se encogió como un ovillo y contempló la verdad que siempre había sabido: que el océano reclama todo lo que está enfermo y ya no sirve. Ahora encajaba perfectamente con esa descripción y, sin embargo, el mar la había escondido, la había llevado sobre la alfombra mágica de sus corrientes, sin que los tiburones ni las piedras ni las medusas le hicieran daño, y luego la había depositado suavemente en un lugar seguro. El mar le estaba dando una inusual segunda oportunidad en la vida y Alma no podía dejar de ver su significado. Ella siempre sería una mujer privilegiada, ahora podía verlo. Hasta el océano hizo una excepción con Alma Borrero. Lo único que le quedaba por hacer era entregarse totalmente a él, en un acto de gratitud y adoración.

Al día siguiente, antes de que amaneciera, salió de Caracol con un poco de dinero extra que mantenía bajo llave en uno de los armarios. Cubierta con un enorme sombrero de cortador de caña para ocultar su cara, caminó hasta el pueblo más cercano y se paró frente a la tienda La Lunita, a esperar el primer bus.

Cuarenta minutos después, estaba golpeando en la ventana de la habitación de Francisca Campos, en su pueblo natal. Alma le contó toda la historia, menos el detalle de la participación de Magnolia. Lloraron juntas y Francisca le ofreció una explicación más consoladora de la manera como Max la había abandonado: seguramente él había asumido que ella estaría más segura sola que en su compañía. Y había tenido razón, después de todo, si ella hubiese ido con él en el bote, también habría muerto. Dos horas después de dejar a Francisca, Alma estaba en un campamento de la guerrilla, donde encontró a algunos amigos de Max. Ellos la ayudaron a huir hacia Honduras. Al día siguiente llamó por teléfono a un diario, *La Prensa Gráfica*, y dijo: "Fui testigo de cómo cuatro soldados asesinaron a seis campesinos, a Maximiliano Campos y a Alma Borrero Winters en El Trovador, cien kilómetros al este de La Libertad. Quisiera permanecer en el anonimato".

"LOS MESES que siguieron son borrosos", les dijo Alma a Mónica y a Bruce. "Descubrí que no soy comunista ni socialista, que, de hecho, soy bastante apolítica sin tener a Maximiliano a mi lado, alimentando mi interés. Yo sabía que tenía que regresar a la única cosa que era realmente mía: el mar".

Mientras escuchaba a Alma, Bruce miraba hacia un almendro, extraordinariamente inmóvil y sin parpadear. "La prensa se enloqueció", dijo, sin bajar la mirada. "Estaba muriéndome de dolor y, para acabar de completar, todo el mundo sabía que yo era el cornudo de la historia".

Alma lo miró, casi con actitud de disculparse, y luego miró a Mónica. "Había ahorrado algún dinero a escondidas, en una cuenta en Miami, una buena suma que mi padre me había dejado. Nadie sabía sobre esa cuenta y así fue como pude financiar mi desaparición. Es triste e irónico..." dijo y sacudió la cabeza. "Regresé a la universidad. Hice un doctorado en biología marina. Comencé a investigar sobre los efectos de los cambios termovolcánicos en el ambiente de los moluscos y he viajado por todo el mundo haciendo estudios: Hawaii, Puerto Rico, Brasil, California, México, Filipinas. En cierto momento, durante un proyecto, estuve en el Instituto Oceanográfico Woods Hole en Cape Cod".

"¿Nunca pensaste en ir a vernos?" preguntó Mónica.

Alma sonrió con amargura y luego miró a su hija. "Yo estaba entre el público cuando te presentaste en *Carousel*, en grado décimo. Vi cuando te graduaste de secundaria, linda".

Mónica tomó aire y dejó escapar una pequeña exclamación, mientras entornaba los ojos y trataba de buscar en su memoria —en vano, desde luego— una confirmación. Luego frunció el ceño. "Pero eso lo hiciste sólo para tu propio beneficio, mamá. Para mí no significó nada. Yo no sabía que estabas ahí".

Mónica se volvió hacia su padre y entrecerró un poco los ojos. "Mamá estuvo en una de mis presentaciones de la escuela, publicaba artículos y enseñaba y, durante todo este tiempo, ¿tú no tenías ni idea de que estaba viva?"

Bruce negó con la cabeza y se volteó a mirar a Alma. "En ese momento había una guerra y en El Salvador de 1985 la gente no se podía rastrear con tanta facilidad como en los Estados Unidos...". Se rascó la cabeza, bajó la vista y luego volvió a mirar a Alma. "¿Qué nacionalidad tienes ahora?"

"Soy ciudadana costarricense. En la época en que me fui de El Salvador, era importante para mí cortar todos los lazos. Así que renuncié a la nacionalidad salvadoreña y, gracias a viejas relaciones, conseguí un empleo en la universidad, en Costa Rica".

"Entonces, ¿por qué no te cambiaste el nombre?"

"Lo hice. Mi nombre era Alma Winters, así que volví a adoptar el de Alma Borrero".

"Una elección más bien contradictoria, ¿no?"

"Quería volver a ser la persona que era antes de perder el control de mi vida. Confiaba en el hecho de que, una vez que todo el mundo pensara que estaba muerta, ya nadie seguiría buscándome. Años después, decidí publicar artículos con mi verdadero nombre porque mi campo es extremadamente oscuro. Sabía que ni siquiera mi madre, una dedicada coleccionista de conchas, leería una revista científica sobre moluscos". Alma hizo una sonrisa forzada. "Además, soy bióloga marina y mi nombre es Alma Marina, el alma del mar. ¿Cómo podía renunciar a eso?"

Bruce asintió y luego apoyó la quijada sobre una mano. "Todavía no nos has dicho por qué..."

Alma se puso de pie, mirando a Bruce y comenzó a hablar con voz más suave. Mónica y Bruce podían ver que estaba haciendo un esfuerzo por encarar la verdad. "Cuando la impresión y el dolor fueron cediendo, lo único que me quedó fue una sensación de repulsión hacia mí misma y de desesperanza por no ser capaz de seguir persiguiendo el sueño sin Max y sin el *furiosus*. Así que caí en una depresión profunda". Miró hacia lo lejos. "Nadie creyó en la historia de los soldados, cuando dijeron que me habían visto correr hacia el agua; todo el mundo pensó que me habían asesinado junto con Max. Supe que hubo una investigación, iniciada por mi madre".

"Ni siquiera Claudia les creyó a los soldados", dijo Bruce. "Pero acordamos decir que la causa de muerte había sido el ahogamiento".

Alma asintió con la cabeza. "Dos de las personas asesinadas en El Trovador eran menores de doce años. Otra de las víctimas era una chica llamada María del Carmen. ¿La recuerdas, Mónica? Unos pocos años antes, vimos nacer a su bebé en El Trovador. Estaba embarazada otra vez y de todas maneras la mataron sin ninguna consideración".

Mónica parpadeó con incredulidad. "¿Mataron a la mamá de Jimmy Bray?"

"Es horrible, ¿cierto? Todo es tan absurdo. Yo estaba enfurecida con mi madre por desencadenar algo que no podía controlar. Supongo que cuando hizo esa llamada, pensó que los militares pondrían preso a Max, que le darían una paliza e impedirían que siguiéramos enlodando el apellido de la familia. Pero esos criminales no eran capaces de ser razonables. Lo que yo vi fue cómo cuatro hombres se dejaron llevar por el instinto asesino después de que volaron el bote de Max".

Bruce dejó escapar un suspiro enorme y sacudió la cabeza. "¿Y tú te sientes de alguna manera responsable por esos hechos, Alma?"

"Claro que sí, Bruce. Eso era lo más duro de todo. Esa es la razón por la cual dejé a mi familia", dijo Alma, mientras miraba a Mónica. "Porque me vi obligada a castigar a mi madre y a exilarme para dejar de hacerle daño a la gente".

Mónica pensó en eso durante un rato, mientras pasaba los dedos de su mente por la superficie de las palabras de su madre, en busca de algo que las identificara como una disculpa. Por el momento todo sonaba emocionalmente razonable, pero se daría un poco de tiempo para evaluarlo, para asimilarlo. Mónica expresó abiertamente la conclusión a la que llegó: "Yo le dije a papá dónde estaba la hacienda, papá le contó a la abuela y la abuela hizo la llamada telefónica que puso en marcha todo lo que sucedió. Todos tenemos las manos manchadas de sangre". Mónica miró a su padre y luego se miró sus propias manos, como si realmente esperara encontrarlas cubiertas de rojo y chorreando sangre. "Supongo que de esto es de lo que me has estado protegiendo todos estos años, papá".

"Sólo que yo creía que habíamos provocado la muerte de tu madre", dijo Bruce y parecía que estaba a punto de llorar. "No quería que tuvieras que vivir con esa culpa, como he vivido yo. Imagínate..." susurró, sacudió la cabeza y luego dejó la frase en el aire, mientras desviaba la mirada.

Mónica miró a Alma y dijo: "Yo no entiendo cómo pudiste abandonarme. Esa es la única parte que desafía mi comprensión. Cuando las cosas se calmaron, tú estabas viva y podrías haberte quedado en Caracol todo el tiempo que necesitaras. Podrías haber regresado a casa. Podrías haberte divorciado de papá y todos habríamos podido seguir con nuestras vidas, cada uno por su lado, si eso era lo que querías. Pero en lugar de eso, te desapareciste de *mi* vida. Ayúdame con esa parte, mami".

Alma se volvió hacia ella y la miró con los ojos muy abiertos y llenos de recuerdos. "Yo sentía que no te merecía y que estarías mejor al cuidado de tu padre. No tengo otra respuesta que esa, Mónica. Quería cortar todos los lazos con mi antigua vida. Y la única anestesia que conocía era dedicar mi vida a la investigación y el estudio. Siempre quise encontrar en el mar algo que curara el dolor y lo encontré, en los logros de mis estudiantes, en las revistas académicas, en las expediciones de buceo, mirando a través de un microscopio y a bordo de un barco explorador. Después de un tiempo, la decisión de dejar que toda mi familia creyera que estaba muerta se convirtió en una forma de vida, y cada vez se volvía más y más difícil dar marcha atrás. Dos años después, ya me había convertido en una persona nueva".

Mónica asintió con la cabeza para mostrar que había escuchado. Unas lágrimas calientes y espesas rodaron por su cara. "Eres la persona más egoísta que conozco", dijo, mientras esperaba ver aparecer en el rostro de su madre una mirada de indignación, pero no apareció nada. Alma sólo la miró con una expresión de avidez por oír todo lo que Mónica tuviera que decir, así que Mónica trató de sacudirla otra vez. "Pensaste que tu papel de científica era mucho más importante que el sencillo trabajo de ser la madre de una hija única". Mónica levantó un dedo. "Una chiquilla callada, que no ocupaba mucho espacio ni comía mucho ni pedía mucho más que amor. Ni siquiera te molestaste en despedirte. Tu corazón pertenece por completo a algo que nunca te podrá corresponder".

Alma se miró las manos un rato y dijo: "No estoy de acuerdo con la última parte. El mar sí me corresponde. Pero, Mónica, lo único que puedo decir es que el trabajo es mi vida, me sumerjo en él, aunque admito que hay días en que siento que me desmorono. En esos días me encierro y me tomo una pildorita azul que acalla el dolor de mis remordimientos. Siempre me había dicho que te buscaría cuando te convirtieras en adulta, pero cuando lo volví a pensar durante los últimos años, me parecía una intrusión terrible, un golpe tan fuerte que pensé que nunca me perdonarías. Y, sin embargo, aquí estamos. Tú me encontraste, tú hiciste todo el trabajo".

"Aquí estamos", repitió Mónica.

Alma se sentó otra vez al lado de Mónica y le agarró la mano y se la apretó hasta que los nudillos se le pusieron blancos. "No te imaginas lo feliz que estoy de que me hayas encontrado, Mónica. Sigo viviendo tan aislada como siempre, perdida en alta mar. Nunca encontré el camino a casa, nunca aprendí a confiar en nadie. Nunca me volví a casar. Nunca tuve más hijos. Pero me gustaría tener algo en tierra a lo que valga la pena regresar".

Mónica miró en ese momento los ojos de su madre y se vio por primera vez como una adulta. No pretendía juzgarla, al menos no en este momento, más bien quería entender a su madre desde la perspectiva de una mujer, una mujer adulta que también estaba enfrentando en este momento una relación moralmente dudosa. En esos ojos oscuros que tanto recordaba vio que Alma se sentía avergonzada por haberla usado, por pedirle a su propia hija que le mintiera a su padre, por no haber podido protegerla de la lujuria, del desastre, del dolor y la guerra y la muerte. Tal vez había tenido razón al marcharse, pensó Mónica. En realidad, Alma no era una buena madre.

Mónica se puso de pie. "Si de verdad quieres hacer las paces, mamá, entonces comienza por papá", dijo y recordó lo que había dicho Marcy el Cuatro de Julio, sobre el fantasma de Alma. Toda la familia necesitaba este exorcismo, esta purga del pasado, y Mónica sabía que su padre era el más afectado. Agarró la mano de su padre por un momento y dijo: "Este hombre pasó los últimos quince años pensando que había matado a la mujer que amaba".

Ahora Alma estaba mirando a su esposo y tenía los ojos encapotados y los labios apretados. Con toda la delicadeza que pudo, Mónica dijo: "Dejaste que papá y la abuela vivieran con esa horrible carga, mamá. Es hora de que ustedes dos hablen de eso. Si mi padre puede perdonarte, entonces yo también puedo". Mónica dio media vuelta y abrazó a su padre por encima de los hombros. Pudo ver que Bruce tenía el cuero cabelludo cubierto de sudor y que se veía pálido. "Estaré en la estación con Claudia y Will. Llámenme cuando estén listos". Luego se marchó, dejando solos a sus padres por primera vez en quince años, mientras la tensión entre ellos hervía en medio del aire denso y cargado de sal.

BRUCE SE INCLINÓ hacia delante. Señaló su propio corazón. "Ella tiene razón… Podrías habernos evitado muchos problemas si sólo me hubieses pedido el divorcio".

Alma tenía los brazos cruzados sobre el pecho, en actitud

defensiva. "Eso no se acostumbraba en la sociedad salvadoreña de esa época. Ni siquiera era una opción".

"Mentira. Tú no eras ninguna novicia de convento. Eras una mujer egoísta y cobarde".

"Les eché la culpa a ti y a mi madre. Quería algo mucho peor que el divorcio".

"Ah, ahora sí estamos llegando a la verdad". Bruce se rascó el cuero cabelludo y volteó la cabeza hacia un lado. "Entiendo lo del castigo. Yo quería castigarte a ti por haberme traicionado. Pero no iba a dejar que Mónica pagara las consecuencias".

Alma le apuntó con un dedo. "Yo no dejé que Mónica pagara las consecuencias, yo la salvé. Así fue como lo vi en ese momento. Tú eras un buen padre y yo, una mala madre. Cuando me sentí lo suficientemente fuerte como para retomar mi vida y reconocer mis errores, ya no tenía ningún derecho sobre ella. ¿Acaso estoy equivocada?"

Bruce levantó una ceja. "No, tienes toda la razón. Yo soy mejor padre que tú. Mira, por ejemplo, lo que acaba de pasar. Llevo todos estos años tratando de evitar que Mónica supiera que lo que ella me dijo ese día fue lo que desencadenó tu muerte. En cambio tú se lo fuiste diciendo así no más".

Alma sacudió la cabeza. "Pero no estoy muerta".

"Pero murieron otras personas".

"Lo mejor es poner todas las cartas sobre la mesa. Mónica tiene casi treinta años, por Dios santo".

Bruce exhaló lentamente. Alma agarró el borde de la banca con las dos manos y dijo: "Lamento mucho haber arruinado tu vida, Bruce. Nunca te quise, tú lo sabes. He debido ser más valiente, he debido enfrentarme a mis padres y seguir desde el principio los dictados de mi corazón". Movió la mano como si estuviera cortando el aire. "No espero que me perdones. Pero sí quiero decirte que lamento lo que hice, porque de verdad lo lamento".

Bruce se puso de pie. "Más bien deberías sentir compasión

por ti misma. Has arruinado todas las oportunidades de ser amada que te ha dado la vida".

Alma se miró los dedos de los pies y levantó un poco de arena. Cuando alzó la vista, Bruce se vio reflejado en esos ojos increíblemente negros. Se supone que los ojos son el espejo del alma, pensó Bruce. No se supone que reflejen la imagen de quien los mira. De repente recordó que siempre había habido algo terriblemente solitario en el hecho de amar a Alma y era eso. Uno sólo se veía reflejado, nunca tenía ni un atisbo de lo que había adentro. Alma lo agarró de la muñeca y le dijo: "No te vayas".

Bruce se sentó. "¿Por qué?"

"Porque sí", dijo Alma, mientras levantaba los párpados y dejaba al descubierto los espejos negros de esos irises sin pupila, sin centro, sin corazón.

Pero Alma tenía razón, había más cosas que decir. Bruce la miró a la cara y se fijó en esos labios siempre carnosos, en la curvatura de esas cejas, en sus pómulos salientes y, por un momento, le habló a esa cara, no a la mujer. "Asumo la responsabilidad de haberme dejado atrapar por tu belleza. Te elegí a pesar de que me dijiste cientos de veces que no querías casarte conmigo ni ser la madre de mis hijos. Ese primer fin de semana que tu madre me invitó a la playa, te vi con Maximiliano y decidí pasarlo por alto. Cuando tu padre mandó lejos a Max para separarlos, aproveché la oportunidad. Esa es mi contribución al desastre que vino a parar en las manos de Mónica. Lo único que te pido ahora es que te asegures de que Mónica nunca sepa que no querías tenerla".

Alma se estremeció y recordó el dolor de ese intento fallido de aborto. "Fue el destino. Ese bebé debía vivir". Alma desvió la mirada. "Haré todo lo que me digas, Bruce. Me siento como si la vida me estuviera dando otra oportunidad, aunque sea para alcanzar la paz que produce el hecho de decir la verdad".

Bruce apretó los labios y dijo: "Bien".

Se quedaron en silencio durante un momento y luego Bruce dijo: "Tengo varias cosas que pedirte, si de verdad quieres hacer borrón y cuenta nueva".

Alma sólo levantó una ceja y lo miró.

"En primer lugar, tendrás que salir de tu escondite", dijo Bruce. "Vamos a conseguir un buen abogado y les vas a quitar a los Borrero todo lo que era de tus padres". Tan pronto ella empezó a protestar, él levantó la mano. "No me importa si te resulta incómodo. No me importa saber qué piensas ahora acerca del dinero. Vas a obligar a tus parientes, y a la ley, a que reconozcan a Mónica como la heredera legítima de lo que queda de las propiedades de sus abuelos, que ahora se han triplicado. Puedes empezar por ahí".

Sin saber cómo responder, Alma abrió la boca, luego la cerró, volvió a abrirla y volvió a cerrarla. Levantó la quijada. "¿Qué más?"

"Y luego te vas a sentar con Claudia Credo", dijo y señaló hacia la estación marítima, "y le vas a contar todo lo que sabes acerca de las drogas fabricadas con base en el veneno de los conos y sobre esa clínica. Permite que el Ministerio de Salud sepa quién eres y por qué estás aquí y los reparos que tienes frente a lo que está sucediendo en la Clínica Caracol".

Alma se mordió el labio y finalmente asintió. "Está bien".

"Y no te vayas a desaparecer otra vez, Alma. Más te vale que esta vez te comprometas de verdad".

Alma levantó las manos. "Lo prometo".

Bruce levantó la quijada y la miró con los ojos entrecerrados. "Estuve casado contigo durante trece años. No confío en ti".

"Legalmente todavía lo estás".

Bruce frunció el ceño. "Bueno, supongo que eso es lo tercero. Voy a necesitar que me des el divorcio".

Alma asintió con la cabeza y se puso de pie. Recogió una semilla seca de almendro y se la arrojó al mono araña. "Será mi regalo para ti, Bruce".

Bruce le dio una patada a la arena. "No creo que vuelva a verte, pero Mónica es una mujer adulta y no voy a interferir con la decisión que tome. La relación con ella corre completamente por tu cuenta, Alma".

"Si hago esas tres cosas..." Alma dejó la frase sin terminar.

Bruce asintió con la cabeza. "Ella te perdonará".

Para mantener las manos ocupadas y calmar los nervios, que cada vez estaban más destrozados, Will comenzó a jugar con las tortuguitas. Estaba alentando un enfrentamiento entre las dos más agresivas. Mientras que los demás, arrodillados en la arena, jugaban con las pequeñas criaturas, Claudia estaba sentada con Alma en una banca de cemento que había cerca. Alma dijo: "Mientras me movía de un campamento guerrillero al otro, descubrí que los pobres y los idealistas pueden ser tan arrogantes y deshonestos como los ricos. Y me di cuenta de que mis ancestros trabajaron muy duro para obtener su dinero. Eran gente inteligente y juiciosa, que no explotaba a nadie y se merecían lo que acumularon".

"Pero tus padres, si no tus ancestros, eran un poco del estilo elitista, ¿no?" preguntó Claudia.

"Mis padres eran la tercera generación y ahí es cuando la fruta empieza a dañarse", dijo Alma. "Si bien no explotaban a los trabajadores de sus propiedades, al menos dentro de los estándares locales, sí eran fríos e insensibles y estaban muy lejos de la humildad de los pobres. Y ese día, mientras que el mar me arrastraba, recordé exactamente qué fue lo que llevó a Max a luchar contra el orden establecido. Todo se reduce a un recuerdo, cuya historia me contó muchas veces. El día en que cumplí siete años, durante la fiesta, él estaba haciendo fila con los demás invitados en espera de su turno para romper la enorme piñata amarilla en forma de avión. Varios chicos habían intentado romperla, pero hasta ese momento nadie había podido. Max se sentía cada vez más excitado a medida que se acercaba su turno. Cuando alguien le pasó finalmente el palo, mi madre se atravesó en el camino y dijo, frente a todo el mundo: "Estos juegos no son para ti, Maxito. Ve a la cocina y trae una bolsa para que le ayudes a tu madre a recoger toda esta basura".

"Nunca voy a olvidar la expresión de humillación y frustración de su cara", dijo Alma. "Y resulta que esa expresión presagiaba los sentimientos de una nación entera". Se cruzó de brazos. "Nunca entendí cómo podías trabajar para los militares, Claudia".

Claudia encogió los hombros. "Algunos necesitamos trabajar, Alma. Yo no tenía una jugosa cuenta esperándome en Miami".

Alma bajó la cabeza y aceptó el golpe. "Cada uno toma sus decisiones según lo que necesita en cada momento, ¿no es así?"

"Así es". Claudia se deslizó los lentes oscuros sobre los ojos y entrelazó las manos. Miró a Mónica y sonrió. "Entonces, Mónica".

Mónica los miró a todos con timidez. "Entonces, Claudia".

"Entonces, ¿todo está resuelto entre ustedes dos?"

Mónica sacudió la cabeza al pensar en la impertinencia y la indiscreción de la pregunta. Aunque realmente quería contestar de manera cortante, sabía que era una peculiaridad cultural y que Claudia no tenía la intención de ser agresiva. Así que trató de encontrar una manera amable de responder. Alma pareció hundirse dentro de sus propios hombros. "Siento que controlo más mi pasado y, por tanto, mi vida, Claudia", dijo finalmente.

"Una respuesta muy diplomática, Mónica", insistió Claudia. "Pero, ¿ya la perdonaste?"

Hasta Will se sintió incómodo. Puso las tortugas en el suelo y fingió que estaba concentrado en algo que vio en la arena. Mónica se puso blanca de la rabia y decidió guardar silencio. Todos los demás hicieron lo mismo. Bruce tosió. Will hizo sonar sus nudillos y el estómago de Claudia rugió.

Finalmente Mónica señaló el lugar donde estaban las tortugas. "¿Dónde está la madre?"

"En el mar, por supuesto", respondió Alma.

ALMA ESCUCHÓ la historia de Will en silencio, hasta que llegó a la parte sobre el tratamiento de Ivette. "Ella está en peligro", dijo con voz solemne. "Esa es la razón por la cual estoy aquí. Mientras estábamos viajando por México, un caracol cónico picó a un hombre que luego tuvo un accidente... la historia que leíste en *Alternative Healing*. De acuerdo con la magnitud de sus lesiones, es evidente que el veneno del cono evitó la "cascada química" que normalmente causa tanto daño como el golpe mismo. De igual manera, no se produjo el aumento en la presión intracraneal que normalmente se produce. Yo estaba muy emocionada porque alguien tuvo el acierto de salvar el cono, pero no era el *furiosus*, era el *exelmaris*, que es muy similar. Comencé a inyectar ratones con el veneno del *exelmaris*, pero los ratones empezaron a comportarse de manera extraña. La conotoxina sintética que Fernanda está usando no está basada en el *furiosus*, aunque sé que les gusta sugerir que es así. Es una copia del veneno del *exelmaris*, el mismo que usé para inmovilizar a ese soldado, hace quince años".

"Ellos dicen que es el *furiosus* en el artículo", dijo Will.

"Eso es una mentira o, si queremos interpretar sus motivaciones de manera más bondadosa, pura ignorancia. De hecho, eso fue lo que me hizo reaccionar. El *Conus exelmaris* es similar al *furiosus* en muchos aspectos. Pero a diferencia del *furiosus*, el *exelmaris* produce una serie de efectos adversos que pueden durar de manera indefinida. Su capacidad para estimular el cerebro es reconocida universalmente, pero todavía no sabemos bien cómo funciona".

"¿Genera un comportamiento agresivo?" preguntó Will.

Alma levantó la mano y comenzó a enumerar los efectos, llevando la cuenta con los dedos. "Visión de túnel, alucinaciones, delirio, paranoia, suicidio y automutilación". Levantó la otra mano. "Otra característica es que se demora mucho más que el *furiosus* en atravesar la barrera hematoencefálica".

"¿Cómo se sabe que un ratón está paranoico?" preguntó Bruce.

"¿Y cómo hace un ratón para suicidarse?" anotó Claudia.

"Conocemos los riesgos para los humanos porque mi equipo entrevistó a los parientes cercanos de algunos de los pacientes que fueron dados de alta en Caracol", contestó Alma. "Dos se suicidaron y de otro se sospecha lo mismo. Y en cuanto al tratamiento que está ofreciendo la Dra. Fernanda Méndez, los estudios son tan preliminares que no sabemos cuáles van a ser los efectos neurológicos a largo plazo, pero incluso los de corto plazo son más bien poco halagadores. De acuerdo con lo que he investigado, sé que es mejor si la sacas inmediatamente del tratamiento con SDX-71", dijo y se puso una mano sobre el corazón. "Espera a que la sustancia sufra una reingeniería".

"Entonces, ¿quién escribió el artículo en *Alternative Healing*?" preguntó Claudia.

"Probablemente un empleado de los Borrero", dijo Alma.

"¿Los Borrero y la Dra. Méndez saben que andas por El Salvador?" preguntó Claudia.

"Creo que sólo lo sabe Francisca. Estoy buscando un contacto en el Ministerio de Salud, pues estoy preparando un caso contra el uso de la conotoxina. Pero me estaba costando trabajo hacerlo discretamente, sin darles la oportunidad de cambiar los datos, destruir documentos, etcétera. Además, no planeaba tener que enfrentar todo el tema de mi identidad".

"Yo puedo hacerlo", dijo Claudia. "Trabajo para el presidente". Alma dio señal de aprobación y Bruce aplaudió.

"Voy a declararle a mi suegra la guerra abierta", dijo Will. "Ya llamé a la embajada americana para pedir apoyo legal para llevarme a Ivette a casa. Encontré el nombre de la compañía aérea que la trajo, pero no quieren reconocer el trayecto de regreso sin la aprobación de Silvia, pues ella fue la que pagó por el boleto de ida y vuelta. Y cada trayecto cuesta casi cinco mil dólares".

"Espera, Will", dijo Alma y levantó una mano. "Quiero dejar en claro que, a pesar de todos los riesgos sobre los que te acabo de hablar, SDX-71 sí tiene el potencial de estimular a ciertas personas a salir del estupor. Cinco pacientes ya lo han hecho".

"Sí, pero ¿qué sentido tiene si ella sólo se despierta para sufrir más?" dijo Will. "No creo que sea muy sabio despertar a alguien que no se quiere despertar. Esa es mi preocupación con todo este asunto".

Todos se miraron por un momento, mientras que los invadía un repentino y tácito sentimiento de terror. Alma dijo: "Pídeles que suspendan las inyecciones hoy mismo, Will. Mientras arreglas la logística de tu regreso a casa, voy a necesitar que alguien lleve el registro de cierta información médica específica sobre Ivette, durante un período de veinticuatro horas. También necesito una fotocopia de su historia clínica y los resultados de sus análisis médicos". Miró a Bruce. "¿Crees que puedas hacerlo? Puedes decir que es parte de la investigación para tu artículo".

Bruce lo pensó por un momento y luego asintió con la cabeza. "Haré lo que pueda".

"Yo le ayudaré", dijo Mónica. "Pero creo que ellos ya saben quiénes somos".

Will clavó la mirada en la arena. "Me alegra tanto haberte encontrado, Alma. Estoy muy agradecido con todos ustedes", dijo, mientras miraba a cada uno directamente a los ojos, con la voz llena de emoción. "No me puedo imaginar cómo habría hecho para enfrentarme a todo esto solo".

Irónicamente, la angustia de Will por la situación de Ivette le estaba proporcionando a Mónica la excusa perfecta para demorar el largo y doloroso proceso que tenía por delante: el de absorber, entender, juzgar y, por último, decidir qué sentía hacia su madre. Apenas estaba comenzando a lograr que su corazón y su mente asimilaran la magnitud de lo que había sucedido en los últimos días. Pero ahora la misión de Will era una prioridad y los había obligado rápidamente a todos a concentrarse en el asunto mucho más urgente de proteger a Ivette. A juzgar por el dramático cambio de tono en la voz de sus padres, Mónica podía sentir que ellos pensaban lo mismo.

"No quisiera acabar con tus esperanzas, Will", dijo Alma. "Dependiendo de la severidad de las lesiones, el tratamiento todavía tiene posibilidades de funcionar".

"¿Durante cuánto tiempo?" preguntó Will. "...Si es que ella sale del coma".

"Eso es lo que no sabemos. La gente entra y sale de ese estado paranoico y mis ratas de laboratorio todavía están afectadas, después de un largo período. Es como una intoxicación con drogas que nunca termina. No existe ningún tratamiento de desintoxicación conocido, por lo menos hasta ahora no. El veneno sólo debería ser usado en seres humanos cuando podamos controlarlo en los animales. En mi opinión, el hecho de que Fernanda, Leticia y Marco pretendan endulzar los riesgos es criminal".

Will se estaba paseando de un lado a otro. "¿Estarías dispuesta a repetirle a mi suegra todo lo que acabas de decir? Yo quiero que ella lo oiga. Esa es la razón por la que estoy aquí ahora y no con mi esposa". Le lanzó una mirada de reojo a Mónica, pero ella no supo cómo interpretarla. "No quiero tener que arrancar a Ivette de los brazos de Silvia y revisar sus maletas en busca del contrato de la ambulancia aérea, pero lo haré, si es necesario. Alma, tú eres mi última esperanza de hacerla cambiar de opinión".

"¿Por qué no traemos a Silvia a la posada esta noche y se la presentamos a Alma?" sugirió Bruce.

"Me gusta la idea de apelar a su buen sentido de esa manera", dijo Mónica. "Silvia es una mujer inteligente, con buenos instintos. Creo que ella misma decidirá parar el tratamiento si oye lo que mi madre tiene que decir".

"Alma, ¿estarías dispuesta a hablar con Silvia?" dijo Bruce.

"Claro", dijo Alma, pero sonó más como una pregunta y enseguida miró a su hija en busca de una respuesta, al igual que todos los demás. De repente Mónica entendió que todo se reducía a saber si ella estaba dispuesta a permitir que Alma entrara en su círculo, si estaba dispuesta a darle a su impredecible madre la oportunidad de redimirse. Mónica recordó cómo la habían rodeado los brazos de Will hacía dos noches y luego pensó en Ivette, tan quieta y tan trágica, con esos labios secos.

"Mamá", dijo Mónica, "¿podrías ir allá esta noche?"

EL MOTORISTA DEJÓ a Mónica, Alma y Claudia en la posada. Will insistió en acompañar a Mónica hasta su habitación. La hizo entrar y cerró rápidamente la puerta, sin importar si alguien los estaba viendo. Cuando ella abrió los labios para protestar, él susurró: "Shhh. Está bien", y la abrazó con fuerza. "¿Estás bien?" le dijo al oído. "Pareces aturdida".

Mónica asintió con la cabeza y, cuando levantó la cara, Will vio un par de ojeras negras bajo sus ojos. "Sólo necesito dormir un rato".

"Está bien. Ya sé". La jaló nuevamente hacia él y dijo: "Gracias por pedirle a tu madre que viniera aquí. Tengo la sensación de que todo está pasando demasiado rápido, así que te lo agradezco desde el fondo del corazón". Mónica lo miró y en ese momento la mandíbula comenzó a temblarle y no pasó mucho tiempo antes de que toda su cara se descompusiera y comenzara a llorar. Will se sentó con ella en el borde de la cama, sin decir nada, mientras le sostenía la cabeza sobre el hombro. No se levantó cuando vio que la manija de la puerta giraba y la puerta se abría, ni cuando vio la expresión de preocupación de Bruce, que se paró en el umbral a mirarlos.

Unos minutos después, Mónica los expulsó de su habitación y, desde el corredor, los dos oyeron que trancaba la puerta por dentro. Will le pidió a Bruce que regresara con él a Caracol para persuadir a Silvia de que hablara con Alma por la noche. "Es perfecto", dijo Bruce. "Recuerda que de ahora en adelante te vas a quedar con tu esposa en la clínica. Silvia regresará aquí esta noche y dormirá en tu habitación".

UNA HORA DESPUÉS, en la camioneta, Will se volvió hacia Bruce y dijo: "Pienso que ustedes manejaron toda la situación muy bien. Fue muy incómodo hoy, cuando Claudia estaba tratando de forzar a Mónica a declarar una tregua con Alma".

Bruce asintió. "La moraleja de la historia, amigo mío, es que una pareja nunca debe descuidar el fuego del hogar".

"Sí. Pero el amor verdadero sí vale la pena perseguirlo. Aunque lo que tú estabas persiguiendo en esa época no era amor verdadero. Era un capricho, ¿no es cierto?"

Bruce exhaló y miró por la ventana. "El amor exige tener la visión de mirar más allá del momento presente, más allá de una cara bonita, más allá de la excitación que produce la conquista. Significa alejarse si ella no te conviene o tú no le convienes a *ella*". Suspiró y negó con la cabeza. "Yo he debido salir corriendo el día que conocí a Alma Borrero".

"Pero eso sólo se entiende al mirar retrospectivamente", dijo Will y encogió los hombros.

"¿Sabes a qué conclusión he llegado, Will? Que la mayor parte de las mujeres buscan estabilidad y amor, tal como uno espera. Pero lo que realmente desean en secreto es alguien que las inspire a arriesgarlo todo".

"¿Pero acaso eso no es verdad para todos?"

Bruce lo pensó durante un momento y dijo: "Sí. Supongo que sí".

"Y puede suceder que alguien te corresponda ese amor", dijo Will.

"Pero de todas formas no es tan sencillo", refunfuñó Bruce y miró fijamente a Will por un momento. Luego volvió a mirar por la ventana.

Will resentía, lamentaba y respetaba la opinión de Bruce, todo al mismo tiempo. Este era un hombre que sólo conocía el fracaso amoroso y cuyo único triunfo en las guerras del corazón era haber protegido a su hija. Era lo que hacía mejor.

WILL SIEMPRE RECORDARÍA su llegada a Caracol como el momento más surrealista de su vida. Siempre recordaría la multitud que rodeaba la cama de Ivette. El júbilo de la voz de Silvia, el parloteo y las diminutas monjas vestidas con hábitos cafés y arremolinadas alrededor de la cama de Ivette. Las monjas se dividieron en dos grupos cuando él entró a la habitación. Silvia estaba hablando sobre lo milagroso que era Dios y cómo el personal de la clínica había resultado ser un grupo de héroes. Ivette estaba recostada contra unos cojines y, cuando Will se paró frente a la cama, no podía creer lo que veía: sus ojos se fijaron en él y lo siguieron mientras se acercó por el costado.

Todo el mundo se volteó a mirarlo y Will sintió la presión de docenas de ojos y un súbito silencio. "¿Ivette?" dijo con voz suave, como si pudiera tratarse de otra persona. Luego agarró una de esas manos huesudas. "¿Ivette?"

"Habló hace un rato", dijo Silvia desde el otro lado de la cama, mientras le hacía cosquillas debajo de la barbilla, como si fuera una niñita. "Di algo, cariño. Mira, tu esposo está aquí".

"¿Yo para dónde iba?" preguntó Ivette.

"Ahora estás bien, Ivette", respondió Will con voz ronca.

"¿Por qué tenía tanta prisa?" Ivette se sacudió un poco y Will vio que le habían sujetado los brazos con unas correas.

Aunque estaba feliz, sintió un extraño movimiento en el estómago, que se levantaba y sacudía su contenido, pero no entendió por qué. Algo en los ojos de Ivette parecía totalmente antinatural. "¿Ella está bien? ¿Hay algún... daño?"

"¿Daño? Claro que hay daño", dijo Silvia de manera distraída. "Sufrió un accidente automovilístico".

"Ivette, ¿recuerdas a nuestro perro, Chester?" dijo Will, tratando de invocar un recuerdo agradable. "¿Recuerdas la ocasión en que lo inscribimos en una exhibición canina y ganó una cinta?"

Ivette entornó los ojos y sonrió. "Sí", dijo. Luego la sonrisa desapareció y lo miró entrecerrando los ojos. "Dile al océano que me deje en paz". Will trató de abrazarla, pero ella se puso rígida y él alcanzó a sentir ese permanente perfume metálico.

"No ha dejado de quejarse por el ruido de las olas", dijo Silvia, mientras acariciaba el pelo de su hija. "¿No te parece extraño? A la mayoría de la gente le parece que el sonido del agua es relajante".

"Cállate", dijo Ivette con tono brusco. "¿Acaso no ves que estoy en peligro?"

"¿Por qué estás en peligro, mi amor?" preguntó Will.

"Las olas conocen mi nombre", dijo Ivette y desvió la mirada. "Saben demasiado".

Will miró a Silvia y dijo: "Vamos al corredor un minuto".

Había algo que lo preocupaba, algo que no lo dejaba sentirse totalmente feliz ante lo que parecía ser un milagro.

En el corredor, Silvia preguntó, asombrada. "¿No estás feliz?"

"Claro que sí", dijo Will. "Sólo quiero que la examinen cuidadosamente".

"Al menos está aquí", dijo Silvia y se señaló la sien. "Más tarde podremos ocuparnos del resto".

Tal vez Silvia tenía razón, pensó Will. Tal vez el resto de ella iba a estar bien. Esa extraña hostilidad podía ser sólo una etapa inicial, una especie de choque emocional ocasionado por el regreso. Silvia volvió a entrar a la habitación porque los dos alcanzaron a oír que Ivette acababa de insultar a una de las monjas. "Ya regreso", dijo.

Will fue a buscar a la Dra. Méndez. Estaba terminando con otro paciente, así que se dirigió otra vez hacia la habitación de Ivette. En el camino, entró a la capilla por primera vez, se arrodilló en el reclinatorio y juntó las palmas de las manos en actitud de oración y súplica. Simplemente dio gracias por el resurgimiento de Ivette y pidió que le concedieran fortaleza para enfrentar lo que fuera que pasara de aquí en adelante.

En medio del silencio de la capilla, Will trató de recordar si alguna vez había sabido hacia dónde se dirigía Ivette el día del accidente y por qué estaba tan apurada. No recordó nada y después de un rato se dio por vencido, pues pensó que era irrelevante. Se sentía feliz de saber que, al menos, Ivette había salido de ese terrible limbo. A pesar de lo preocupado que estaba por lo que Alma había dicho, sentía mucho menos desconfianza hacia la Dra. Méndez y su personal. Tal vez las sospechas de la vieja nana habían dado en el clavo, tal vez Alma sólo estaba atacando el programa porque estaba envidiosa.

Sus pensamientos derivaron hacia Mónica. En las últimas cuarenta y ocho horas sus sentimientos hacia ella parecían haber crecido de manera exponencial y se habían expandido a través de su corazón hasta alcanzar proporciones gigantescas, llenándolo de esperanza, fortaleza y miedo de perderla. Se sentía muy seguro de sí mismo en ese punto, no se sentía culpable ni se arrepentía de nada. Su matrimonio con Ivette había sufrido una alteración irrevocable debido al accidente, y aunque ella había recuperado algunas de sus facultades, nunca sería la misma. Él ya había vivido sin ella los últimos dos años y por eso tampoco era la misma persona. Will bajó la mirada hacia su mano izquierda, apoyada contra la palma de la derecha. En la base del cuarto dedo había un círculo de piel blanca, donde solía estar la argolla. Parecía brillar en la penumbra de la capilla.

Cuando tomó una decisión, sintió al mismo tiempo temor y una inmensa oleada de alivio: vendería la casa y su preciado bote para financiar lo que se necesitara para el tratamiento futuro de Ivette. Renunciaría a sus martes libres y trabajaría siete días a la semana. Haría posible que Ivette tuviera un nuevo comienzo: su propia versión del corazón tallado en la nieve. *Me ato* volvería a ser *Te amo*, por fin; el deber volvería a ser amor, aunque esta vez fuera un tipo de amor totalmente distinto.

En ese momento se le ocurrió una pregunta, como si el mismo Jesús de madera pintada que colgaba de la cruz se la hubiese hecho. ¿Qué sucedería si el espíritu de Ivette no se hubiese liberado como él había creído durante todo este tiempo? ¿Qué sucedería si su amor de esposa permanecía aún intacto dentro de su nueva conciencia? Will cerró los ojos y se pellizcó el puente de la nariz con el pulgar y el índice.

Sintió la pesada mano de Bruce en su espalda y se sorprendió al verlo arrodillarse a su lado, bajar la cabeza, cerrar los ojos y juntar las manos en actitud de oración. "Nunca he creído mucho en la religión", susurró Bruce torciendo la boca. "Pero hoy estoy dispuesto a intentarlo".

* * *

UNA HORA DESPUÉS, Ivette estaba otra vez inconsciente. Will le ordenó al personal de la clínica que suspendieran cualquier otro tratamiento y Silvia hizo toda una diatriba sobre sus derechos como madre. Bruce logró convencerla de ir con él hasta la posada para que conociera a Alma, pero Will estaba tan molesto que tuvo que viajar en un auto distinto. *Hasta aquí llegué*, decidió. *Al diablo con Silvia.*

Sólo habían pasado dos horas y media desde que Will llegó a Caracol. Entretanto, Mónica durmió durante una hora y más tarde dijo que había caído en un precipitado sopor que le había permitido recuperar parte de la energía que necesitaba para seguir adelante con el día. Antes de que los hombres regresaran, Mónica y Alma estuvieron solas un rato y comenzaron el largo y agotador viaje emocional de tratar de armar los rompecabezas incompletos de sus vidas. Fue tan difícil esa primera hora que pasaron juntas que enseguida agradecieron la interrupción de la llegada de Will, Bruce y Silvia. Will llamó también a Claudia, que estaba en la cocina viendo la telenovela con la encargada de la posada, y les pidió a las tres mujeres que se sentaran.

Nadie se esperaba las noticias que traían. Claudia se quedó congelada con la boca abierta y Alma oscilaba entre asentir y negar con la cabeza. Mónica se puso de pie enseguida y abrazó a Silvia y luego a Will y luego a su padre. "Yo te dije que las oraciones funcionaban", le dijo a su padre y entonces todo el mundo salió del marasmo y compartieron otras dos rondas de abrazos y felicitaciones para Will y Silvia. "En el fondo, yo también estaba un poco escéptica", confesó Silvia.

Después de un momento, los ánimos se ensombrecieron, cuando Will les contó que Ivette había vuelto a sumergirse en el estado de estupor sólo una hora después. Alma se llevó a Silvia aparte y comenzó a hacer su tarea. Silvia escuchó las advertencias de Alma, pero la interrumpía en cada punto para defender el tratamiento. "No me importa que ella tenga una personalidad totalmente distinta", dijo Silvia, sonriendo. "Mi amor por Ivette es incondicional. Ella puede ser como quiera ser, porque yo de todas maneras la querré tener conmigo aquí, viva, consciente y capaz de hablar y responder. Ahora más que nunca estoy decidida a dejarla al cuidado de la gente de Caracol".

"No, no lo vamos a hacer", dijo Will, con los puños cerrados. "Hasta aquí llegué, Silvia. Nos la llevaremos a casa dentro de las próximas cuarenta y ocho horas. Todo el Departamento de Neurología de Yale está alerta y listo para examinarla tan pronto regresemos a New Haven".

"Si te la llevas, tendrás que pasar por encima de mi cadáver", dijo Silvia.

"Muy bien, entonces mañana iremos a elegir tu ataúd", dijo Will. "Yo estoy hablando muy en serio, Silvia, Ivette se va conmigo a casa".

Alma abrazó a Silvia. "Silvia, vamos a cerrar la clínica de Fernanda. Su supuesto patrocinador, BioSource de Londres, es un completo engaño, lo inventaron para tener credibilidad. Los Borrero son BioSource, y esa fachada les permitiría escabullirse, si fuera necesario, sin que el apellido de la familia sufriera ningún menoscabo. Ya tuviste tu despertar, ahora ve a casa. Ivette debe ser constantemente monitoreada mientras está consciente, y lo volverá a estar, no lo dudes. Pero ella representa un peligro para sí misma, en especial inmediatamente después de una dosis. Tres de los diez pacientes que han pasado por este programa parecen haberse suicidado".

Mónica miró alrededor del salón y preguntó: "Hablando de Ivette, ¿quién la acompaña en este momento?"

"Una enfermera", dijo Silvia. "La iban a sacar a la terraza para que se asoleara un rato, antes de que el sol se ponga. Dijeron que necesita producir un poco de vitamina D".

* * *

ASÍ QUE ESTO FUE TODO, pensó Mónica, mientras miraba a Will paseándose de un lado a otro, con la cara llena de planes para rescatar a su esposa. *Por fin me enamoré de alguien. Enamorada de verdad. Desafortunadamente, mi única recompensa es saber que sí es posible. Pero tengo que cumplir la promesa que me hice. Así que, en secreto y con mucha nostalgia y tristeza, te lo devuelvo, Ivette.*

Ivette observó a la enfermera mientras llenaba la jeringa con un líquido transparente que sacó de un frasquito café. Las punciones lumbares todavía le dolían y a Ivette se le aguaron los ojos cuando la enfermera le metió la aguja en la columna.

Cuando terminó, la enfermera puso a Ivette en una silla de ruedas. Ivette se maravilló por la posibilidad de moverse; de ver una cosa distinta de la misma ventana alta y cerrada, de vidrio esmerilado, que alcanzaba a ver desde la cama. La mujer la sacó de la habitación sin decir hacia dónde la llevaba. Ivette vio que había otras personas acostadas en camas, algunas con los ojos abiertos, otras con los ojos cerrados, pero todas en silencio e inmóviles.

Después de cruzar unas puertas y atravesar un campo de arena firme, la enfermera detuvo la silla en un patio grande, que miraba hacia el mar. Ahora podía ver una playa oscura, extraña y desolada, como un cuadro surrealista. El ruido de las olas era tan relajante como las palpitaciones del corazón y cerró los ojos para oír mejor. Alguien llamó a la enfermera desde lejos. Pasaron unos pocos momentos e Ivette sintió que su alma se agitaba con el estruendo del agua envolviéndose en las capas de espuma blanca que se dispersaban y se recogían y se alargaban hasta que las olas se volvían tan transparentes y delgadas como vidrio caliente.

Tch-ch-cht.

Ivette abrió los ojos, pero no vio a nadie. Tenía dificultades para distinguir las figuras. Le parecía estar mirando a través de un papel enrollado.

Tch-ch-cht.

Ivette volteó la cabeza a izquierda y derecha. Todavía tenía los músculos muy débiles a causa de la atrofia para levantar la cabeza y mirar cuál era la fuente del sonido. De repente, el lente de su visión cónica se llenó con la cara de una niñita que llevaba una canasta sobre la cabeza. Era espectacularmente linda, tenía la piel color caramelo y ojos grandes color miel: un ángel con un vestido sucio y roto. La niña puso la canasta en el suelo y se acercó a Ivette con sigilo, mirando a la izquierda y a la derecha antes de sonreír.

Metió la mano en la canasta y sacó un ridículo pollito pintado de rosado, que puso sobre el regazo de Ivette. Ivette miró los ojos diminutos y brillantes del pollito y su pico apuntando hacia arriba y deseó poder mover la mano para acariciarlo. La piel parecía tan suave que Ivette casi no podía creerlo. La niñita se acercó más y regó un puñado de maíz sobre el regazo de Ivette, quien miraba como el pollito cogía cada granito con el pico, echaba la cabeza hacia atrás y se lo tragaba. Sintió el delicado peso del pollito moviéndose sobre sus muslos. Ivette comenzó a reírse con una alegría infantil, maravillada ante la prueba sensorial de que estaba viva. La niñita se rió con ella y parecía estar extremadamente complacida. *Puedes quedarte con él*, dijo en español.

De repente Ivette sintió un deseo abrumador de sentar a esa niñita en su regazo y peinarle ese cabello quemado por el sol, enseñarle a leer y escribir y amarla para siempre. Ivette bajó la vista hacia el pollito que seguía sobre su regazo. Estaba terminando de comerse el último granito de maíz. *Es hora, Ivette*, dijo la niñita.

Mientras que el pajarito agarraba el último granito amarillo, Ivette recordó de repente porqué estaba tan apurada el día del accidente; porqué estaba tan preocupada que se le había olvidado ponerse el cinturón de seguridad. El recuerdo apareció lentamente y, mientras desplegaba sobre ella una lluvia de detalles, Ivette se quedó sin aire.

En esa última mañana, Ivette acababa de dejar la ropa en la lavandería, cuando lo vio. Iba caminando por la acera hacia la oficina de correos, mientras hurgaba entre su bolso para asegurarse de haber traído el montón de sobres que tenía que enviar, y de repente ahí estaba él, bajándose de un auto, al otro lado de la calle. Ivette quedó paralizada. No se sorprendió cuando sintió esa conocida sensación de frío que parecía salir de su estómago, pues sabía que siempre iba a estar ahí. Habían pasado cinco años desde la última vez que lo vio y, sin embargo, era como si alguien hubiese recortado el tiempo. Aun desde el otro lado de la calle, la presencia de este hombre todavía le despertaba un sentimiento de intimidad. Estaba un poco más gordo, pero de resto se veía igual que siempre. Ella había oído que ahora vivía en Arizona. Ivette sintió un ligero temblor que comenzó a sacudir los huesos de sus manos, sus rodillas y sus dientes. Respiró profundo y trató de recuperar la compostura.

Al otro lado de la calle, el hombre dio un paso atrás y abrió la puerta del asiento trasero de su auto azul. Se metió dentro del carro y, cuando salió, llevaba un niño en brazos. Una mujer esbelta, cuyo rostro no se alcanzaba a ver pues estaba oculto por un par de lentes oscuros y un sombrero, salió del otro lado del auto y tomó al bebé, mientras que el hombre le metía monedas al parquímetro. Luego tomó la mano de su esposa y los dos se dirigieron hacia la cafetería Olimpia.

Ivette volvió a entrar a la lavandería y los observó desde la seguridad del vidrio que le servía de fachada al establecimiento. Recordaba el día —de hecho, también recordaba la hora exacta— en que él había ido a su apartamento a decirle que todo había terminado entre ellos. Cuando salió (todavía podía oír sus pasos embozados por la alfombra del corredor), ella se quedó despierta la mayor parte de la noche, hecha un ovillo, temblando violentamente ante la perspectiva de la mañana que se acercaba. Después de que por fin se quedó dormida, justo antes del amanecer, su cuerpo exhausto comenzó a sudar y, al despertar, tenía el pijama y las sábanas totalmente empapadas. Él la había dejado de la misma manera en que un miembro amputado deja el cuerpo. Siempre experimentaría una especie de dolor fantasma por él. Siempre.

Después de unos cuantos minutos durante los cuales trató de recuperarse, Ivette se encaminó a su auto y desistió de hacer las otras diligencias de la mañana. Se deslizó en el asiento de su Mustang clásico, preguntándose si él lo habría reconocido, estacionado al otro lado de la calle. Mientras se dirigía de regreso a casa, sintió que conducir rápido era como una especie de desafío y le procuraba un poco de alivio. Ivette no sentía que el hecho de experimentar de nuevo ese viejo dolor fuera una traición a Will. El amor que sentía por su esposo era un amor tranquilo, en el que reinaba la confianza. El amor que había conocido antes de Will había sido un temerario e inquietante viaje hasta el fin del mundo, una ráfaga que continuaba su caída en el vacío durante todo el tiempo que ella viviera para recordarla.

Ivette pensó: *Ahora es el marido de alguien. Es papá.* Una señal amarilla de la carretera advertía que había una curva peligrosa adelante y anunciaba que el límite de velocidad eran treinta kilómetros por hora.

El pollito comenzó a saltar agitadamente en su regazo e Ivette sacudió la cabeza. Qué alivio liberarse de ese terrible cautiverio, pensó. Recordaba que los días que siguieron a ese aciago evento, habían sido aún peores que el tiempo que había pasado en el limbo.

Ivette volvió a pensar en Will. Descubrir de pronto que él no había sido la primera opción de su corazón la hizo amarlo todavía más. Años atrás, el corazón transparente e inmaculado de Will le había ayudado a restaurar su capacidad de amar, y ya fuera que lo supiera o no, el sentimiento de lealtad que Will abrigaba en ese viejo pecho siempre terminaría por sabotearlo. Mientras que el corazón de su esposa siguiera latiendo, Will seguiría siendo de Ivette. Para bien o para mal.

Y luego estaba su madre, su mayor preocupación. A juzgar por la enceguecedora luminosidad de su lucidez, Ivette podía ver que su recuperación era un regalo pasajero. La oscuridad regresaría con el tiempo y Silvia sufriría todavía más. Ivette había luchado durante mucho tiempo para llegar a un lugar más alto, para escapar de las cavernas oscuras, y no podía simplemente regresar; no podía hacerlo por Will y ni siquiera por su madre. Estaba cansada, muy cansada. Permanecer viva significaba una vida sin bailar, sin reír, sin cocinar o tener hijos o ir de compras o nadar o salir a navegar. Pudrirse en una cama y esperar durante años el alivio que le estaban ofreciendo en este preciso momento.

El mar quería una respuesta, así que Ivette se concentró en hacer un siniestro cálculo: sumar las razones por las cuales quería vivir y restarle las razones por las que quería morir. Ya llevaba varios días escuchando el llamado del mar y, por primera vez en su vida, entendía su lenguaje. Al igual que un órgano inmenso, el mar palpitaba y pasaba por el mundo como una exhalación, llenándolo de energía, limpiándolo, comunicándose, creando. Era algo asustador y terriblemente reconfortante al mismo tiempo. La noche anterior, el mar la había invitado a morir.

Ivette sintió que comenzaba a caer en ese conocido letargo, como una nube que interfería sus comunicaciones. Ya no quería más eso, ese quedar sepultada bajo una tormenta de nieve. Así que gritó: "¡No más!" El sonido de las olas se hizo más fuerte. El pollito, que todavía estaba picoteando en su regazo, se quedó quieto y extendió las alas. Saltó desde su regazo al suelo de baldosín y echó a correr a través del patio.

Ivette observó al pollito mientras huía hacia el mar, con sus débiles patitas corriendo hacia esa incansable extensión, sin saber a dónde se dirigía o de qué estaba huyendo. Una ola se levantó y se llevó al pollito. Ivette esperó un rato, pero no vio aparecer de nuevo su cabeza sobre el agua y de pronto entendió lo que debía hacer. Recordó haber visto una señal en el canal que decía PROHIBIDO DESPERTAR. Mientras que el ritmo de su corazón se aceleraba, entendió que en el mundo había una fuerza que tenía derechos sobre todo y que se llevaba lo que estaba enfermo y ya no funcionaba y lo limpiaba todo de nuevo.

Finalmente apareció la cabecita rosada en la superficie del agua y luego volvió a desaparecer, entre el remolino de las olas. El borde de cada ola se iba adelgazando hasta convertirse en dedos de espuma que apuntaban hacia la tierra, directamente hacia ella. Eso le indicaba que la necesitaban en otra parte. Esta vez no quedaría marginada en un limbo. Se volvería parte de algo inmenso y misterioso y volvería a vivir. Ivette apoyó su decisión en esa hermosa y tranquilizadora promesa: se iría.

Casi enseguida escuchó las instrucciones, que llegaron hasta ella a través del extraño lenguaje de esas grandes palpitaciones líquidas. Estiró la mano y quitó el seguro de la silla de ruedas. *Empújame hacia el mar*, le dijo a la niñita, que estaba esperando a su lado. La niña obedeció y le dio un fuerte empujón a la silla de ruedas. La silla salió rodando por el piso de baldosín y luego se detuvo en el punto en que comenzaba la arena seca y suelta. El agua todavía estaba a más de quince metros. Ivette tomó la mano de la niña y esperó.

El agua avanzó y las olas parecían estar buscando a tientas

algo que habían perdido. Una ola se separó del turbulento remolino de las aguas y avanzó hacia delante, adentrándose sobre la tierra mucho más que cualquier otra. Atravesó la inmensa playa y penetró más allá de las rejas de hierro de Caracol. Una invasión de agua salada contaminó las cristalinas aguas de la piscina de estilo marroquí, dejando un nauseabundo rastro de algas y arena negra que llegaba hasta los baldosines de la entrada. El ruido fue tan grande que se escuchó adentro, pero sólo lo oyeron los pacientes en coma. En el pabellón donde estaban las habitaciones, varios dedos se movieron, varios párpados se agitaron y varias sonrisas de alivio cruzaron por los rostros cenicientos.

El mar abrió su enorme boca y engulló a Ivette. Ella se entregó voluntariamente, con alegría. Su frágil conciencia fue reemplazada por un sentimiento de asombro y lucidez y luego estalló con la euforia de la muerte. Se sumergió en el agua fría y, con una infinita sensación de alivio y dicha, vio que Él era realmente el soberano de todas las moléculas, el profeta eterno de la clemencia, el orden y la esperanza.

El personal de la Clínica Caracol declaró que la causa de muerte
de Ivette había sido una infección pulmonar, un riesgo muy
común en casos de convalecencia prolongada. A pesar de que la
habían sacado quince minutos para que recibiera un poco de
sol, la marea estaba muy alta y las olas muy fuertes, así que la
enfermera la volvió a traer enseguida a su cama y encendió la
televisión, que estaba presentando un programa sobre huraca-
nes. Ivette abrió los ojos y habló una vez esa noche, cerca de
diez minutos antes del momento en que se calculaba que había
muerto. La enfermera dijo que pidió que la empujaran más
cerca del mar, y que lo dijo en español. Ella pensó que tal vez
Ivette estaba interesada en el programa de televisión y quería
ver mejor, así que ajustó la parte superior de la cama para que
quedara más sentada y luego acercó un poco más la televisión a
la cama. Enseguida oyó que otro paciente hacía un ruido extraño y dejó a Ivette para ir a ver. Había luna llena y, por alguna
razón desconocida, eso parecía poner más inquietos a los pacientes. Minutos después, cuando la enfermera regresó a donde

Ivette, vio un chorrito de saliva que le escurría por la comisura de la boca y una serena sonrisa en su rostro.

LA NOCHE DESPUÉS de que Ivette murió, todo el mundo se dedicó a consolar a sus deudos. Claudia se hizo cargo de coordinar el transporte de todos, incluso el del cuerpo de Ivette, que sería llevada de regreso a casa, para enterrarla en los Estados Unidos. "El ministro de Salud y el presidente se enterarán de esto mañana por la mañana", prometió Claudia. "Exigiremos que la Dra. Méndez y los inversionistas asuman la responsabilidad". Luego bajó la cabeza, al pensar en la inutilidad de todo eso, pues ya nada podría traer a Ivette de regreso.

A las seis de la mañana, el gallo estaba cantando otra vez y era imposible dormir. Mónica se puso una pantaloneta y una camiseta y se fue a buscar un café. En el corredor dio media vuelta, miró hacia la calle y se estremeció al recordar la imagen del perro negro que la había observado desde afuera, un par de noches atrás. Tal como decía la leyenda, la presencia de un perro negro había presagiado un evento doloroso.

Media hora después, oyó que alguien golpeaba en su puerta. Era Will. Lo dejó entrar sin decir nada y lo abrazó, mientras él se estremecía entre sus brazos. "Pensé que ya le había dicho adiós", susurró Will con voz ronca, después de un rato. "Esto es tan difícil. Es como si la tuviéramos agarrada del cuello, mientras colgaba de un precipicio". Estiró su brazo con rigidez, como si estuviera sosteniendo algo invisible con los dedos. "Y la dejamos caer".

Mónica retrocedió. "No, espera. Ella no murió a causa del tratamiento. Murió porque su cuerpo no aguantó la tensión de la convalecencia y la recuperación. Tú no *dejaste* que le pasara nada. Tú, Silvia, la medicina moderna y la clínica la mantuvieron colgando de este mundo mucho más tiempo del que la naturaleza le habría permitido quedarse. Dios vino por ella, Will. Ni siquiera Él podía soportar verla sufrir por más tiempo".

"Ella fue la que te envió, ¿sabes?" dijo Will, mientras examinaba los dedos de Mónica. "Y nadie me va a convencer de lo contrario".

"¿Eso crees?" dijo Mónica y abrió desmesuradamente los ojos.

"Ella tenía un corazón realmente grande".

Mónica lo miró. "Es posible".

Will la miró y ella detectó una chispa de luminosidad en su rostro, antes de que la tensión volviera a ensombrecer su expresión. Will se echó hacia atrás y se puso de pie.

"Quiero recogerte en el aeropuerto", dijo. "Cuando regreses a Connecticut".

"Vas a estar muy ocupado por un buen rato, Will".

"Sacaré tiempo". Respiró profundo, levantó la quijada y esbozó una sonrisa forzada. "Y tú... tú necesitas estar con tu madre unos días más. A solas".

"Es incómodo".

"Hazlo".

"Voy a hacerlo".

Se abrazaron durante un largo rato, pero no la besó. Cuando salió de la habitación, Mónica sintió un ataque de amor por él, seguido de una oleada de tristeza. Se dejó caer en la cama. A juzgar por su lenguaje corporal, Will se estaba marchando, al menos en espíritu, por un largo, largo tiempo. Mientras él la tenía abrazada, Mónica recordó fugazmente las imágenes del día anterior: una cama vacía de hospital, paredes desnudas, frascos desocupados en el cubo de la basura, un monitor con el cable enrollado encima. Una vida que se había ido.

Will se dirigía ahora al purgatorio, el gran sanatorio de los corazones en duelo.

*   *   *

DOCE HORAS DESPUÉS, todos se habían marchado, menos Mónica. Planeaba quedarse otra semana con Alma, que había cumplido su promesa y se la pasaba yendo y viniendo entre oficinas de abogados y dependencias públicas, mientras trataba de evadir el interés que había despertado su regreso. Sólo la tarea de explicarle todo el asunto al asombrado fiscal le había tomado horas. Mónica no le contó a nadie sobre su intención de visitar a su tío abuelo Jorge antes de marcharse de El Salvador. Pero primero, había algo terriblemente importante que Alma y Mónica tenían que hacer juntas.

Regresaron a la playa un día y alquilaron un bote en las aguas protegidas del Golfo de Fonseca. En el suelo de la embarcación había diez coronas de rosas blancas. Seis de ellas representaban a los campesinos que habían sido asesinados ese aciago día. Una corona era por Maximiliano Campos, otra por Ivette Lucero y las últimas dos eran por Magnolia y Adolfo Borrero. Mónica las arrojó como si fueran salvavidas y cada una aterrizó sobre el agua con un golpe suave. La oración fúnebre de Alma se compuso apenas de unas pocas palabras:

"El océano es el comienzo y el fin de todo sobre la tierra. Nacemos del agua y, tras la muerte, regresamos a un estado puro y elemental. Es un privilegio vivir, pero también morir— porque convertidos en sal regresamos a la gran matriz que son las aguas del profundo y eterno mar".

Casi de inmediato se levantó la brisa y las coronas de flores comenzaron a alejarse y a girar como ruedas que cargaran un peso invisible a través de la inmensidad del mar. Daban vueltas mientras avanzaban hacia ese resplandeciente lugar en que el sol borra el horizonte, más allá de la vista, más allá del sonido, más allá del conocimiento, o el dolor o la tristeza o el arrepentimiento.

Después de oír que Alma decía: "Regresen a la vida", Mónica le envió un beso a cada una y les dijo adiós con la mano. Como siempre, estaba mucho menos segura que su madre acerca de la existencia de la vida después de la muerte. Pero se consoló al pensar que, si la versión cristiana del cielo de la abuela no estaba ahí esperando, entonces al menos estaba la versión de Alma: una vida después de la muerte, en la cual no había límites ni desperdicio.

Francisca ingresó una contraseña con sus dedos torcidos, en el teclado que había afuera de las oficinas administrativas de Borr-Lac. "Sólo viene los martes por la tarde", dijo. "Al fondo del corredor, a la izquierda". Señaló un reloj que había en el corredor. "A esta hora está en su reunión semanal con Fernanda. Buena suerte".

Mónica siguió de largo cuando pasó frente a la secretaria y entró a la oficina de su tío abuelo Jorge. La Dra. Fernanda Méndez se volteó y fijó en Mónica sus ojos anaranjados. "La estábamos esperando", dijo, lo cual hizo que Mónica dudara de que en realidad fuera la visita espontánea que ella pensaba. La doctora despachó a la secretaria con un gesto de la mano. "Está bien, Mirta. Cierra la puerta".

Jorge Borrero, el hermano al que Adolfo le llevaba catorce años, estaba sentado detrás de un enorme y reluciente escritorio de caoba, casi totalmente desocupado. Con el paso de los años, había aparecido una impresionante semejanza entre los dos hermanos. Jorge se puso de pie y miró a su sobrina, pero no dijo nada. Mónica, que estaba decidida a apelar a los lazos de sangre, pasó junto a Fernanda y besó la mejilla de su tío abuelo; siempre elegante, Jorge olía a loción y tenía el pelo corto y canoso, peinado hacia atrás con gomina. Mónica lo miró a los ojos por un momento y permitió que él hiciera lo mismo. "Tienes unos ojos muy bellos", dijo y se señaló sus propios ojos. "Te los regaló tu papá".

Mónica le agradeció el cumplido y se volvió a mirar el escritorio, que había sido de su abuelo. Curiosamente, los únicos objetos que había encima eran un teléfono y un cortapapeles con mango de marfil. Mónica pasó el dedo por el borde biselado de la tabla. "El abuelo lo compró en Marruecos", dijo y sonrió. "Se lo compró a una hermosa gitana que resultó ser un travesti. ¿Se acuerda, tío?"

Al oír la mención de su hermano mayor, una nube ensombreció fugazmente la cara del tío Jorge. Luego asintió con la cabeza y dijo: "Me acuerdo. Por favor, siéntate". Luego le señaló el asiento que estaba al lado de Fernanda, al otro lado del escritorio.

En los pocos segundos que le tomó caminar alrededor del escritorio tallado, Mónica vio pasar frente a sus ojos, como en una estampida, una pila de recuerdos y varios momentos largamente olvidados. La última imagen de esta inesperada y feliz maratón de recuerdos fue la de ella misma a los siete años, quitándose las sandalias y subiéndose encima de ese mismo escritorio. A Mónica le encantaba jugar a que era un mico y gruñir y espulgar el pelo plateado de su abuelo, en busca de pulgas imaginarias, mientras que él se desternillaba de risa por su juego secreto. Mónica sacudió la cabeza. "Lo siento", dijo y se puso una mano sobre el corazón. "Usted se parece tanto a mi abuelo que estoy un poco impresionada". Se volteó y miró a Fernanda, cuyos ojos había sentido encima desde el instante en que entró a la oficina.

"Si no le molesta, Dra. Méndez", dijo Mónica, "me gustaría hablar con mi tío a solas".

"Pero esta es la hora de *mi* reunión", dijo Fernanda y señaló el reloj que había en la pared.

Mónica miró de reojo a su tío, pero él no dijo nada.

"Mi tío y yo no nos hemos visto en quince años", dijo Mónica con voz serena. "¿No pueden esperar un poco para hablar de sus asuntos?"

Fernanda entrelazó las manos. "Sí, Jorge y yo podemos terminar nuestra conversación en otro momento", dijo, pero se quedó sentada.

Tío Jorge miró a su futura nuera. "Fernanda está encargada de la clínica, Mónica. Y le gustaría oír lo que tienes que decir".

"Yo no vine a hablar de la clínica, vine aquí para hablar de asuntos de la familia, tío".

"Yo formo parte de la familia ahora", insistió Fernanda. "Una parte importante de la familia".

"Por favor, déjenos solos", insistió Mónica. "Le prometo que esto no tiene nada que ver con usted".

Fernanda apretó la mandíbula y las manos y luego volvió a fijar sus ojos en Mónica. Le dio unos golpecitos a la silla que tenía al lado. "Siéntese", ordenó.

Hora de cambiar de táctica, pensó Mónica, así que deslizó el trasero sobre el borde del escritorio de su tío. Después de quedar unos treinta centímetros por encima de los dos, cruzó los brazos sobre el pecho, en la forma en que había visto que lo hacían las mujeres que salen en las portadas de las revistas de negocios.

"Como dije, no estoy aquí para hablar de su clínica. Estoy aquí para hablar con mi tío sobre asuntos más personales. *A solas*".

Fernanda entrecerró los ojos. "¿Quién demonios se cree usted?"

"Usted sabe exactamente quién soy, doctora. Y si no tiene claro cuál es su papel en esto, entonces déjeme recordarle que usted todavía no es miembro de esta familia. Usted es una empleada que recibe salario y yo, una Borrero, le estoy pidiendo amablemente que me deje a solas con mi tío".

Fernanda echó la cabeza hacia atrás y se echó a reír. "Usted es una Borrero sólo de nombre. Usted tiene *cero* poder", dijo y unió el pulgar y el índice de una mano para hacer la forma de un cero.

"Entonces, lo que tengo que decir no debería tener ninguna importancia".

Fernanda se puso de pie, señaló a Mónica con el dedo y se inclinó sobre el escritorio del patriarca. "Ella está aquí para arrasar con los tesoros de la familia y con nuestra clínica". Luego volteó la cabeza y le lanzó una mirada asesina a Mónica. "Eso me afecta personalmente", dijo y enterró las puntas de los dedos en las letras bordadas en la parte delantera de su gabacha blanca.

"Entonces hagamos una cita para pelear acerca de eso otro día, Fernanda", dijo Mónica fríamente. "A riesgo de sonar como un disco rayado, lo que vine a discutir no es de su incumbencia".

El tío dejó de mirar a Fernanda y le hizo una señal de asentimiento a Mónica. "Voy a complacer a mi sobrina, Fernanda".

Cuando la puerta de la oficina se cerró de un golpe detrás de Fernanda, Mónica suspiró con alivio. "No esperaba otra cosa de la hija de Maximiliano".

El tío levantó una mano. "Eso quedó en el pasado".

Mónica se miró los dedos de los pies por un segundo y luego dijo: "En realidad no, tío. ¿Le sorprendería saber que mi madre no está muerta?"

"Ya sabía acerca de tu madre".

Mónica se inclinó sobre el escritorio, apoyándose en los brazos, tal como acababa de hacer Fernanda. "¿Hace cuánto lo sabe?"

"Años. Hasta los peces hablan cuando uno les paga lo suficiente", dijo y soltó la única risa que Mónica le escucharía en la vida.

"¿Cuándo pensaban contármelo? ¿Acaso mi padre y yo somos los únicos idiotas que no lo sabíamos?"

El tío bajó los ojos por un segundo, antes de decir: "Nadie más fuera de la familia lo sabe, excepto Francisca y Fernanda. Francisca es la única que lo supo todo el tiempo. Yo lo descubrí cinco años después de que Alma desapareció". Encogió los hombros. "Alma quería que la olvidáramos. Así que yo no iba a interferir".

Mónica contuvo el deseo de decir: *Claro que no. Quería que siguiera desaparecida hasta que se cumplieran los siete años que se necesitaban para declararla muerta y así poder quedarse con el dinero.* Pero se mordió la lengua. Su objetivo era causar una impresión en el lugar donde estaba el corazón de este hombre, manteniéndose lo más alejada posible de los filtros emocionales de sus padres. ¿Acaso tío Jorge era realmente la rata que su padre decía que era? Como no había tiempo que perder, Mónica decidió que tenía que pasar a la ofensiva para desarmar a su tío y sacarlo de esa legendaria frialdad, mientras le hablaba a su corazón.

Arrastró una de las sillas hasta el lado de la de su tío y, con toda la tranquilidad, se sentó, se inclinó hacia delante y le agarró las manos. Jorge se miró las manos con incredulidad, como si ella acabara de ponerle unas esposas. Instintivamente Mónica entendió que Jorge Borrero había sido educado como un caballero y que, mientras tuviera las manos de él entre las suyas, literalmente tendría la verdad en sus manos. Respiró profundo, lo miró directamente a los ojos y comenzó:

"En los años que siguieron a la desaparición de mi madre, usted y los otros miembros de la familia me dejaron a la deriva. Yo acababa de sufrir un evento terriblemente traumático y sin embargo nunca recibí una carta ni una invitación, ni ninguna muestra de que ustedes quisieran que yo siguiera siendo parte de la familia. Ya sé que cree que estoy aquí para hablar de dinero y no está totalmente equivocado. Pero, para mí, lo más importante de todo es esto". Mónica sintió que la voz le temblaba y le molestó sonar tan vulnerable. Respiró profundo otra vez. "Vine aquí para preguntarle por qué permitió que nos separáramos así, tío Jorge. *Usted*". Mónica le apretó las manos con fuerza para hacer énfasis en ese punto. "Desde su posición, *usted* habría podido promover la unidad de la familia. *Usted* es el patriarca. Todo el mundo sigue sus directrices. Pero usted me alejó todavía más. Quiero que me mire a los ojos y me cuente su versión de la historia".

En ese momento el instinto superó la buena educación del tío y Jorge trató de zafarse y alejarse, pero Mónica le agarró las manos con más fuerza. A juzgar por la manera como forcejeaba y la expresión de su rostro, Mónica podía ver que el hecho de que ella le tuviera las manos agarradas y que estuviera tan cerca le resultaba terriblemente incómodo al viejo, a pesar de la experiencia que le daban sus ochenta y dos años. "Es ahora o nunca, tío. Todo lo demás depende de esto". Mónica deslizó las manos hacia arriba, hacia las muñecas, y movió los pulgares hacia arriba, de manera que las yemas de los dedos le quedaron exactamente sobre el pulso. Era un viejo truco; es casi imposible mentirle a alguien que te está tomando el pulso.

Jorge comenzó a sudar. Se quedó sin palabras durante un segundo o dos, antes de enderezarse y decir: "Tu madre no le había traído a la familia más que problemas".

Mónica soltó una risa amarga. "¿Cree que me está diciendo algo que no sé?"

Silencio. Jorge dejó caer la cabeza.

Mónica lo jaló de las manos. Había llegado al punto central de su visita, una pregunta sencilla y directa: "¿Acaso el dinero de mis abuelos le importaba más que yo? Contésteme, sí o no".

"No es tan sencillo".

"¿Sí o no?"

"¡Adolfo dejó muchas deudas!" dijo él con tono de indignación. "Casi nos deja en la calle".

"No lo creo, pero supongamos por ahora que así fue. Eso todavía deja el dinero de la familia de mi abuela. Ella había heredado una fortuna mayor que la que mi abuelo logró amasar en la vida".

Finalmente Jorge logró zafarse y enseguida se echó hacia atrás y se recostó contra la silla. "¿Quieres mi historia? Bien, te diré lo que quieres saber". Se puso de pie y le dio la espalda, mientras miraba hacia una inmensa ventana desde la cual supervisaba las operaciones de Borr-Lac. "Después de que Alma se fue, Magnolia comenzó a mostrar síntomas de demencia. Yo podía ver la soledad y la tristeza que soportaba, luego de perder a su hija, a su yerno y a su nieta, todos al mismo tiempo". De pronto se volteó a mirarla, girando sólo la cintura, un movimiento sorprendentemente ágil para alguien de esa edad. "Yo dirigía Borr-Lac solo y me ocupé de que tu abuela estuviera bien cuidada. Tú y tu padre no aparecían por ninguna parte". Volvió a darle la espalda.

"¡Yo tenía doce años!" dijo Mónica. "¿Qué podía hacer?" Como se negaba a seguir hablando con la espalda de su tío, caminó hasta donde él estaba y se le paró enfrente, bloqueándole la vista de la ventana.

"Magnolia murió en *mis* brazos", dijo Jorge y pronunció lentamente la palabras 'mis'. A juzgar por la manera como bajó brevemente la mirada, Mónica detectó que había algo oculto. Luego recordó cómo él se había estremecido cuando ella mencionó su parecido con el abuelo. *¡Por Dios!* pensó Mónica. *¿Acaso Jorge estaba enamorado de la abuela?*

"Tío, yo habría dado cualquier cosa por estar con ella cuando murió. Yo quería mucho a mi abuela y le agradezco que la haya cuidado cuando lo necesitaba. También estoy segura de que entiende que yo era demasiado joven en esa época para poder asumir ninguna responsabilidad. Pero eso no cambia el hecho de que yo soy la nieta de Adolfo y Magnolia y usted sabe muy bien que ellos me adoraban". Mónica levantó la voz y los ojos se le aguaron cuando dijo eso último. Se atrevió a apuntar con el dedo hacia el pecho de su tío. "El papel que usted jugó en su vida no le da derecho a quedarse con todo".

Jorge dio un paso hacia atrás y se estrelló contra su silla de cuero. "Magnolia le dejó todo a tu madre. Tu madre deseaba que todo el mundo pensara que estaba muerta y, después de siete años, se hizo oficial. Siendo el albacea de las propiedades, reinvertí el dinero en el negocio de la familia, incluida la clínica. Todo está como debe ser, Mónica". Señaló hacia la fábrica. "Ese dinero se ganó aquí y aquí se quedará".

Ahora el rostro de Mónica estaba empapado en lágrimas, que corrían sin control. Se secó las mejillas contra los hombros, como una niñita. Luego se incorporó y dijo: "Ayer mi madre me pidió que la perdonara por abandonarme. Estoy aquí, esperando que me pida lo mismo".

Jorge desvió la mirada y volvió a mirar más allá de Mónica, hacia la actividad de la planta. "¿Y el precio de tu perdón es una suma de dinero?"

"No se preocupe por el precio. Sólo dígame que se arrepiente. Y dígalo de corazón".

Jorge frunció el ceño y desvió la mirada.

Después de un momento de espera que pareció durar mil años, Mónica se alejó. Le dio una palmada al escritorio y dijo: "Bien. El dinero de mis abuelos ya ha hecho suficiente daño en el mundo. Eso va a tener que cambiar".

Jorge asintió con la cabeza y por fin respiró con comodidad, al sentir que entraban en el ambiente de pelea que esperaba. Sonó casi como si se alegrara de ello. "Como dijo Fernanda, esto era lo que estábamos esperando de ti. Mis abogados están listos, Mónica. Sigue adelante y trata de ponerle un dedo encima a nuestro dinero".

A pesar de la rabia que sentía, Mónica experimentó un dejo de tristeza ante este final. Bruce y Alma tenían razón, esta gente no valía la pena. Sin embargo, había visto un pequeño rastro de humanidad cuando hablaron de su abuela, una pizca de emoción, una perla de amor perdido en un mar de codicia. Era todo lo que necesitaba. Ya podía seguir su camino sin los Borrero.

Alma y Claudia llevaron a Mónica al aeropuerto de San Salvador. "No creo que tengas que regresar antes de seis meses",
dijo Claudia. "Encontramos el testamento original, antes de
que la familia obligara a Magnolia a cambiarlo. Podrías terminar con un tercio de Borr-Lac, la casa en San Salvador y Caracol.
En cuanto a Fernanda y Marco, a los dos se les revocó la licen-
cia profesional. Es lo máximo que podemos esperar, teniendo
en cuenta la red de contactos y dinero sobre la que se apoya la
familia. Lo mejor que puede pasar es lograr que los familiares
de los pacientes que recibieron el tratamiento con el veneno
regresen aquí para rendir testimonio. Sólo te aconsejo que tengas cuidado. Mantente lo más alejada posible de los Borrero.
Uno nunca sabe lo que serían capaces de hacer para no perder
su dinero".

"Will quiere ayudarles a cerrar esa clínica a toda costa. Dijo
que regresaría diez veces si era necesario", dijo Mónica.

"¿Quién te va a recoger en el aeropuerto?" preguntó Alma.

"Mi amiga Paige", dijo Mónica y luego agregó, con voz
suave y tímida, "y Will".

"¿Y Kevin?" preguntó Claudia.

"Kevin y yo terminamos hace unos días", respondió Mónica. "La hija del alcalde de nuestra ciudad, a la cual conocía desde la escuela, lo invitó a salir. Dijo que me estaba llamando para darme la última oportunidad de pedirle que no saliera con ella. Pero no lo hice. Devolví ese pez al agua, como dicen".

"Pero ¿por qué?" dijo Claudia. "¿Por qué dejaste escapar a un hombre tan bueno?"

Mónica sonrió. "Kevin... Kevin nació en Milford y se va a morir en Milford. Está muy involucrado en la política local. De hecho, hace mucho tiempo me dijo que le gustaría ser alcalde de Milford, así que, lo sepa o no, esa es la chica con la que se va a casar. Me pareció que era como una señal".

"Pero ¿tú estás bien?" preguntó Alma.

"Sí".

"¿Y Will?" preguntó Claudia y miró a Mónica de reojo.

"Estoy segura de que seremos amigos para siempre", fue todo lo que Mónica quiso decir por ahora. Luego se volvió hacia su madre. "Mamá, ¿recuerdas tu credo acerca de cómo juzgar a un hombre?"

Alma la miró con los ojos entrecerrados. "¿Qué credo?"

"Tú dijiste una vez que las mujeres sólo debíamos elegir hombres que pudieran cambiar el mundo, hacer justicia, salvar lo que era más precioso, traer belleza excepcional al mundo o, al menos, librarlo del dolor".

Alma sacudió la cabeza. "¿*Yo* dije eso? ¿De verdad? Pues ya sabemos por qué sigo sola". La azafata anunció que empezarían a abordar el avión. "Las vacaciones de Navidad", dijo Alma y agarró a Mónica de los codos. "Piénsalo. Sé que te encantará Costa Rica".

Mónica sintió una oleada de alivio mientras caminaba hacia el avión que la llevaría de regreso a su casa, en Connecticut. Miró por encima del hombro y vio a las dos mujeres diciéndole adiós con la mano. Se sentía tan frágil emocionalmente que anhelaba ir a casa, estar sola durante unos días, ir de compras, lavar la ropa, limpiar el refrigerador, regresar a la normalidad y examinar los eventos de estas últimas semanas desde la seguridad de la distancia y la soledad. Desde el aire, Mónica miró por la ventanilla del avión. Abajo, la colcha de retazos de las granjas cultivadas y la musculatura de las montañas y los volcanes de El Salvador fueron desapareciendo de su vista y se evaporaron en medio de la neblina.

Durante el viaje de regreso desde el aeropuerto, Mónica les dijo a Paige y a Will que todavía no había perdonado a su madre y que tampoco confiaba totalmente en ella. Pero admitió que había comenzado a sentir algo similar a la paz, después de la ceremonia del bote. "Se veía tan triste cuando arrojó las flores para su madre", dijo Mónica. "Vi en su rostro un nivel de dolor y arrepentimiento que me hicieron voltear la cara, como si estuviese invadiendo su privacidad. Más tarde pensé: 'iBien, eso *debe* doler! Solíamos ser una familia' ".

AHORA QUE LA NEBLINA de misterio que había rodeado la desaparición de Alma se había disipado, Mónica sentía que era su deber corregir todos los errores del pasado de la mejor manera posible. Alma había rechazado su papel de heredera y obviamente no se arrepentía de haberlo hecho. Pero Mónica tenía tantos buenos recuerdos de sus abuelos y su infancia (una época idílica a la que se refería como "AD", "antes del desastre") que no compartía la misma sensación de repulsión hacia la idea de heredar la fortuna de sus abuelos. En el fondo del corazón, Mónica sabía que sus abuelos nunca tuvieron la intención de desheredar a su única nieta. Habrían estado encantados de saltarse una generación y dárselo todo a Mónica, si hubiesen previsto los eventos que siguieron a la muerte de la abuela.

Los Borrero que quedaban eran un oponente legal muy poderoso, pero entre Bruce, Alma y Claudia reunían un impresionante arsenal de contactos y amistades largamente olvidadas, que ahora ocupaban posiciones importantes y tal vez podían equilibrar la batalla. Mónica estaba en su casa, guardando la ropa limpia, cuando comenzó a planear lo que haría con todo ese dinero.

Quería convertir la tierra alrededor de Negrarena en una reserva natural. Quería recrear su paraíso para que otros niños pudieran vivir lo que ella había vivido. Quería viajar todo lo que quisiera entre sus dos mundos, El Salvador y Connecticut. Tener algún día un hijo. Pasearse por la playa y enseñarle a identificar las criaturas del mar, transmitirle los secretos que esas conchas marinas todavía le susurraban al oído.

Tal vez el destino de Negrarena estaba unido al pasado, al lodazal de errores y traiciones de la familia Borrero. Tal vez no era una coincidencia que su bisabuelo materno hubiese sido médico y que ella fuera fisioterapeuta. Tal vez su destino como hija abandonada era sanar a la familia de su doloso pasado para entrar a un futuro de sencillez, un regreso a los viejos valores de la tierra y el mar.

Varios días después de regresar a Connecticut, Mónica se puso el vestido de baño y se sentó en el rompeolas que había frente su casa, a mirar la bahía de Long Island. El sonido de unas voces la hizo voltear la cabeza. Sus vecinos estaban en el patio, preparando un asado. Le hicieron señas con la mano y le gritaron, mientras levantaban sus copas como haciendo un brindis. Mónica los saludó, pero declinó la invitación a acompañarlos. Volvió a mirar hacia el agua. Sentía el corazón pesado.

Como había decidido quedarse en El Salvador durante una semana más, no pudo asistir al entierro de Ivette. Dos días después de su regreso a Connecticut, cortó un ramo de hortensias azules de su jardín, se subió a su auto y siguió las instrucciones que Silvia le había dado para llegar al cementerio y encontrar la tumba que estaba buscando. Se bajó del auto y subió una colina cubierta de pasto. A una corta distancia, al pie de la colina, vio a Will. Le estaba dando la espalda, sentando en una silla plegable blanca, frente a la tumba de Ivette. Tenía la cabeza gacha, en actitud de duelo u oración, y Mónica no estaba segura de si lo que vio fue el temblor de sus hombros o sólo el efecto del viento sobre la tela de su camisa. Su primer impulso fue ir a consolarlo; llamarlo por el nombre y correr colina abajo para abrazarlo. Pero en lugar de eso dejó las flores en la mitad del camino y retrocedió. Se deslizó sigilosamente en el auto y se fue a casa. *Algún día*, pensó.

El agua gris lamía el borde del muro de piedra y Mónica metió un pie, luego el otro y se deslizó del muro hasta sumergirse en el agua, que le llegaba a la altura de la rodilla. Hizo una mueca. Incluso en pleno verano, la bahía era mucho más fría que Negrarena. La brisa que soplaba sobre el agua tenía el olor de las algas frescas y Mónica se imaginó la manera en que sus hojas se mecían con el agua bajo la superficie. Cuando sus pies dejaron de tocar el fondo, Mónica se llenó los pulmones de aire, hundió la cabeza y se sumergió entre el silencio oscuro. Enseguida sintió la presencia de millones de moluscos que gorjeaban y se ocultaban en la profundidad de sus escondites, justo bajo la superficie de la arena.

Me estoy convirtiendo en uno de ellos, pensó, al recordar la cadena generacional de buscadores de conchas: Alma, la abuela y el bisabuelo que habían estudiado al todavía esquivo *furiosus*. Cuando estaban en El Salvador, Alma le había contado que, de acuerdo con sus investigaciones acerca del árbol familiar, había todavía más conexiones ancestrales con el mar, especialmente con las conchas marinas. "Tenemos los huesos cubiertos de madreperla", había dicho Alma. "Nuestra inteligencia acuática es sólo una muestra del retraso en nuestra evolución, una incapacidad mutante para olvidar que alguna vez fuimos formas de vida inferiores".

Mónica se había reído y había dicho: "¿De dónde sacas esas ideas?" Pero había desviado la mirada porque en el fondo sabía que tenía razón.

Bajo el agua, Mónica abrió los ojos y sintió el ardor de la sal. Nadó cerca del fondo rocoso, siguiendo su suave inclinación. Levantó la vista hacia el muro de luz que flotaba sobre ella. Vio la forma de una hoja de arce caer sobre la superficie. De repente se estremeció con la sensación de que ya había vivido ese momento, sumada a la certeza de que lo que estaba viendo representaba un eco de la vida de Ivette Lucero: la sensación se incrementó cuando nadó hacia la hoja y esta se apresuró a alejarse sobre el agua, para que no pudiera alcanzarla.

Cuando volvió a tocar fondo, levantó la cabeza hacia el sol y se llenó los pulmones adoloridos con el aire húmedo del verano. *Cuán extraño e inexplicable es que un ser humano pueda interpretar el lenguaje del mar*, pensó. Y ahí, en medio del chapoteo de las aguas opacas y grises de la costa de Connecticut, Mónica recibió su noble herencia, o quizás reconoció finalmente el carácter precioso y maravilloso de ese don. En medio de la simetría rizada de las olas que la rodeaban, descifró una especie de escritura en constante movimiento. Esa escritura hablaba de la precisión del mar, de como siempre estaba rodeando al mundo, de su solemne deber de limpiar, matar y crear. Mónica se asombró de pensar que su madre tenía razón acerca de muchas cosas. Ahora veía el paralelo obvio que había entre el mar y la vida de un alma: desfilaba a través del horizonte haciendo un viaje apresurado y deslumbrante, sin comienzo ni fin.